Krev

-Phantom City-

Alina Joelle
&
Tessi Wolf

Dieser Titel ist als E-Book, Taschenbuch und Hardcover erschienen.

1. Edition,

Lektorat & Korrektorat: Annika Wolf

Umschlag:
Tessi Wolf

Buchsatz und Illustrationen:
Alina Joelle
Lurnara (@thewritersgarden)

Kurgeschichte ‚Extra Sauer':
Daeny Levi Modemann

Theresa Schamberg
Edith-Stein-Platz.7
21035 Hamburg

Alina Mayenfels
Oststr. 66
04317 Leipzig

Ein (kurzes) Wort vorab

Hallo lieber Mensch!

Wir freuen uns riesig, dass du nun dieses Buch in der Hand hältst! Die Geschichte, die wir für Adéla und Val geschrieben haben, ist eine Liebesgeschichte, die nicht nur den Tod, sondern auch ein Jahrzehnt voller Einsamkeit übersteht. Es ist eine Geschichte die zeigen soll, was wahre Liebe schaffen kann, die aber auch Leid und schwierige Schicksalsschläge behandelt.
Wenn du dir unsicher bist, ob du mit schwierigen Themen umgehen kannst, dann bitten wir dich, zuerst die Triggerwarnung zu lesen, die du ganz hinten im Buch findest. Wenn dich beim Lesen gewisse Themen aufwühlen, dann bitten wir dich, dieses Buch für einen Moment wegzulegen und auf dich selbst und dein Wohlbefinden zu achten. Du selbst bist das Wichtigste, was du hast, und deine Gesundheit steht immer über allem. Vergiss das nie.

Zudem möchten wir ein zwei Worte zu Val, unserem nicht-binären Hauptcharakter verlieren: Val benutzt die Pronomen dey/deren/ demm, sowie in Ausnahmefällen auch mal das allgemein als Weibliche Endung anerkannte -in, wie in Leserin.
Dies liegt daran, dass Val von Tessi Wolf als Own-Voice Charakter geschrieben wurde und Tessi dafür die Pronomone an Val weitergegeben hat, die Tessi selbst ebenfalls benutzt.

Damit kommen wir auch direkt zu unserer nächsten Anmerkung: Wie du sicher bereits bemerkt hast, wurde dieses Buch von zwei Schreibenden verfasst: Tessi Wolf und Alina Joelle.
Wir wollen euch von Anfang an mitgeben, von wem welches Kapitel verfasst wurde. Tessi hat jedes Kapitel geschrieben, welches du aus Vals Sicht lesen wirst und Alina die Kapitel, die aus

Adélas Sicht geschrieben wurden. Alina hat ebenfalls das 18. Kapitel verfasst, welches aus Nathalias Sicht geschrieben wurde. Abseits davon, dass wir mit dieser Strategie unseren jeweiligen Charakteren mehr Leben eingehaucht haben, konnten wir so sicherstellen, dass beide Haupt-Charaktere Own-Voice sind.

Die Kurzgeschichte, die du ganz am Ende findest, wurde von Daeny Levi verfasst, einem sehr guten Freund von Alina, welcher selbst Autor ist. Wir freuen uns riesig über diesen Zusatz und hoffen, dass auch dir die Geschichte gefällt. Die Content Notes für diese Geschichte findest du ebenfalls hinten bei der Triggerwarnung für das gesamte Buch.

Jetzt wird es Spicy! Wie du weißt ist es uns beiden wichtig, alle Menschen zu schützen! Seit ein paar Monaten weisen wir deshalb beide in unseren eigenen Büchern auf etwaige Spicy-Szenen hin, welche du im Buch findest.
Auch in Krev haben wir kleine Chilis dort hinterlassen, wo eben jene Szenen zu finden sind, und dann auch nochmal da, wo sie enden. So kannst du selbst entscheiden, ob du mit so etwas umgehen möchtest.

So, jetzt aber endlich:

Viel Spaß beim Lesen!

Jessi und Alina

Playlist

I don't like my mind - Mitski

My gready heart - Emile Mosseri

too young to die - M. Ward, Frist Aid Kit

Riverside - Agnes Obel

Claude's Girl - Marika Hackmann

Time Comes in Roses - Bess Atwell

No Face - Haley Heynderickx

A House in Nebraska - Ethel Cain

Für Doro. Der einzige Mensch,
mit dem ich die Ewigkeit meistern,
und trotzdem jeden Morgen lachen könnte.

Für alle nicht-binären Menschen.
Für alle, die sich auf ihrem Weg
manchmal verloren fühlen.

Schlicht mit Krawatte (oder lieber Fliege?)
Ansteckblume !
Hemd klassisch, mit Fliege (gut fur Winterball)
Nathalia Fragen !!
Bordeaux
goldene Uhr (Nathalia hasst silber neuerdigns)
Runde Knopfe oder eckige?
(Gregor bekommt eckige wg Vorfall leztes Jahr)

Adéla's Ball-Outfit

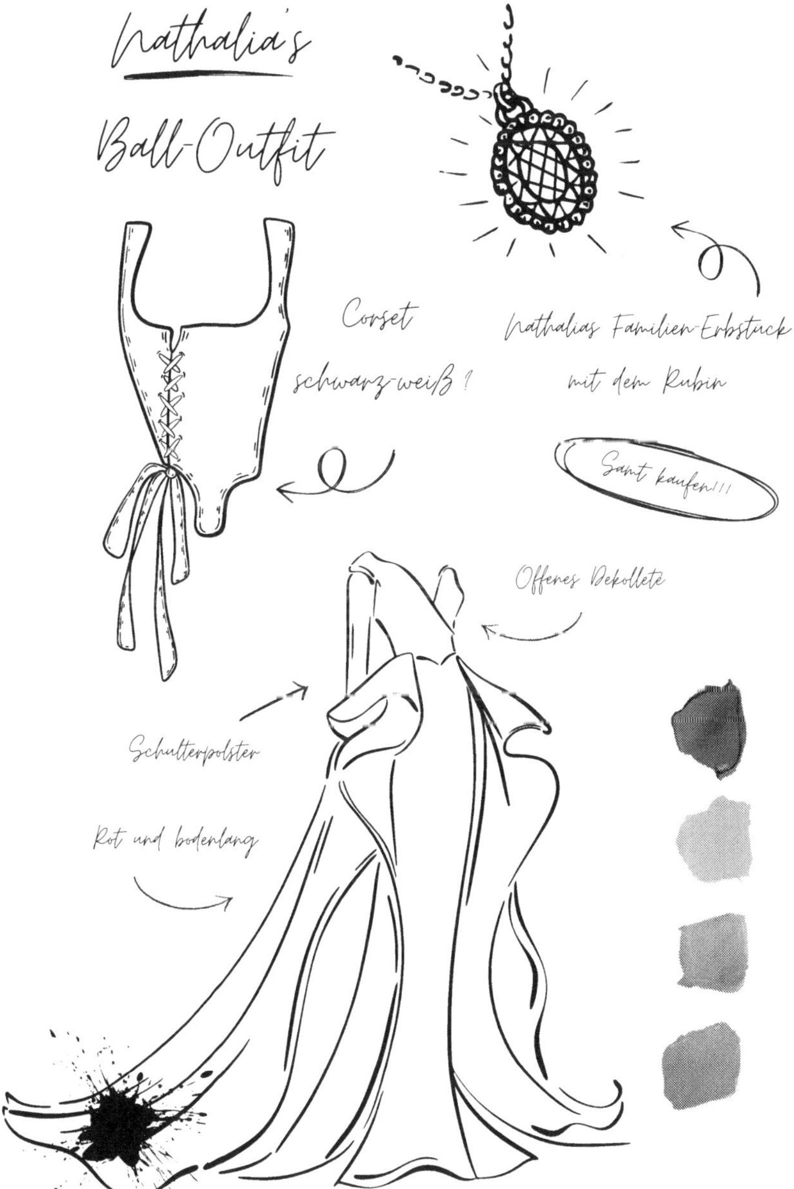
Nathalia's
Ball-Outfit
Corset
schwarz-weiß !
Nathalias Familien-Erbstuck
mit dem Rubin
Samt kaufen!!!
Offenes Dekolleté
Schulterpolster
Rot und bodenlang

Kapitel 1 – Adela

Zugfahrt ohne Ende

Eigentlich war es schon viel zu spät, um die Post noch hereinzuholen. Das Schloss meines Briefkastens hatte von Anfang an die unangenehme Gewohnheit zu quietschen und Mrs. Miler, die alte Dame, die ganz allein im Erdgeschoss wohnte, meckerte stets, wenn eben dieses Geräusch sie aus dem Schlaf riss. Doch die Führung, die ich an diesem Abend gegeben hatte, hatte nun einmal länger gedauert als erwartet und ich wartete auf wichtige Post.

Der unangenehme Laut schallte durch das dunkle Treppenhaus und mir lief ein Schauer über den Rücken. In Gedanken lag ich bereits in der Badewanne, mit einem Glas Wein in der einen, einem guten Buch in der anderen Hand. Für Anfang Oktober war es viel zu kalt draußen und ich hatte den ganzen Tag gefröstelt. Mein Chef, der Leiter des Nationalmuseums, weigerte sich strikt, die Heizung vor November anzumachen, weshalb ich heute morgen bereits zwei Paar Wollsocken angezogen hatte.

Das unangenehme Quietschen verstummte und ein Stapel Rechnungen fiel mir entgegen. Ich seufzte. Eigentlich wartete ich doch nur auf die Konzertkarten, die ich mir selbst zum 29. Geburtstag geschenkt hatte. Einmal Hans Zimmer live sehen! Laut der Eventfirma waren sie bereits verschickt worden und ich hatte Liz, meine

Schwester, mit der anderen Karte zu ihrem 30sten überraschen wollen, der schon nächsten Monat war. Okay, so ganz uneigennützig war es vielleicht doch nicht gewesen – eigentlich hatte ich nur den Schmerz überdecken wollen, den ich an meinem Geburtstag empfunden hatte. Es war der letzte Geburtstag vor dem, der mir solche Angst machte. Es war der zehnte nach Vals Verschwinden. Sobald ich dreißig wurde, wären es mehr als zehn Jahre und damit würde auch die letzte Hoffnungsblase zerplatzen. Allein die Tatsache, dass ich nach zehn Jahren noch Hoffnung empfand, brachte viele Leute zum Schmunzeln, doch es gab da dieses ungeschriebene Gesetz, dass die Trauer spätestens nach zehn Jahren abebben musste. Ein Jahrzehnt – eine unglaublich lange Zeit, und doch kam es mir vor wie gestern, als Val mir zugelächelt und mir einen Abschiedskuss auf die Wange gedrückt hatte. Dann war Val aus der Tür getreten, und –

Ich schüttelte den Kopf. Himmel, das musste aufhören. Val war aus der Tür getreten und nichts. Danach gab es nichts mehr. Val war weg und ich musste aufhören, mir die Schuld dafür zu geben.

Meine Finger griffen lustlos nach dem Stapel Rechnungen, der aus dem Briefkasten zu Boden gefallen war, und ich wollte sie gerade unbeachtet in meine Tasche stopfen, als einer der Briefe meine Aufmerksamkeit erregte. Er sah, selbst hier im fahlen Licht des Flures, anders aus als die anderen. Der Umschlag war bräunlicher, nicht schneeweiß und etwas Rotes schimmerte vorne auf dem Pergament. Ich schluckte hörbar und sah mich um, so als erwartete ich, dass Mrs. Miler gleich aus einer dunklen Ecke springen und »Überraschung« rufen würde. Dann zog ich den Umschlag mit zitternden Fingern aus dem Stapel und musterte ihn. Das rote Etwas war ein Wachssiegel und noch während ich die Stufen zu meiner Wohnung hoch lief, musterte ich es. Was für ein Brief hatte heutzutage noch ein Siegel? Bei meiner Arbeit im Museum sah ich so etwas häufig, vor allem Briefe von Königshäusern und alte staatliche Dokumente wurden früher versiegelt, damit die Echtheit garantiert war, doch heute, 2024, gab es so etwas nicht mehr. Für so etwas hatte man heutzutage weder Zeit noch Geld noch Lust.

Das Siegel war rund und in der Mitte prangte ein großes, verschnörkeltes K. Darunter eine Rose, die in den Kreis hinein lief und sich dann auflöste. Das rote Wachs hatte Tropfen auf dem Umschlag hinterlassen, die mich an Blut erinnerten.

Doch das war es nicht, was mich beinahe den Verstand verlieren ließ. Das kam erst, als ich meine Wohnung aufgeschlossen, den restlichen Stapel Briefe beiseite gelegt und das Papier umgedreht hatte. Da sah ich es. Ganz deutlich, in sauberen, gut lesbaren Buchstaben war dort meine Adresse geschrieben worden. Und zwar in Vals Handschrift, die ich überall wiedererkennen würde. Val hatte schon immer die Angewohnheit gehabt, deren Vokalen kleine Schnörkel hinzuzufügen, wodurch Val immer unnötig lange für handschriftliche Texte gebraucht hatte. Früher hatte ich darüber die Augen verdreht, wenn dey zum Beispiel für unsere Einkaufsliste zwanzig Minuten gebraucht hatte. Doch jetzt, nach zehn Jahren, in denen ich diese Handschrift nicht mehr gesehen hatte, war es das Kostbarste, was ich je erhalten hatte.

Ich blinzelte. Wie war das bitte möglich? Erlaubte sich hier jemand einen makaberen Scherz mit mir? Noch einmal musterte ich den Umschlag genau. Ohne Zweifel, da stand es.

Adéla Vébr
Vávlavské námstí 68
112 85 Praha 1

Meine Finger zitterten, als ich über die Worte strich, die mit roter Tinte geschrieben worden waren. Dann schüttelte ich den Kopf, lief rückwärts durch meinen Flur, bis ich mit dem Rücken an etwas Hartes stieß, und ließ mich dann auf den Boden sinken.

Dort schloss ich kurz die Augen, atmete zweimal langsam ein und viel zu hektisch wieder aus und riss den Umschlag dann so schnell auf, dass es später aussah, als hätte ein Kind zum ersten Mal Post bekommen.

Zum Vorschein kam kein Brief, so wie erhofft, sondern eine Fahrkarte. Mehr nicht.

Perplex zog ich sie hervor und starrte auf das Papier, das leicht reflektierte. Ein Zugticket? Das war alles? Ich sah mich um, wartete auf die versteckte Kamera. Doch niemand zeigte sich und ich musste mir eingestehen, dass tatsächlich irgendwer, wahrscheinlich nicht wirklich Val, ein Ticket für mich gebucht und es in einem ominösen Umschlag bei mir eingeworfen hatte. Wer tat so etwas?

Die Zugfahrkarte war auf meinen Namen und meinen Geburtstag ausgestellt und sie war für einen Zug, der ganz offensichtlich morgen fahren würde. *04.Oktober 2024* stand dort. *17:34 Uhr. Bahnhof Prag, Gleis 6, Abschnitt C, Wagon 3. Für Adéla Vébr.* Und darunter erneut Vals Handschrift. Val hatte den Kauf unterschrieben. Und laut Zeitstempel war das bereits letzte Woche geschehen. Das Einzige, was fehlte, war ein Zielbahnhof. Wohin würde dieser Zug fahren?

Die Gefühle überkamen mich. Angst. Sorge. Freude. Hoffnung? *Nein!* Ruckartig stand ich auf. Ich würde doch nicht wirklich in einen Zug steigen, den irgendwer Fremdes auf meinen Namen gebucht hatte? Das konnte doch irgendjemand sein? Vielleicht dachte ich nach all den Jahren ja auch nur, dass hier sei Vals Handschrift. Vielleicht spielte mir mein Unterbewusstsein einen fiesen Streich! Oder jemand anderes tat das! Niemals würde Val nach zehn Jahren, in denen dey einfach verschwunden war, auf diese Art und Weise Kontakt zu mir aufnehmen! Val, wenn dey noch lebte, musste wissen, dass deren Verschwinden mich zerstört hatte. Ich war ein Wrack gewesen und war es auch heute noch. Bis heute weinte ich mich oft in den Schlaf. Bis heute gab ich mir die Schuld für all das. Da würde Val doch niemals, nachdem die Polizei, Vals Familie und ich monatelang nach denen gesucht hatten, jetzt einfach einen Brief schicken, in dem nicht mal wirklich etwas stand? Apropos Polizei! Sollte ich sie nicht informieren? Klar, es gab seit fast einem Jahrzehnt keine neuen Hinweise und Val war offiziell für tot erklärt worden, doch was, wenn das hier tatsächlich eine Spur war? Außer mir hatte niemand daran geglaubt, dass Val noch lebte. – Hier hielt ich vielleicht den Beweis in meinen Händen! Andererseits würde die Polizei mir den Brief sicher abnehmen, um ihn auf Spuren zu untersuchen und dann würde mir erneut das Einzige genommen werden, was Hoffnung spendete.

Und in diesem Moment wusste ich, was ich tun würde. Ich würde in diesen Zug steigen. Ich musste herausfinden, was mit Val geschehen war. Sonst würde ich nicht weiterleben können. Sonst würde ich mir auf ewig die Schuld geben.

Ich weiß nicht, was ich erwartet hatte, aber dieser Zug war es nicht. Klar, die Einladung, der Brief, oder wie auch immer man es nennen wollte, war ein erster Hinweis gewesen, dass hier irgendetwas nicht stimmte, doch trotzdem hatte ich einen ICE, einen Schnellzug oder eben irgendetwas Normales, Modernes erwartet. Keinen Zug aus einem vergangenen Jahrhundert. Okay, vielleicht war er auch nur aus dem späten zwanzigsten Jahrhundert, doch hier, inmitten so viel neumodischer und moderner Züge, kam mir dieser Zug vor wie aus einem Fantasyfilm. Er hatte nur drei Wagons, große, leicht milchige Fenster und vorne, am Anfang des Gleises, konnte ich doch tatsächlich eine Lok erkennen! Fuhr so etwas heute überhaupt noch? Marty, mein Kollege aus dem Nationalmuseum, wäre begeistert gewesen! Schnell schoss ich noch zwei Fotos, die ich ihm später zeigen würde, sobald ich von diesem Abenteuer zurückgekehrt war. Ich erwartete natürlich nicht wirklich, Val zu finden, doch spannend war es allemal. *Wieso bist du dann hier?,* fragte mich meine innere Stimme. Doch die schob ich einfach weg, schulterte meine Ledertasche und stieg in den hinteren Wagon ein. Ich war hier, also würde ich das Ganze auch durchziehen!

Ein mulmiges Gefühl überkam mich, als ich die Reihen von Bänken, überzogen mit altem Stoff, sah, doch auch dieses Gefühl schob ich weg. Egal was hier los war, so nah war ich Val seit 10 Jahren nicht gewesen. Außerdem beruhigte mich die Tatsache, nicht alleine zu sein, immens. Außer mir saßen bereits ein paar andere Menschen im Abteil. Jeder für sich, die meisten in ihre Handys vertieft. Nur eine ältere Dame saß am Fenster und blickte stumm auf den Bahnsteig. Sie sah kurz auf, als ich mich ihr gegenüber an den Tischplatz des Vierers setzte, doch auch schnell wieder weg. In ihrem Blick sah ich etwas, was ich nur allzu gut kannte. Resignation. Im Allgemeinen hatten alle diese Menschen hier etwas an sich, was sich schwer beschreiben ließ. War es Melancholie? Trauer?

Ich machte es mir gemütlich und wollte mich gerade ebenfalls meinem Handy widmen, um meine E-Mails zu checken, als sich die Zugtüren, pünktlich um 17:34 Uhr, auf die Sekunde genau schlossen und ein Pfeifen ertönte. Dann fuhr der Zug auch schon an und alle Fahrgäste, einschließlich mir, sahen auf. Niemand sagte ein Wort und mich ließ der Gedanke nicht los, dass ich nicht die Einzige war, die absolut keine Ahnung hatte, wohin wir fuhren.

Der Blick der alten Dame traf mich, denn sogar sie hatte sich bei Fahrtantritt endlich vom Fenster losgerissen und wir nickten uns stumm zu. Dann fiel mein Blick auf den Tisch. Vor ihr lag dieselbe Fahrkarte, die ich bekommen hatte, nur dass ich meine noch immer umklammert hielt, als ginge es um mein Leben. Ihr Blick folgte meinem und verharrte auf meiner Hand.

Ihre Lippe zitterte, als sie zu sprechen ansetzte, doch genau in diesem Moment öffnete sich die Abteiltür des vorderen Wagons und ein Mann in einem altertümlich aussehenden Frack kam herein.Vor sich her schob er einen goldenen Speisewagen, der über und über mit Getränken und kleinen Schalen mit Leckereien beladen war. Wie aufs Stichwort knurrte mein Magen. Ich war den ganzen Tag so nervös und angespannt gewesen, dass ich nichts hatte essen können.

Der Mann lächelte in die Runde und machte eine ausladende Handbewegung, während die Landschaft draußen nun immer schneller vorbeizog.

»Herzlich willkommen, herzlich willkommen!« Er strahlte über beide Ohren, was ihn, merkwürdigerweise, nur noch unfreundlicher aussehen ließ. Seine unnatürlich weißen Zähne blendeten fast. »Darf ich Ihnen etwas zum Köstigen anbieten? Oder einen Drink? Wir haben alles, was das Herz begehrt! Scheuen Sie sich nicht, zuzugreifen!«

Keiner von uns rührte sich. Wir alle blickten ihn an, als wäre er ein Alien, der uns gerade verkündet hatte, wir würden gleich auf dem Mars landen. Dann räusperte sich ein älterer Herr, der zwei Reihen vor mir am Gang saß und einen viel zu großen Hut auf dem Kopf trug. »Sie dürfen uns erst einmal verraten, wohin wir überhaupt fahren! Wie wäre es damit?«

Zustimmendes nicken von uns allen und der Mann im Frack grinste noch ein Stück breiter. »Gewiss! Gewiss!« Er nickte und schob den Servierwagen ein Stück näher zu uns. Dann zeigte er nach draußen. »Wir sind auf dem Weg nach Krev! Und wir planen, Ihnen die Reise so angenehm wie möglich zu gestalten!«

»Was ist Krev?« Eine junge Frau, ungefähr in meinem Alter, runzelte die Stirn und nahm dann ihre Brille ab, nur um sie gleich wieder aufzusetzen.

»Krev ist eine Stadt und ein Königreich zugleich. Sie werden alles erfahren, sobald der richtige Zeitpunkt gekommen ist. Hat schon jemand Ihre Fahrkarten kontrolliert?« Mit diesen Worten ließ der hagere Mann seinen Servierwagen stehen und machte die Runde. Dann stellte er jedem von uns etwas zu essen und einen Drink hin, nur um kurz darauf wieder in Richtung von Wagon zwei zu verschwinden.

Unsicher sah ich ihm nach. Krev? Davon hatte ich noch nie gehört und dabei hatte Geografie mir schon immer gelegen. Als Studentin, bevor ich meinen Job nach Vals Verschwinden an den Nagel gehängt hatte, hatte ich jahrelang tschechische Ahnenforschung betrieben, die insbesondere um Prag herum stattfand. Doch von einer Stadt, die Krev hieß, hatte nie jemand etwas erwähnt. Von einem Königreich ganz zu schweigen!

Die Frau vor mir schien denselben Gedanken zu teilen. »Vielleicht liegt Krev in einem anderen Land?«

Ich schürzte die Lippen. Daran hatte ich noch gar nicht gedacht. Unsicher schielte ich zu meiner kleinen Tasche rüber, die ich nur notdürftig gepackt hatte. Was, wenn ich länger weg sein würde?

»Darf ich Sie etwas fragen?« Verschwörerisch beugte sich die Frau nach vorne und ich konnte den Duft ihres teuren Parfüms ausmachen. Sicherlich Chanel.

Ich nickte. »Klar.«

»Suchen Sie auch jemanden?« Ihre glasigen Augen zuckten und mich überkam eine Gänsehaut.

»Wie bitte?« Ehe ich richtig antworten konnte, mischte sich die andere junge Frau ein und setzte sich zu uns.

»Ihr habt auch jemanden verloren? Diese Karte hier – Bernard hat sie unterschrieben! Fünf Jahre ist es nun her!« Tränen schossen ihr in die Augen, woraufhin die Frau mit dem Chanel-Parfüm ihr eine Hand auf die Schulter legte und nickte.

»Ich glaube, wir alle wurden von unseren Liebsten eingeladen.«

Unwillkürlich schüttelte ich den Kopf. »Das ist unmöglich..«

Nun rief der ältere Mann etwas in unsere Richtung, gerade als ich aus dem Fenster blickte. Noch immer rauschte die Landschaft an uns vorbei und es wurde zunehmend dunkler. Draußen konnte man nur noch vereinzelt Felder und Wälder erkennen. Wie lange waren wir jetzt unterwegs? »Hat jemand noch Handyempfang?«, riss mich der Mann aus meinen Gedanken.

»Mein Handy ist aus!«, beschwerte sich die alte Frau und klopfte mit der flachen Hand auf das Display.

»Meines ist wie eingefroren! Seht mal, sogar die Uhrzeit steht immer noch auf 17:34 Uhr!« Die junge Frau hielt mir ihr Handy unter die Nase.

Ein Blick auf meine Armbanduhr verriet mir das Gleiche. Auch sie war stehen geblieben. Der Kloß in meinem Hals wurde dreimal größer. Wo war ich da nur hineingeraten?

»Wer ist es bei Ihnen, meine Liebe?«, wandte sich nun der ältere Mann erneut an mich. Offensichtlich vermissten wir wirklich alle jemanden. Die ältere Frau ihre Ehefrau. Die jüngere ihren Bruder Bernard. Der knochige alte Mann seinen Sohn und die anderen beiden Frauen, beide dürften Mitte vierzig sein, ihre Ehemänner. Sie alle waren spurlos verschwunden. Genau wie Val. Und ich würde hundert Kronen darauf verwetten, dass es den Passagieren in Wagon 1 und 2 genauso ging.

»Val. Ich habe Val verloren. Die Liebe meines Lebens ..«

»Adéla?«, ruft Val mir von der Eingangstür zu. Schnell verabschiede ich mich von Liz, die nicht aufhört, sich über ihren Chef aufzuregen. »Ich ruf dich morgen wieder an. Und verdammt, Liz, kündige einfach! Muss Schluss machen, hab dich lieb!« Seufzend werfe ich mein Handy auf das Sofa und eile zu Val. Dey steht bereits vollgepackt mit Kameraausrüstung und Rucksack im Flur und sieht genervt aus. »Babe! Ich muss mich wirklich beeilen!«

Lachend schiebe ich mich an den Umzugskisten vorbei zu denen und schlinge meine Arme um Vals Hals. »Kannst du das nicht nächste Woche machen? Lass uns heute einfach im Bett bleiben und Essen bestellen! Der Umzug war doch stressig genug..«

Val lacht und drückt mir einen Kuss auf den Mund. »Dafür bin ich viel zu aufgeregt! Außerdem habe ich Timo bereits gesagt, ich würde den Artikel nächste Woche abgeben! Heute Abend bin ich wieder zurück und wenn du möchtest, bringe ich etwas vom Chine-

sen mit, okay?« Vals Lächeln reicht bis zu den Augen und dey zieht mich liebevoll an sich. »Ich liebe dich.«

Ich hingegen mache eine gespielte Schmolllippe, erwidere es dann aber doch. »Und ich dich! Unendlich, Val.«

Dann drückt dey mir noch einen Kuss auf die Wange und ich sehe Val nach, wie dey die Treppe herunter eilt und unten in ein Taxi steigt. Wo wollte Val noch einmal hin? Ich zucke mit den Achseln. Val passt immer auf sich auf. Also mache ich mich daran, die nächste Umzugskiste auszuräumen und freue mich auf einen Abend voller leckerem Essen und Filmen.

Doch diesen Abend sollte es nie geben. Denn Val kam nicht zurück. Val kam nie wieder zurück.

Die alte Frau, die sich als Rosa vorgestellt hatte, griff nach meiner Hand, als ich fertig mit Erzählen war.

»So jung! Dabei wart ihr doch so jung!«

Ich nickte und genoss ihre Berührung. »Ich glaube, so etwas ist immer schlimm, egal wie alt man ist.«

Rosa nickte ebenfalls und als sie meine Hand wieder losließ, stürzte ich mich auf meinen Drink, nur um irgendetwas in der Hand zu halten. Timmothe, der alte Mann mit dem Hut, wollte gerade etwas erwidern, als der Zug abrupt langsamer wurde und wir alle gleichzeitig aus dem Fenster sahen. Mittlerweile war es stockdunkel draußen und obwohl es ohne funktionierende Uhren schwer zu sagen war, war ich mir sicher, dass wir mindestens zwei Stunden gefahren sein mussten – wenn nicht sogar mehr. Das Blau der Nacht wurde von Nebelschwaden durchzogen und je langsamer der Zug wurde, desto mehr sträubte sich etwas in mir, weiter aus dem Fenster zu sehen. Doch ich tat es natürlich trotzdem.

Irgendwann kam dann tatsächlich ein Bahnsteig in unser Blickfeld. Vereinzelte Gaslampen erhellten die Straße. Es sah aus wie ein alter, kleiner, verlassener Bahnhof, von denen es in Tschechien tausende gibt. Und ganz offensichtlich gab es nur dieses eine Gleis.

Viel zu erkennen war im Dunkeln nicht – weshalb es unmöglich zu sagen war, was hinter dem Bahnhof lag, doch die Gaslampe leuchtete immerhin ein einzelnes, verwittertes Holzschild an.

Krev – ist alles, was darauf geschrieben stand. Darunter prangte eingestanzt das Wappen, das bereits auf dem Wachssiegel des Briefes zu sehen gewesen war.

Ich schluckte und griff intuitiv nach Rosas Hand über den Tisch. Die alte Dame lässt es zu, wahrscheinlich ist auch sie dankbar für die Unterstützung.

Dann tauchte der hagere Mann im Frack wieder auf und die Türen des Zuges öffneten sich mit einem lauten Zischen. Erst jetzt bemerkte ich, dass der Zug vollständig gehalten hat. Wir waren da.

»Alle aussteigen! Herzlich willkommen in Krev! Sollten Sie schweres Gepäck mitführen, können Sie dies einfach hier lassen – es wird Ihnen alles auf Ihre Zimmer gebracht, sei Ihnen versichert!«

Niemand in unserem Abteil erhob sich. Erst als ich den Anfang machte, standen auch Rosa und Timmothe auf. »Wollen wir?«

»Nach dir, meine Liebe.« Rosa warf mir ein unsicheres Lächeln zu. Alles in mir schrie, dass ich sitzen bleiben sollte. Doch was, wenn Val wirklich hier war? Was, wenn alles gut werden würde? Wenn ich nach zehn langen Jahren doch noch mein Happy End bekam?

Als mein Stiefel den Bahnsteig berührte, gingen weitere Lichter an. Gaslampen, an denen Blumenkübel mit roten Rosen hingen, erhellten den Weg und ich lief mutig weiter. Neben dem Zug, der jetzt nur noch leicht vibrierte, blieb ich stehen und sah mich staunend um. Doch der Nebel war zu dicht, die Dunkelheit zu allumfassend, sodass ich nichts ausmachen konnte. Nach und nach öffneten sich auch die anderen Wagons und weitere zwanzig Menschen, die ich vorher nicht gesehen hatte, traten zu mir. Wir alle wechselten verunsicherte Blicke und noch immer war es schwer zu sagen, worin unsere Gemeinsamkeiten lagen. Jedes Geschlecht, jedes Alter, ja sogar jede Nationalität schien vertreten zu sein. Wir alle teilten nur eines: Man konnte unsere Angst förmlich riechen. Unsicher blieb ich neben Rosa stehen. Sie mochte ich. Ihr vertraute ich jetzt schon.

Der Frack-Kerl nickte, als wir uns alle eingefunden hatten, dann klatschte er in die Hände und der Zug schloss die Türen. Dann ertönte vor uns ein Geräusch. Hufgetrappel. Pferdekutschen! Nein, genauer gesagt nur eine Kutsche, dahinter folgten fünf offene Pferdewägen. Sie alle hielten im Halbkreis vor uns, die Kutsche in der Mitte. Ich reckte meinen Kopf, um genaueres zu erkennen, und dann sah ich die wohl schönste Frau der Welt aussteigen. Sie trug ein Kleid, das ihr ganz offensichtlich auf den Leib geschneidert wurde und was nicht aus diesem Jahrhundert zu stammen schien. Es war bodenlang, hatte eine Korsage und feine Stickereien aus rotem Samt. Es war atemberaubend schön. Wer immer es angefertigt hatte, musste sehr talentiert sein. Ihre dunkelbraunen Haare wurden aufwendig geflochten und sie breitete so elegant die Hände zu beiden Seiten aus, dass ich mich fragte, wie oft sie das bereits vor dem Spiegel geübt hatte. Ihr Lächeln ließ mir das Blut in den Adern gefrieren, so sehr verzauberte es mich.

Dann räusperte sie sich. »Auch von mir, ein herzliches Willkommen in Krev. Ich bin Prinzessin Nathalia und es ist mir eine große Ehre, Euch alle in meinem Königreich begrüßen zu dürfen. Die Wägen werden Euch zum Schloss bringen, wo Eure Liebsten auf Euch warten.«

Sobald sie diesen Satz ausgesprochen hatte, gab es kein Halten mehr. Außer mir und Rosa stürmten alle los, um sich, so schnell es ging, einen Platz zu suchen. Timmothe schubste sogar einen anderen Herren weg, nur um als erster bei den Wägen anzukommen. Nur wir blieben stehen, hielten uns immer noch. »Das kann doch nur ein Scherz sein!«, wisperte Rosa mir nun zu und ich nickte. Auch mir kam das alles mehr als faul vor. Doch was hatten wir für eine Wahl?

»Ich habe noch nie von einer Prinzessin Nathalia von Krev gehört, du?«

Als Antwort sah Rosa mich mit hochgezogenen Augenbrauen an. Dann drückte sie meine Hand.

»Naja. Unsere Herzen haben wir ja bereits verloren, als Katerina und Val gingen. Was soll uns also noch geschehen?« Dann zwinkerte sie und zog mich mit sich. Ich ging mit, doch kam nicht drumherum mich zu fragen, ob sie nicht vielleicht doch unrecht damit hatte. Was, wenn wir hier mehr, als nur unsere Herzen verlieren würden? Was, wenn es unser Leben war?

Kapitel 2 – Val

Mit Nadel und Faden

Ich stand vor meinem Fenster, die Arme vor der Brust verschränkt, und wartete, ein ungutes Gefühl im Bauch.

Es war das erste Mal vor einigen Tagen aufgetreten. Als der Nebel eines Morgens nicht mehr grau war, sondern blutrot. Er hing wie eine Warnung in der Luft, bereitete mir Schwierigkeiten zu Atmen. Er machte mich misstrauisch. Nervös. Ich hörte das harte Geräusch von Holzrädern auf Pflastersteinen, noch bevor ich die Kutsche sah. Sie machte schließlich halt, und ich nahm es mir heraus, sie einige Sekunden lang von oben zu beobachten. Das Dach war mit einem hellblauen Stoff bezogen. Ein kläglicher Versuch, Farbe an diesen Ort zu bringen. Ich sah einen Mann, der ausstieg und an die Tür meiner Schneiderei klopfte. Das Pochen war auch in meiner darüberliegenden Wohnung leise zu hören. Also wandte ich mich ab, verließ das Schlafzimmer und machte mich auf den Weg durch mein Treppenhaus, in die Schneiderei. Dem Boten der Prinzessin öffnete ich die Tür, ohne ihn weiter zu beachten. Er trat ein und begann ein Gespräch, auf das ich wie immer nicht einging. Es war nicht das erste Mal, dass er so tat, als würden wir miteinander plaudern und ich wusste, dass er mich damit aufzog.

»Auch schön, dich zu sehen, Val. Oh danke, es geht mir wunderbar. Nein, ich weiß es auch nicht so genau, aber danke der Nachfrage«, plapperte Gregor los, kaum, dass ich ihn herein gelassen hatte. Es brachte mich zum Lächeln, auch wenn ich ihm das nicht zeigte.

Ich brummte ihm lediglich ein »Guten Morgen« entgegen. Die Stoffe, die ich für meinen Auftrag im Schloss herausgesucht hatte, lagen bereits auf meinem Arbeitstisch. Zwei Koffer mit Utensilien standen daneben. Mochte sein, dass mich die Menschen für durch und durch gleichgültig hielten. Aber meine Arbeit machte ich ordentlich und mit größter Sorgfalt. Und ich würde niemandem eine Vorlage bieten, etwas anderes über mich zu behaupten. Meine privaten Dinge hatte ich in einer einfachen Ledertasche, die ich mir jetzt über die Schulter schwang. Aus dem gleichen Material war mein bodenlanger Mantel, ohne den ich das Haus nicht verließ. Ich hatte ihn bereits nach dem Aufstehen angezogen. Mich darin verkrochen. Das traf es vielleicht eher.

Fehlte nur noch eins: Während Gregor dabei war, die Stoffe in die Kutsche zu laden, hockte ich mich vor meine hölzerne Standuhr. Ich klopfte sachte dagegen und dann sagte ich: »Guten Morgen ihr drei. Habt ihr Lust auf ein Abenteuer?«, ehe ich sie öffnete. In der dunklen Kammer war eine Bewegung wahrzunehmen, und ich streckte meine Hand etwas weiter in die Schatten. Es dauerte nicht lange, da spürte ich die ersten kühlen Beinchen auf meiner Hand. Drei Hirschkäfer, jeder von der Größe einer Postkarte, krabbelten mir den Arm hoch. Zwei von ihnen, selbstbewusst genug, um sich auf meine Schultern zu setzen. Der dritte jedoch war eine ängstliche Kreatur. Er blieb auf meiner Hand sitzen, sah mich an und klackerte mit seinen Zangen. »Natürlich kannst du in die Tasche«, sagte ich, erhob mich und ließ meine Hand in eine der riesigen Manteltaschen gleiten.

»Ich fürchte, in der Kutsche ist nicht mehr allzu viel Platz«, informierte Gregor mich, auf seinem Gesicht ein gespieltes Bedauern.

»Du hast doch nur keine Lust, die ganze Fahrt über alleine auf diesem elendig harten Bock zu sitzen«, gab ich zurück und kletterte dann ohne zu fragen auf den Platz hinter den Pferden.

Gregor setzte sich neben mich und nahm die Zügel in die Hand. »Weißt du, Val, wenn du nicht so grantig wärst....«

»Dann wären wir keine Freunde«, unterbrach ich. »Und jetzt los. Ich hab viel zu tun.«

Während der Kutschfahrt redeten wir kaum. Ich hätte mich aber auch auf kein richtiges Gespräch konzentrieren können. Denn je näher wir den Schlossmauern kamen, desto dichter und kräftiger wurde das Rot des Nebels. Die Gassen um uns herum waren noch schlechter zu erkennen als gewöhnlich, und die flackernden Laternen, die die Straßen säumten, verliehen dem Schleier ein schauriges Schattenspiel. Die Wachen öffneten uns die riesigen metallenen Tore, als wir das Schloss schließlich erreicht hatten. Es thronte in der Mitte der Stadt auf einem Hügel, erhob sich über die Bevölkerung und ließ uns nicht vergessen, wer über uns herrschte. Mein erster Besuch in Nathalias Sitz hatte sich für mich angefühlt wie ein Fiebertraum. Ich hatte bis dahin nur eine Schneiderei besessen, und auch, wenn ich irgendwann bekannt für meine Arbeit geworden war, ich hätte doch nicht damit gerechnet, dass die Prinzessin persönlich mal ein Schreiben aufsetzen und mich einladen würde. Doch genau das hatte sie getan. Und seither ließ sie mich regelmäßig von Gregor ins Schloss bringen, um ihr neue Roben, Kleider und Gewänder zu fertigen. Und das brachte mir Privilegien verschiedenster Art ein.

»Wollen wir heute Abend zusammen essen?«, fragte Gregor mich, als wir das Hauptgebäude schon fast erreicht hatten.

»Wenn Ihre königliche Hoheit nichts anderes mit mir vor hat, komme ich zu dir«, antwortete ich. In Wahrheit verbrachte ich mit beiden gerne Zeit. Auch wenn die Gestaltung dieser kaum unterschiedlicher hätte sein können.

Wir hielten und ich sprang vom Kutschbock. Kaum hatten wir gehalten, waren mehr Bedienstete angekommen, die sich jetzt daran machten, die Meterware und meine Koffer ins Innere des Schlosses zu bringen.

»Dann bis später!« Gregor hob eine Hand zum Gruß und ich nickte ihm noch einmal zu, ehe ich die riesige Eingangshalle betrat, als wäre sie mein Wohnzimmer.

»Wo ist die Prinzessin?«, fragte ich, kaum dass sich die Tore hinter mir geschlossen hatten. Den Wächter, den ich angesprochen hatte, machte ich mit dieser Frage ganz offensichtlich verlegen. Natürlich nahm ich mir mit dieser Frage viel heraus. Etwas zu viel. Aber ich kannte Nathalia gut genug, um zu wissen, was ich mir erlauben konnte, und was nicht.

»Sie- Sie ist noch außer Haus«, stammelte der Wachmann, der mir vermutlich gar keine Auskunft hätte geben dürfen. Immerhin stand mir diese Information nicht zu. Ich war zum Nähen hier. Nicht zum Regieren.

»Na gut.«

Sie würde schon wiederkommen, und mir erklären, warum ich dieses Mal für eine ganze Woche hier eingeplant worden war. Denn sonst war ich nie länger als zwei Tage am Stück hier. Grundsätzlich war an diesem Auftrag einiges anders als sonst, und ich würde die Prinzessin recht zeitnah aufsuchen müssen, um die Details zu klären. Dafür musste ich aber erst einmal ins Schloss kommen. Ich folgte den Bediensteten, die mein Gepäck dabei hatten, in das selbe Zimmer, in dem ich auch sonst untergebracht war. Bevor sie gingen, bedankte ich mich. Und dann genoss ich die Ruhe der steinernen Mauern und der geschlossenen Tür.

Ich hatte einen postalischen Auftrag bekommen, so wie es immer war, wenn die Prinzessin mich für ihre Dienste ins Schloss bestellte. Normalerweise bekam ich aber schon einige Informationen vorab, was genau von mir erwartet wurde. Das war bei diesem Auftrag nicht der Fall. Ich hatte lediglich die Information bekommen, dass ich eine gute Woche Zeit haben würde, um für 30 Personen Abendgarderobe zu fertigen. Ohne ein bisschen Hilfe und gute Vorbereitung wäre das vollkommen undenkbar. Doch die hatte ich. Und ich war sehr gut in dem, was ich tat. In meinen Koffern befanden sich bereits die ersten Kleider, die ich nur noch anpassen musste. Ich hatte meterweise Perlen aufgefädelt und schlussendlich war es ganz einfach. Wenn mir ein so umfangreicher Auftrag für eine so kurze Zeit gegeben wurde, konnte auch niemand von mir erwarten, dass ich 20 Korsagen herstellte. Nicht einmal die Prinzessin von Krev.

»Ich weiß, dass du aufgeregt bist, Michael«, flüsterte ich der kleinen Kreatur zu, die sich nach wie vor in meiner Tasche befand, und die ich jetzt langsam wieder ans Licht brachte. Der Käfer legte sich auf meine Handfläche. Ich tippte ihm mit den Fingern ein paar Mal über den Panzer, dann setzte ich ihn auf meinem Arbeitstisch ab. Er war riesig. Wie alles in diesem Zimmer. Der Tisch, die Nähmaschinen, die Schränke, die bis oben hin voll waren mit Material und Equipment. Selbst das Bett, das sich im angrenzenden Zimmer befand, und die Badewanne, die für Krev ein unerhörter Luxus war. Ich war kaum damit fertig, meine Stoffe über der Arbeitsfläche auszubreiten, als es dumpf an die schwere Holztür klopfte. Ich öffnete. Mir gegenüber standen Wachen. Sie trugen ihre orangefarbenen Uniformen und einen düsteren Blick.

»Die Prinzessin möchte Dich sprechen«, sagte einer von ihnen. Ich nickte, schloss die Tür hinter mir und ließ einen der beiden vor mir her gehen. Die Flure, durch die wir liefen, waren mir inzwischen bekannt. Der federnde Teppich, der über die altertümlichen Steine ausgebreitet war, die Gemälde an den Wänden, von längst verstorbenem Adel, die Kerzenleuchter, und der Blick auf die Gassen, wenn man an einem der hohen Fenster vorbei kam. Doch anstatt in ihr Ankleidezimmer gebracht zu werden, in dem Nathalia mich für gewöhnlich traf, wurde ich in Richtung des Thronsaals begleitet. Und die Hinterzimmer dieses Raums zu betreten, fühlte sich dann doch plötzlich seltsam an. Dass ich mich hier verhielt, als sei es mein Schloss, das war ein Charakter, den ich spielte. Eine Version von mir, die die Prinzessin mochte. Aber in die Räumlichkeiten zu kommen, die keine außenstehende Person jemals betreten durfte, das überstieg meine Vorstellungskraft.

»Da soll ich rein?«, fragte ich also, als die Wache, die vor mir gelaufen war, eine Tür öffnete, und mir damit den Blick in ein kleines, aber prunkvolles Zimmer ermöglichte.

»Die Prinzessin wird Dich hier treffen.«

Ich schluckte und setzte mich dann langsam wieder in Bewegung. Die Tür wurde geschlossen und ich war mit einer Wächterin alleine. Sie schenkte mir keinerlei Beachtung und ich wollte sie nicht anstarren. Auch wenn sie sehr hübsche Züge hatte. Also versuchte ich, mir das Zimmer so gut wie möglich einzuprägen. Es hatte einen runden Teppich, der das Wappen von Krev trug, an einer Wand hing ein gigantisches Porträt der Prinzessin. Ansonsten standen einige alte Möbel herum, auf denen Vasen standen, die vermutlich so teuer waren, dass ich ihren Wert auch in der Ewigkeit meines trostlosen Lebens nicht abbezahlen könnte, wenn mir davon eine herunterfiel. Wie auch im Flur, waren hier Kerzenhalter an den Wänden angebracht, die das fensterlose Zimmer in ein düsteres Licht tauchten. Ich hatte mich gerade einem Wandteppich zugewandt und begutachtete die feine Blumenstickerei, als sich dieser plötzlich bewegte. Ich schreckte zurück. Durch eine Tür, die sich hinter dem Teppich zu befinden schien, trat die Prinzessin. Und mit ihr erfüllte ein Duft den Raum, der Hitze in mir aufsteigen ließ. Ein Duft, den ich in dieser Form- in meiner Formnoch nie so wahrgenommen hatte.

»Ah, Val. Du bist schon hier« Prinzessin Nathalia trat auf mich zu, und anstatt mich standesgemäß zu begrüßen, ließ sie die Rückseite ihres Zeigefingers über meine Wange wandern. »Du hast dich ja richtig in Schale geschmissen.« Sie kicherte. Und ich versuchte, ihr weiterhin in die Augen zu sehen und meinen Blick nicht in Richtung ihrer Korsage wandern zu lassen.

»Wer ins Schloss gerufen wird, sollte entsprechend zurechtgemacht sein«, sagte ich trocken. Was auch immer hier so roch, nahm mich komplett ein. Es benebelte mich. Wie eine Droge. Nathalia kicherte. Was berechtigt war. Denn auch wenn mein Aufzug auffällig war, besonders adelig kam ich in meiner weiten Hose, dem übergroßen Hemd und meinem bodenlangen Ledermantel nicht daher. Von der Kohle, mit der ich meine Augen geschminkt, und dem klobigen Silberschmuck, den ich angelegt hatte, mal abgesehen.

»Ich habe mir auch dein Lieblingskleid angezogen.« Sie trat einen Schritt nach hinten und präsentierte mir ihr Kleid. Ich kannte jeden Nadelstich daran auswendig. Wie bei jedem Stück, das ich schneiderte. Und ich konnte ganz ungeniert gestehen, dass das hier wirklich gut geworden war. Und dass es ihr hervorragend stand.

»Wurde ich zum Flirten hergebracht?«, fragte ich.

Sie kicherte erneut. »Vielleicht sollte ich mir das für später aufheben.« Sie zwinkerte mir zu und öffnete dann die Tür, aus der sie eben gekommen war. »Jetzt möchte ich dir die lieben Menschen vorstellen, für die ich dich in mein Schloss bestellt haben.« Ich starrte sie an. Der Geruch wurde intensiver. Mein Hals schnürte sich zu, während sich ein unbändiges Verlangen in mir ausbreitete. »Mach ihnen aber keine Angst. Sie wissen noch nichts von der Freude, die sie uns bereiten werden.« Nathalia kicherte. Und ich folgte ihr mechanisch. Ein Kratzen an meiner Unterlippe ließ mich schließlich unruhig werden. Denn meine Zähne reagierten in der Regel nur auf Blut. Die Tür führte zu einem der kleinen Balkone, von denen aus man einen Blick über den Thronsaal hatte. Um genauer zu sein, zu dem Balkon, mittig über dem Thron der Prinzessin. Und erst jetzt wurde mir bewusst, dass ich Gästen präsentiert wurde. Gästen, in deren Adern warmes, süßes Blut pulsierte.

Meine Kehle fühlte sich an, als zerriss sie unter meinem Verlangen. Aber Nathalia drückte meine Hand mit ihren Fingern, so kalt, als wäre sie aus Eis. Eis, das mich runter kühlte und meinen Kopf klärte.

Kapitel 3 – Adela

10 Jahre in 10 Sekunden

Die Kutschen hatten uns durch eine wunderschöne, aber trostlose Altstadt geführt, bis zu einem Berg, der inmitten der Stadt thronte. Auf dem Berg hatten wir, inmitten von Nebelschwaden, ein Schloss ausmachen können. Still hatte es dagelegen, so schön, als wäre es nur für uns gemalt worden. Doch ich glaube, wir alle hatten gespürt, dass Unheil hinter den Mauern auf uns wartete.

Man hatte uns in einen großen Saal geführt, nachdem die Kutschen stehen geblieben und wir hinausgeleitet worden waren. Der Saal mit dem Marmorboden und den hohen Wänden war von Kunstwerken geziert und ein einzelner vergoldeter Thron stand hinten, auf der anderen Seite des Raumes, an der Wand. Darüber ragte ein Balkon, von dem aus man alles überblicken konnte. Und nachdem wir uns alle unter Murmeln in dem Saal eingefunden hatten, betraten zwei Menschen den Balkon. Und einer von ihnen war Val.

Val? Mir wurde heiß-kalt. Heilige Scheiße! Das war doch nicht möglich! Dann hatte ich das Gefühl, jemand hätte meinen ganzen Körper betäubt. Ich konnte nicht mehr klar denken. Es war mir egal, was hier los war. Ich wollte einfach nur noch zu Val.

»Val? Göttin! Val!«, wollte ich rufen, doch meine erstickte Stimme ging im Aufruhr der Massen unter.

Rosa neben mir versteifte sich, als neben Val eine Frau nach vorne trat und uns alle mit einer einzigen Handbewegung verstummen ließ. Es war die Frau, die uns vorhin bereits an den Kutschen in Empfang genommen hatte und von der eine Aura ausging, die zugleich anziehend, als auch gefährlich wirkte.

Die Frau fing an zu sprechen, doch ich hatte nur Augen für Val. Dey stand dort, schön wie eh und jeh. Nicht einen Tag gealtert, doch es gab keinen Zweifel: Das war Val. Das war die Person, an die ich mein Herz vor so vielen Jahren erst verloren und die es dann mitgenommen hatte. Hierhin mitgenommen ? Wusste Val, dass ich hier war? Sah dey mich? Nein. Vals Augen glitten einmal über die Menge, so als suchte dey etwas, doch sie blieben an nichts Speziellem hängen. Dann sah Val die Frau neben sich wieder an, die nun eine Hand auf deren Schulter legte. Es war nur eine kleine, aber doch sehr vertraute Geste. Und sie ließ mir das Blut in den Adern gefrieren.

»Wie ich bereits sagte«, die Frau lächelte in die Runde, von dort oben, auf dem Balkon. »Es ist uns eine Ehre, euch unsere Gäste zu nennen. Seid euch sicher, wir sind über alle Maßen begeistert, euch endlich wieder vereint zu sehen! Gleich könnt ihr eure Liebsten begrüßen und dann wird gefeiert. Wir haben einiges vorbereitet und am Freitag wird dann auch der große Ball stattfinden – das Highlight dieses Anlasses! An dem Tag jährt sich auch die Gründung Krevs, umso bemühter waren wir also, wirklich für alles zu sorgen, was das Herz begehren könnte! Wir werden die leckersten Gerichte aus ganz Tschechien servieren und Val wird euch die schönsten Kleider schneidern!« Mein Herz setzte aus. Val wird bitte was? Doch Nathalia, wie sie sich vorgestellt hatte, sprach lächelnd weiter. »Eure Gemächer wurden bereits hergerichtet und ich hoffe, ich verspreche nicht zu viel, wenn ich sage, dass ihr wie auf Wolken schlafen werdet! Ihr dürft euch selbstverständlich frei in der ganzen Stadt und am Hof bewegen, bitte versteht aber, dass manche Geschäfte aufgrund der Vorbereitungen für den Ball geschlossen haben. Nun denn-« Sie klatschte in die Hände und schenkte uns ein noch strahlenderes, noch breiteres Lächeln. »Auf euch!« Dann glitten die Türen zu beiden Seiten des Thronsaals auf und Rosa neben mir stieß einen Freudenschrei aus. Ich blinzelte, wusste erst nicht, was ich da zu sehen versuchte, doch als noch mehr Getöse um mich herum ausbrach, war es auch mir klar. Die Vermissten! Da waren sie und strömten zu uns herein! Nur Val stand dort oben, auf dem Balkon, und war nicht hier bei mir. Rosa, die bis eben noch meine Hand so fest umklammert gehalten hatte, als ginge es um unser Leben, ließ mich los und rannte auf eine Frau zu, die in ein grünes, bodenlanges Kleid gehüllt war. Ich musste ihr Gesicht nicht sehen, um die Frau von dem Foto, das Rosa mir im Zug gezeigt hatte, wiederzuerkennen. Rosa hatte ihre Ehefrau wieder.

Überall um mich herum fielen die Menschen einander in die Arme. Tränen der Erleichterung, ebenso wie lautes Schluchzen, waren auszumachen. Und endlich konnte auch ich mich wieder bewegen. Ich warf erneut einen Blick hoch zu Val. Wo hatte dey all die Zeit nur gesteckt? Was war hier los? Doch so schnell die Fragen auch durch meine Gedanken sausten, als Val endlich den Kopf von Nathalia abwandte und deren Augen meinen Blick trafen, war mein Kopf wie leergefegt. In diesem Moment, als deren Augen mich erkannten – erst ungläubig, dann wissend, Vals Blick endlich weicher wurde und sich dann ein Lächeln, von dem ich schon geglaubt hatte, es nie wieder sehen zu können, auf deren Gesicht schlich, blieb die Zeit kurz stehen. Nathalia sagte noch etwas, doch Val schüttelte ihren Arm ab, stürmte vom Balkon in den Raum dahinter und keine Minute später sprang eine weitere Tür, eine viel kleinere als die anderen, auf. Und da kam Val auf mich zugerannt. Val, mein Herz, mein alles. Und dann umfingen mich Vals Arme und der Geruch nach zuhause. Zehn Jahre. Zehn lange, einsame Jahre. Doch als Vals Lippen auf meine trafen, war es, als wäre keine einzige Sekunde vergangen.

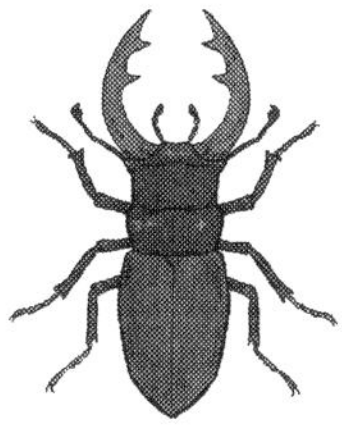

Kapitel 4 – Val

Nebel im Kopf

Ich hatte gefroren. An jedem Tag ohne Adéla hatte ich gefroren. Und ich hatte es nicht einmal gewusst. Bis jetzt.

In dem Moment, in dem sie ihre Arme um meinen Körper schlang, hatte ich das Gefühl, die pulsierende Lebendigkeit in ihren Adern würde auf mich über springen. Ihre Lippen waren warm und weich und schmeckten noch genau wie früher. Ich wollte sie jetzt und hier bis in alle Ewigkeit küssen. Aber ein Kratzen an meiner Unterlippe erinnerte mich daran, dass ich das nicht konnte. Dass ich sofort aufhören musste. Ich entfernte mich also von ihr. Und stellte fest, dass es nicht weniger schön war, sie einfach anzusehen.

Sie sah noch genauso schön aus, wie ich sie in Erinnerung hatte. Ein wenig älter. Und erschöpft. Aber genauso wunderschön.

Prinzessin Nathalia sprach mit uns. Erklärte Dinge. Vermutlich Organisatorisches. Aber ich war ehrlich gesagt überhaupt nicht in der Lage, ihren Worten zu folgen. Ich bekam nur am Rande mit, dass sie sprach. Erst als Adéla mich am Ärmel zog und in Richtung einiger Bediensteter zeigte, kamen die Worte wieder bei mir an. Ich blinzelte verwirrt, ehe ich wieder zu ihr sah.

»Wie bitte?«

»Ich habe gesagt, dass uns unsere Räume gezeigt werden.« Adéla sah mich aus ihren wunderschönen, großen Augen an.

»Ja«, murmelte ich nur. Zu mehr fühlte ich mich in diesem Moment einfach nicht im Stande. Viel zu überfordert war ich mit der Situation. Ich hätte ihr gerne gezeigt, wie überwältigt ich war, sie hier zu sehen. Doch ich fühlte so viel auf einmal, dass ich am Ende zu kaum einer Reaktion im Stande war. Wir folgten den Männern, die einer Person nach der anderen ein Zimmer auf den Fluren des Schlosses zuwiesen. Und während Adéla mit einigen Menschen sprach, die wohl mit ihr angekommen waren, hielt ich einfach benommen ihre Hand. Ihre warme Hand. Die ich… wie lange nicht mehr gehalten hatte? Ich wusste es nicht. Ich hatte keine Ahnung. Allerdings merkte ich, dass sie mich weiter zog. Und zwar dieses Mal in ein Zimmer.

Die Tür fiel hinter uns zu und ich schlang sofort wieder die Arme um sie. Aus dem Augenwinkel erkannte ich, dass es sich um ein hübsches, aber recht gewöhnliches Besuchszimmer des Schlosses handelte. Es war der traurige Versuch, dieses kalte Schloss wohnlich und freundlich zu gestalten. Auch Adéla hatte ihre Arme um mich gelegt. Sie fuhr mir mit den Händen über den Rücken und ich schloss die Augen. Erinnerungen schossen mir durch den Kopf. Eher Gefühle als Bilder. Erinnerungen, die wie durch einen Schleier zu mir kamen. Ich hätte sie gerne noch weiter festgehalten. Doch Adéla ließ ihre Arme nach einiger Zeit wieder von meinem Körper ab und ich wollte sie nicht in eine Umarmung drängen. Denn schließlich wusste ich gar nichts mehr über sie. Auch wenn ich mir jetzt gerade gerne eingeredet hätte, dass keine Zeit vergangen war. Sie musterte mich. Und dann trat sie einige Schritte weg von mir.

»Ich kann nicht glauben, dass du lebst«, brachte sie schließlich hervor. Und ich hätte fast gesagt, dass ich nicht am Leben war. Aber das ging nicht. Nicht jetzt und nicht hier.

»Ja…«, murmelte ich daher.

»Ich… ich…« Sie fuhr sich durch die dunklen Haare, ganz offensichtlich auf der Suche nach Worten. »Ich würde mich unglaublich gerne einfach freuen, dass du lebst und ich dich gefunden habe…« Das *Aber* schwang unheimlich laut in ihren Worten mit. »Nur wird diese Freude gerade ein bisschen überdeckt.« Ich schluckte hart. Denn ich hatte zwar nur einen Verdacht, was ihre Freude dämpfen konnte. Und ich war mir nicht sicher, ob ich bereit war, dass sie ihn mir bestätigte…

»Ich… Wie… Wie bist du hier gelandet? Was..« Sie starrte mich an. »Was ist hier los? Warum hast du dich denn nicht gemeldet? Warum bist du einfach gegangen? Wie bist du hier gelandet? Ich habe dich die letzten zehn Jahre gesucht, nicht wissend, ob du tot bist! Die Polizei hat dich sogar aufgegeben. Und du warst all die Jahre hier? Und hast kein Sterbenswörtchen gesagt?«

Ich starrte sie an. »Zehn Jahre?«

»Ja,...Val…Zehn Jahre.« Sie sah mich ungläubig an. Und ich verstand sie. Ich verstand ihre Verwirrung vollkommen. Aber wie sollte ich es ihr erklären?

Die Erinnerungen schwappten in meinen Kopf wie Wellen über Kies. Ein Kelch. Nathalias Lächeln. Unbändige Schmerzen, die sich anfühlten, als würde mein Körper von innen verbrennen. Eine sanfte Stimme, die mir »Du machst das gut« zuflüsterte. Und ein unbändiges Verlangen in meiner Kehle, als ich die Augen das nächste Mal öffnete.

»Ich bin in diesen Zug gestiegen«, sagte ich tonlos. »Aber…« Ich brachte es nicht über die Lippen. Gerade noch hatte ich einen Gedanken gehabt. Doch sobald ich ihn aussprechen wollte, war er einfach weg. Wie aus meinem Kopf gepustet. »Ich weiß es nicht.«

»Du weißt es nicht? Damit soll ich mich zufrieden geben?« Adéla strafte mich mit einem wütenden Blick.

»Ich sage das nicht als Ausrede, Adéla… Ich weiß es wirklich nicht. Ich… Ich habe keine Erinnerung. Ich weiß nicht, wie und wann ich Kontakt hätte aufbauen sollen. Ich… Ich kann mich an dich erinnern. An unsere Zeit. Aber irgendwie… Irgendwie ist mein Kopf so leer.« Kaum hatte ich diese Worte über die Lippen gebracht, wandelte sich ihr Blick. Von Wut zu Sorge.

»Du weißt es wirklich nicht?«

Ich schüttelte den Kopf. »Du… du hast mich nicht absichtlich in der Luft hängen lassen?«

Ich starrte sie entgeistert an. »Göttin, Nein! Nein! Das würde ich nie niemals!« Ihre Augen füllten sich mit Tränen. Und noch ehe ich verarbeiten konnte, was hier passierte, hatte sie die Arme wieder um mich geschlungen.

»Ich habe dich so vermisst!«, schluchzte sie.

»Ich habe dich so lange gesucht!« Ich zog sie enger an mich, unfähig zu sprechen.

Irgendwann setzten wir uns aufs Bett. Adéla hielt meine Hand und wir schwiegen. Vielleicht hatten wir zu wenig zu sagen. Vielleicht aber auch zu viel. Und sicherlich waren wir beide zu überwältigt, um viel zu tun. Wir saßen also da. Einfach beieinander. Vielleicht hätten wir bis in alle Ewigkeit so die Zeit verbracht. Mich hätte es nicht gestört. Doch unser kleiner Frieden wurde viel zu früh durch ein unsanftes Klopfen an der Zimmertür gestört.

»Ja?« Die Tür wurde geöffnet und Gregor streckte den Kopf herein.

»Val. Dich habe ich gesucht!«

»Ich bin hier«, gab ich von mir. Was sicherlich keine besonders bahnbrechende Information war.

»Nathalia sucht die ganze Zeit nach dir. Sie war schon selbst in deinen Räumen. Sie will die nächsten Tage mit dir durchsprechen.«

»Okay.« Ich stand auf und schenkte Adéla noch einen Blick. Die allerdings sah schon wieder ziemlich irritiert und verunsichert drein. »Ich werde in den nächsten Tagen wohl ein wenig arbeiten müssen. Aber du kannst bei mir sein, so viel du willst«, sagte ich. Dann drückte ich ihr einen Kuss auf die Stirn. Ihr Blick blieb kühl.

Und ich fragte mich beim Gehen, ob sie überhaupt noch die Frau war, die ich einmal gekannt hatte. Oder ob meine Erinnerungen, was sie betraf, mit der Zeit durcheinander gekommen waren. Sie hatte von zehn Jahren gesprochen. In dieser Zeit konnte sich viel tun. Und vielleicht wünschte sie sich inzwischen, mich nie gefunden zu haben… Gregor sprach nicht, während wir die Gänge des Schlosses durchquerten. Er klopfte lediglich an die Tür von Nathalias Gemächern und trat dann beiseite.

»Da bist du ja!« Nathalia strahlte mich an, kam zu mir und gab mir einen Kuss auf die Wange, während sie mein Gesicht mit beiden Händen umfasste. Ich jedoch trat einen Schritt zurück. Keine Ahnung, was zwischen Adéla und mir noch war. Aber es fühlte sich falsch an, sie vor wenigen Minuten noch geküsst zu haben und jetzt die Lippen einer anderen Frau auf meiner Haut zu haben.

»Ich war bei Adéla«, erklärte ich knapp.

»Ja, das habe ich mitbekommen. Was ein hübsches Ding. Meine Güte. Naja. Ich wollte mit dir über deinen Auftrag sprechen.« Ich nickte nur, und ließ mich nicht von ihrem abfälligen Ton aus der Ruhe bringen. Sie mochte vieles können, aber mich aus der Fassung bringen, das wurde ihr nicht so schnell gelingen. »Ich möchte, dass du die Menschen für den Ball einkleidest«, sagte sie strahlend. »Ich weiß, es sind nicht wenige, aber das schaffst du. Oder?«

Ich hatte im Vorhinein schon kalkuliert, wie viel Zeit ich pro Outfit haben würde, und wenn sie nicht allzu aufwendig werden würden, dann würde ich das schon schaffen. »Ja«, sagte ich also. Ich hatte ja Michael, Jack und Jackson.

»Genau das wollte ich hören.« Nathalia kicherte und fing an, in ihrem Zimmer auf und ab zu laufen. »An deiner hübschen Freundin wird dir vielleicht aufgefallen sein, dass sie alle noch nicht wissen, was sie hier erwartet. Und ich habe auf diese Diskussion mit all den Menschen keine Lust. Du darfst es ihr von mir aus gerne erzählen. Am Ende sollte das keinen Unterschied mehr machen.« Sie lächelte zuckersüß.

»Warum der Ball?« Ich wusste, dass ich mit der Frage einen Nerv getroffen hatte. Denn auch, wenn sich ihre Miene kaum änderte, hinter ihren roten Augen huschte ein kleiner Schalk vorbei.

»Der Ball ist nicht nur ein Tanz. Er ist eine Zeremonie. Um den Fluch zu lösen, der uns hier gefangen hält. Er befreit euch. Und das wollen wir doch feiern. Nicht wahr?« Ich nickte. Der Fluch... Das war es, was ich Adéla hatte erzählen wollen. »Na gut. Dann haben wir erst einmal alles. Ich werde dir die Menschen in dein Zimmer schicken, damit du tun kannst, was auch immer du tun musst, damit sie am Ende zum Anbeißen aussehen.« Bei diesen Worten zwinkerte sie mir zu. Ich allerdings fand den Witz überhaupt nicht lustig. Im Körper meiner Freundin- oder Ex- Freundin? -floss Blut. Und als ich sie geküsst hatte, waren meine Zähne hervorgekommen. Von einem einfachen Kuss. Ich war in der Lage, sie zu töten. Mit meinen Zähnen. Es wäre ein Kinderspiel. Und sie wusste nicht einmal, dass mein Herz schon lange aufgehört hatte zu schlagen. Sie würde es sicherlich nicht komisch finden, wenn ich ihr sagte, dass eine Vampir-Prinzessin wollte, dass sie zum Anbeißen aussah. Denn an ihrer Stelle hätte mir das vor allem ziemliche Angst eingejagt.

»Du solltest jetzt gehen, Val.« Ich sah auf. Nathalia stand dicht vor mir. »Du siehst nämlich auch zum Anbeißen aus. Und ich habe noch adelige Pflichten vor mir.«

Ich bedachte sie mit einem letzten Blick, dann drehte ich mich um. Auf Gregor oder eine der anderen Wachen achtete ich nicht mehr. Ich machte mich einfach auf direktem Weg auf zu meinem Zimmer. Mir schwirrte der Kopf. Ich musste unbedingt mit Adéla reden, ihr erklären, was hier los war. Aber wie sollte ich es anstellen? Wie erklärte ich ihr, was hier vor sich ging? Es nicht zu erklären, das war keine Option. Aber ich war mir sicher, dass ich nicht die Worte finden würde, um es ihr begreiflich zu machen. Dass es diese Worte nicht gab.

Ich verkroch mich in meinem Zimmer, ging heiß baden und fuhr mir unzählige Male mit den Händen über mein Gesicht. Doch mein Kopf klärte sich davon nicht. Und als ich aus der Wanne kam, war es mit dem Denken ohnehin vorbei. Denn auf meinem Bett saß Adéla.

»Es ist ein Ausflug geplant«, sagte sie ohne Umschweife. »Und… naja… Ich denke, du hast ziemlich viel zu tun, oder?«

Ich nickte langsam. »Ja, das habe ich wohl. Was für ein Ausflug ist das denn?«

»Wir sehen uns die Stadt an. Ich glaube, es gibt jemanden, der uns durch die Straßen führt und ein wenig über die Stadt erzählt. Und weil ich bis jetzt noch nie von Krev gehört habe, dachte ich, ich komme mal mit. Das wird sicher interessant.«

»Ja, das klingt tatsächlich interessant«, murmelte ich. Erst in diesem Moment fiel mir auf, dass ich selbst kaum etwas über Krev wusste. Ich lebte hier. Krev wurde von Nathalia regiert. Aber über die Geschichte der Stadt wusste ich rein gar nichts. Ich musste durch diesen Gedanken wohl etwas abwesend reagiert haben. Denn Adéla sah mich mit einem sanften Blick an.

»Wir können wohl nicht erwarten, dass es sich wieder zwanglos anfühlt, nicht wahr?«

»Nein, das können wir nicht«, bestätigte ich. Sie nickte nur nachdenklich. »Na gut. Dann lasse ich dich mal arbeiten.« Sie stand auf. Ich wollte nicht, dass sie ging. Doch ich hatte auch nichts, womit ich sie am Gehen hindern konnte. Nichts außer

»Kann ich deine Maße nehmen?« Sie blieb stehen. »Ich könnte mit deinem Kleid anfangen. Wenn du noch ein paar Minuten hast, notiere ich mir deine Maße. Dann kannst du diesen Ausflug mitmachen. Und ich kann schon mal ein bisschen genauer schneidern.«

»Natürlich.« Ich schnappte mir mein Maßband und legte es ihr zunächst um die Hüfte. Die Maße merkte ich mir. Soviel bekam ich noch hin. Nach ihrer Hüfte legte ich das Maßband um ihre Taille, und schließlich legte ich es ihr um die Brust. Dass sie Kleidung trug, war mir dabei egal. Ich würde sie sicher nicht bitten, diese auszuziehen. Und genau anpassen konnte ich das Kleid auch später noch. Adéla stand stocksteif vor mir, während ich ihr mit meinen kalten Händen das Maßband anlegte. »Ich würde dir gerne ein Kleid mit weitem Rock und Korsage fertigen.«

Sie sah mir bei diesen Worten in die Augen. »Das klingt zauberhaft.«

Ich nickte. »Okay. Dann mache ich mich gleich an die Arbeit.« Ich hatte den Eindruck, dass ziemlich viel in ihr vorging, und ich hatte Angst, dass es nicht meine Position war, sie darauf anzusprechen. Zu groß fühlte sich die Distanz zwischen uns an. Doch als hätte sie meine Gedanken gehört, äußerte sie plötzlich einen ihrer.

»Wie kommt es, dass du schneiderst? Das hast du doch früher nie getan…«

Ich stoppte meine Bewegung und blinzelte sie einen Moment lang verwirrt an. Hatte ich das nicht? »Ich weiß nicht. Es liegt mir und macht mir Spaß.« Das war zumindest keine Lüge. Auch wenn es mir nicht ganz erklärte, warum ich selbst noch nie darüber nachgedacht hatte, warum ich Kleidung herstellte.

»Spannend«, kommentierte Adéla das, und da ich nicht wusste, was ich noch erwidern sollte, setzte ich meine Arbeit schweigend fort. Sie schenkte mir noch ein Lächeln. Dann verließ sie mein Zimmer endgültig. Und ich stürzte mich in die Arbeit, weil es sonst nichts gab, was mich von dem Wirbel an Gedanken und Gefühlen in meinem Inneren abgelenkt hätte.

Kapitel 5 – Adela

Verwirrung in Stein

Ich wollte nicht von Val weg. Ganz und gar nicht. Genauer gesagt, wehrte sich alles in mir, beinahe sogar physisch dagegen, mich auch nur einen weiteren Schritt von Vals Zimmertür zu entfernen. Doch dey wollte mich ganz offensichtlich nicht da haben und ich war zu verwirrt, um nachzufragen. Auf dem Weg her, noch als ich im Zug gesessen hatte, war ich mir sicher gewesen, Val nie wieder loszulassen, hätte ich demm erst gefunden. Doch jetzt war alles komisch und angespannt und so unfassbar seltsam, dass die Aussicht auf frische Luft echt erleichternd war. Also ließ ich mich von dem Mann, der eben schon Val weggebracht und sich als Gregor vorgestellt hatte, nach draußen in den Innenhof führen.

»Was für ein Ausflug ist das?«, fragte ich Gregor, der, so schien es zumindest, ganz nett war.

Er hielt mir eine der großen Türen auf und ich nickte dankend. »Die Prinzessin möchte, dass ihr euch Krev ganz anseht, solange wir die Vorbereitungen treffen.«

»Vorbereitungen für..?«

»..das Fest.« Er lächelte. Und ich seufzte. Er war nett, doch selbst Gregor sprach nur in Rätseln. Nicht einmal Val war richtig mit der Sprache herausgerückt bezüglich dem, was hier los war.

Was war Krev? Wo lag diese ominöse Stadt? Und wieso waren wir hier? Wer hatte uns die Einladungen geschickt?

»Gregor, wer veranstaltet dieses Fest?«

Der Dienstbote legte leicht den Kopf schief und reichte mir dann meinen Mantel, den er bis hierher getragen hatte. »Nathalia. Das hat sie euch doch vorhin im Ballsaal erklärt.«

»Entschuldige.« Ich kratzte mich am Kopf. »Ich habe wohl nicht richtig zugehört. Ich war abgelenkt davon, Val wiederzusehen.«

Gregor winkte ab. »Das ist ja verständlich. Nathalia veranstaltet dieses Fest für uns alle, zu Ehren des zehnten Jahrestages von Krevs Gründung und eurem Wiedersehen.«

Ich blieb wie angewurzelt stehen. »Zehn Jahre? So lange existiert Krev erst?«

Gregor begann zu strahlen. »Nein, natürlich nicht. Aber alle zehn Jahre wird eben ein Fest gefeiert. Das Schloss ist sehr alt und sieht von außen auch altertümlich und urig aus, aber hier ist alles top in Schuss, weil über die Jahre so viel saniert wurde! Das werdet ihr gleich in der Innenstadt genauer sehen können. Die Infrastruktur ist große Klasse, Nathalia hat wirklich alles gegeben, um keine Wünsche offen zu lassen!«

Ich nickte, so als würde ich verstehen, wovon er da bitte sprach. Dann traten wir auch schon auf den Innenhof. Erst da fiel mir wieder ein, was Val gesagt hatte. *Ich bin in diesen Zug gestiegen.*

»Eins noch..« Erneut sah ich Gregor an. Wir waren fast bei den anderen angekommen und Rosa winkte mir bereits strahlend zu. »Gibt es diesen Bahnhof erst seit zehn Jahren, Gregor?«

»Das ist richtig, Miss.« Er nickte mehrfach und drückte dann meine Schulter. »Ich muss jetzt los, es ist noch viel zu erledigen vor dem großen Fest! Sir Novak wird euch in die Innenstadt bringen. Es sind nur wenige Minuten zu Fuß und so wie es aussieht bleiben wir heute zumindest vom Regen verschont.«

Dann ging er humpelnd davon und ich sah ihm nachdenklich nach. Irgendetwas stimmte hier nicht. Wieso waren alle so kurz angebunden? Wieso wurden wir, keine zwei Stunden nachdem wir unsere Liebsten wieder hatten, so dringend aus dem Schloss geschafft?

»Adéla! Adéla!« Rosa kam auf mich zugeeilt, an der Hand die Frau, die ihr im Ballsaal um den Hals gefallen war. »Darf ich dir meine Liebste vorstellen? Schatz, das ist Adéla! Wir haben uns im Zug hierher kennengelernt.«

Ich lächelte aufrichtig. Ich freute mich für die beiden, dass sie einander wieder hatten. Katerina nahm meine Hand in ihre und ich roch ihr pudriges Parfüm. »Wo ist denn Ihre Liebste?«

»Val arbeitet im Schloss, dey kann leider nicht mitkommen.« Ich versuchte, mir meine Eifersucht nicht anmerken zu lassen. Alle hatten ihre Partner dabei, nur ich nicht.

Katerinas Augen wurden groß. »Val? Sie sind Vals Mädchen? Oh, wie wunderbar! Val ist bei uns allen sehr beliebt! Die Prinzessin schätzt deren Arbeit über alle Maßen!«

Mein Herz machte einen Hüpfer. Es war schön zu hören, dass Val all die Zeit von gutherzigen und netten Menschen umgeben gewesen war. »Was genau meinen Sie mit *Arbeit?* Was schätzt die Prinzessin?« Katerina nahm Rosas Hand und gemeinsam machten wir uns hinter den anderen her auf in Richtung Krevs Innenstadt. Der Nebel war noch immer allgegenwärtig, doch jetzt, wo ich nicht mehr alleine war, wirkte er immerhin nicht mehr ganz so bedrohlich. Ein paar Mal hatte ich zwar das Gefühl, er nähme eine leicht rötliche Färbung ein, doch das schob ich auf die Müdigkeit. Wie viel Uhr war es eigentlich? Müsste es nicht bald dunkel werden?

»Val führt die hiesige Schneiderei. Seitdem Nathalia aber das erste Mal eines von Vals Stücken angezogen hat, lässt sie alle ihre Kleider nur noch in deren Atelier schneidern. Die beiden sind ein Herz und eine Seele!« Bei der Erwähnung von Nathalias Namen zog sich etwas in meinem Bauch zusammen. Schon auf dem

Balkon während der Versammlung hatten sie sehr vertraut miteinander gewirkt. So wie sie ihren Arm auf Vals abgelegt hatte..

»Ich wusste nicht, dass Val schneidern kann.«

Katerina nickte. »Natürlich hat dey Hilfe, Michael, Jackson und Jack sind schließlich in ganz Krev bekannt, die kleinen Käferchen sind einfach entzückend, doch der Großteil des Talents liegt in Vals fähigen Händen. Ach, Himmel, ich rede schon wieder so viel, stimmts, Liebste?« Katerina sah entschuldigend zu Rosa, die ihren Arm einfach nur umklammert hielt. Ich winkte ab. Was hätte ich dafür getan, dass Val so viel erzählte.

»Käfer? Val hält Käfer als Haustiere?« Ich schmunzelte. Wir waren nun fast wieder an Krevs Toren vorbeigegangen. Das Schloss war so dunkel und groß, dass ich die ganze Kutschfahrt hin nur darauf geachtet hatte. Erst jetzt fielen mir die kleinen Fachwerkhäuser und die verworrenen Wege auf, die links und rechts abführten. Sir Novak, der uns in die Stadt brachte und der ganz vorne lief, erzählte gerade etwas darüber, dass der Wald, der links hinter einem der Wege begann, nicht sicher sei und nicht betreten werden durfte.

»Genau. Drei Hirschkäfer, die Val bei der Arbeit helfen. Sie sind süß, aber mindestens einer von ihnen, Michael, ist sehr schüchtern. Sie wollen nur mit Val arbeiten, weigern sich, von jemand anderem berührt zu werden. Süße Kreaturen, aber eigenwillig, wirklich eigenwillig, sag ich dir!«

Ich schüttelte den Kopf. Wahrscheinlich spinnte Katerina sich in ihren alten Tagen etwas zusammen. Es könnte natürlich sein, dass Val drei Käfer hielt, doch die halfen denen sicher nicht dabei, Kleider zu schneidern. Ich nickte jedoch brav und lächelte Katerina zu. Vielleicht war die alte Frau auch einfach nur sehr aufgeregt, jetzt wo sie Rosa wieder hatte. »Ihr seid bestimmt sehr glücklich, euch wieder zu haben.«

Rosa nickte und pflückte eine einzelne Rose vom Wegesrand, die sie ihrer Frau reichte. »Das waren verdammt einsame zehn Jahre.«

Da war es schon wieder! Zehn Jahre! Das konnte doch kein Zufall sein. Ich wollte Katerina gerade fragen, ob sie sich erinnerte, wie und wann sie hergekommen war, als Sir Novak anhielt und mit einem strahlenden Grinsen und ausgebreiteten Armen verkündete, dass wir am Ziel unserer Reise angekommen waren.

»Willkommen in der *Cesta růže* – Krevs guter Seele. Sie hat ihren Namen natürlich von all den Rosenbüschen, die hier wachsen. Hier finden die Bewohnenden alles, was sie begehren. Von Vals Schneiderei, zu Feinkostläden bei Rosmaerta«, eine mittel alte, schick gekleidete Dame mit einem Mieder hob den Arm und winkte – »über eine Bar, die von den Zwillingen Peeves und Milan geführt wird und natürlich einem Lebensmittelladen, der fast alles hat, was es auch im Schloss gibt. Bernard ist seit zehn Jahren der stolze Besitzer, ist aber nicht immer einer der freundlichen Sorte – nehmt euch also in Acht! Handwerk besitzt er, doch Humor fehlt ihm gänzlich!«

Die Menge klatschte, ich tat es ihr gleich, völlig überfordert. Rosas wässrige Augen sahen mich strahlend an. »Hier will man wirklich nie wieder weg!«

Doch *ich* wollte nur weg. Ja, die *Cesta růže* sah hinreißend aus mit ihrer Anlehnung an den Jugendstil, den vergoldeten Kuppeldächern und den verzierten Fachwerkhäusern, die von roten Rosenbüschen eingerahmt wurden. Doch trotzdem: Alles, was ich wollte, war herauszufinden, was mit Val und den anderen geschehen war und dann hier zu verschwinden. Ich wollte nach Hause. Gemeinsam mit Val. Ich wollte unser Leben wieder haben. Ich wollte Val noch immer.

Wir liefen die Straße herunter, an einem viel zu großen Springbrunnen aus versteinerten Rosen entlang und dann standen wir doch tatsächlich plötzlich vor Vals Schneiderei.

»Hier ist es.« Katerina strahlte und deutete auf den Rock, den sie trug. Mir fiel erst jetzt auf, dass sie alle, Katerina und auch all die anderen Vermissten, äußerst ausgefallene Kleidung trugen. Auch Val war sonderlich gekleidet gewesen und die Prinzessin hatte ausgesehen, als wäre 1820 und nicht 2024.

»Das hat Val gemacht?« Ich strich behutsam über die feine Näharbeit auf dem Samtstoff und bestaunte die aufwendigen Stickarbeiten auf rotem Grund. »Es ist wunderschön.«

Dann sah ich mir die Auslagen im Schaufenster an. Drei Schneiderpuppen mit den unterschiedlichsten Kleidungsstücken waren ausgestellt. Ein legeres, hellgrünes Kleid, das vorne mit einer Schleife bestückt war, eines, das mit demselben Samt, wie Katerinas Rock gefertigt worden war und ebenfalls filigrane Stickereien auf der Brust trug, und ein Hosenanzug in schwarz, mit Paisleymuster am Saum. Durch das schmuddelige Buntglasfenster konnte man eine kleine Stube und dahinter einen Arbeitsraum erkennen und überall standen getrocknete Blumen. Es sah aus, wie Val als Raum. Ich sah die vielen angefangenen Kaffeetassen herumstehen - eine Angewohnheit, die mich früher in den Wahnsinn getrieben, die ich aber über die letzten zehn Jahre so schmerzlich vermisst hatte. Überall hatten sie gestanden – im Bad, in der Dusche, an Vals Arbeitsplatz, in der Küche, auf dem Nachttisch und immer wieder hatte ich neue, ungewöhnlichere Plätze gefunden.

»Da fast alle Ladeninhabenden im Schloss sind, um Nathalia bei der Vorbereitung für das Fest zu unterstützen, ist es uns leider nicht möglich, euch die ganze Pracht der *Cesta růže* zu zeigen.« Sir Novak übertrieb mit einer gespielt enttäuschten Geste, doch außer mir schien das niemanden zu stören. Enttäuscht klopfte er mit seinem Gehstock auf die Pflastersteine und verzog den Mund, ehe er seinen Zylinder richtete. »Aber zumindest Vals Kreationen werdet ihr am eigenen Leibe spüren dürfen! Nathalia hat angewiesen, dass ihr alle ein eigenes, geschneidertes Kleidungsstück erhaltet. Zum Anbeißen werdet ihr aussehen! Zuuum Anbeißen!«

Ein paar Frauen in der vorderen Reihe kicherten, als der elegante und attraktive Mann dies sagte. Ich seufzte und verdrehte die Augen. Wieso interessierte sich denn niemand dafür, dass hier irgendetwas nicht stimmte?

Langsam trat ich neben Rosa und zog sie ein Stück abseits mit mir. »Du, Rosa?« Kälte stieg mir die Kleider hoch.

»Ja, meine Liebe?« Die alte Frau sah noch genauso aus wie im Zug, als wir einander gegenüber gesessen hatten, doch irgendwas in ihrem Blick hatte sich verändert. Er war.. verklärter?

»Kommt es dir nicht auch komisch vor, dass uns niemand sagen will, was hier los ist?«

Rosa legte die Stirn in Falten. »Was genau meinst du?«

»Naja«, fing ich an, wusste aber selbst nicht genau, worauf ich eigentlich hinaus wollte. »Hat Katerina dir gesagt, wo sie die letzten zehn Jahre war?«

»Sie war hier.«

»Ja, schon klar!« Langsam verlor ich die Geduld. »Aber wieso? Wieso ist sie nicht nach Hause gekommen?«

Rosa begann verträumt zu lächeln. »Ich..ich weiß es nicht.«

Zaghaft nickte ich, damit sie mir mein Unbehagen nicht ansah. Womöglich war an der Sache ja gar nichts dran und ich verschreckte einfach grundlos eine alte Dame. »Hat sie dir auch gesagt, sie erinnere sich nicht?«

Jetzt bröckelte Rosas Maske endlich ein wenig, so als hätte man auch sie daran erinnern müssen, dass diese Situation ganz und gar nicht normal war. Ihr Blick wurde wacher. »Ja, ich glaube schon. Liebes?« Sie sah sich zu Katerina um. »Kommst du bitte mal kurz?«

Katerina kam sofort herbeigeeilt, während die anderen noch immer Sir Novak zuhörten, der sie nun alle zu der kleinen Bar führte, die von außen bereits herrlich einladend aussah. Das warme Licht im Inneren stand im wunderbaren Kontrast mit der Kälte und dem Nebel hier draußen. Ich hätte mich so gerne reingesetzt und bei einem Bier vergessen, dass das Wiedersehen mit Val von solch merkwürdigen Dingen überschattet wurde. Aber wenn auch ich vergaß, so gerne ich auch wollte, würde niemand mehr Fragen stellen. Die ganze Stadt wirkte vergessen, aber irgendwer musste sich doch erinnern!

»Katerina, Adéla will wissen, was hier los ist.« Rosa sah ihre Frau so liebevoll an, dass ich nicht anders konnte, als ebenfalls zu lächeln. Sie waren ein süßes Paar und konnten schließlich auch nichts dafür, dass hier etwas nicht mit rechten Dingen zuging.

»Bitte, würdest du mir ein paar Fragen beantworten?«

Katerina zog ihren Mantel enger um sich, nickte aber. »Wenn ich die Antworten habe, dann natürlich!«

»Sehr schön!« Ich überlegte, wie ich die Fragen so geschickt stellen konnte, dass die alte Dame nicht lange würde überlegen müssen. »Ähm, erinnerst du dich noch an den Tag, an dem du hier hergekommen bist?«

Auch Rosa sah ihre Liebste nun interessiert an. »Hm.« Katerina klopfte sich mit ihrem rot lackierten Fingernagel gegen die Lippe. »Nein, ich denke nicht.«

Ich hätte am liebsten frustriert geseufzt, biss mir aber nur schmerzhaft auf die Zunge. »Und an eure letzte Begegnung?«

Rosa legte den Kopf schief. »Du wolltest deine Schwester besuchen und bist zum Bahnhof gefahren, weißt du nicht mehr?«

Katerina sah unsicher zwischen uns hin und her. »Ich..ich weiß nicht..«

»Bahnhof?« Sofort wurde ich hellhörig. Du bist zum Bahnhof in Prag gefahren? Bist du in einen Zug gestiegen?« Meine Worte überschlugen sich fast.

Katerina nickte, man sah ihr aber an, dass sie sich mehr als unwohl fühlte. »Wollen wir nicht reingehen?« Sie sah sich zu den anderen um, die bereits ins Innere der Bar gegangen waren. Enttäuscht stimmte ich zu. »Okay. Vielleicht fällt dir ja später noch etwas ein..«

Die alte Frau bejahte, nahm dann Rosas faltige Hand in die ihre. Doch ich spürte, dass sie sich vor mir verschloss. So als würde sich etwas in ihrem Inneren weigern, über Krev zu sprechen. Doch es konnte einfach kein Zufall sein, dass sowohl Val, als auch Katerina vor zehn Jahren in einen Zug gestiegen und nie wiedergekehrt waren. Wie gestern erinnerte ich mich daran, wie ich Val die Unterlagen gegeben hatte. Dieselben Unterlagen hatte ich Wochen nach Vals Verschwinden dann noch einmal zur Polizei gebracht. Ich hatte etwas über eine Legende Prags gelesen, in Aufzeichnungen, die uns ins Kuratorium im Museum gebracht worden waren. Val, als Journalist:in, hatte natürlich sofort Gefallen daran gefunden. Und auch wenn Val mir nie erzählt hatte, wonach genau dey hatte suchen wollen, so war doch klar, dass Vals Verschwinden mit deren Recherchen zu tun hatte. Natürlich hatte ich nie wirklich geglaubt, dass Val einer echten Legende auf den Fersen gewesen war, doch immer wieder hatte ich mir die Aufzeichnungen durchgesehen, die ich damals mit nach Hause gebracht hatte, in der Hoffnung, neue Anhaltspunkte zu finden. Jetzt wünschte ich, ich hätte sie dabei, um sie mit dem, was ich nun über Krev wusste, abzugleichen. Ich hatte zwar Val gefunden, doch der Wahrheit war ich kein Stück näher gekommen.

Rosa und Katerina waren bereits ins Warme der Bar getreten und auch ich wollte gerade meine Hand nach dem Türgriff ausstrecken, als mein Blick auf die Inschrift einer Tafel fiel, die neben dem Eingang stand. Sie war in Stein gemeißelt worden.

Du wirst vergessen,
werden oder sein,
wirst geben,
dein Blut für mein.

Wirst merken,
dein Herz,
verzagen,
außer für sie,
so rein wie Rosen,
das Blut deiner Adern
wird für immer
entzogen.

Wirst sie lieben,
für sie geben,
der Fluch nie gebrochen,
denn sie hat versprochen,
dein Herz anzunehmen,
dir das Reinste zu geben,
dich zu verwandeln,
und diese Stadt für immer
zu umwandeln.
Eine Seele so rein,
nur ein Tropfen Blut gebraucht,
die Prinzessin wird leben,
unendlich,
so wie es diese Stadt und ihre Seelen
braucht.

Kapitel 6 – Val

Eisenmangel

Ich saß an meinem Arbeitstisch, glatter Stoff zwischen den Fingern und das monotone Rattern der Nähmaschine in den Ohren. Zu behaupten, ich sei verwirrt gewesen, war eine kolossale Untertreibung. Ich fühlte mich komplett handlungsunfähig. Nicht nur dieser Auftrag, den ich ohne Unterstützung niemals fertig bekommen konnte, jetzt war auch noch Adéla aufgetaucht. Und mit ihr eine ganze Ladung an Fragen.

Wie war ich hergekommen?

Warum war ich hergekommen?

Am allerwichtigsten jedoch: Warum war ich geblieben?

Ich wollte ihr all ihre Fragen beantworten. Ihr all das sagen, was sie wissen musste. Doch bei vielem war ich mir selbst nicht einmal sicher. Und die Dinge, die ich wusste, kamen mir nur schwer über die Lippen. Und Adéla selbst, auch sie erzeugte Ungewissheit in mir.

Wer war sie geworden? Was war in den letzten Jahren mit ihr passiert? Ich spürte noch die Liebe, die ich für sie empfand. Doch wusste ich noch, wer sie war? Wollte ich sie, oder das, was wir früher hatten? Und wollte sie mich noch? Ich hatte überhaupt keine

Anhaltspunkte, wie es weitergehen würde. Und das machte mich unruhig.

Ich setzte den Fuß an der Nähmaschine ab und schnitt mit einer scharfen Schere den dünnen Faden ab. Dann legte ich den Rock beiseite, um mich dem Oberteil des Kleides zu widmen. Jetzt, wo die Nähmaschine aus war, hörte ich hinter mit das Klicken und Klacken meiner kleinen Begleiter.

Während Michael über den Boden tippelte und Faden, Stoffe und Spitze sortierte, waren Jack und Jackson damit beschäftigt, die Stoffe nach meinen Schnittmustern zu zerschneiden und die einzelnen Stücke aneinander zu platzieren. Ich lächelte ihnen kurz zu, ehe ich mich wieder an meine Arbeit machte. Das hellrosa farbene Samtkleid, das ich gerade für Rosa schneiderte, sollte eine fließende Silhouette zaubern und schlicht bleiben. Die langen Ärmel öffneten sich trompetenförmig, und ich wollte noch Spitze an die Säume nähen, ehe ich mich an die bauschige Fütterung des Unterrocks machen würde. Es hatte etwas Beruhigendes, dieser Tätigkeit nachzugehen. Doch ich war inzwischen so routiniert, dass ich nicht mehr viel über das nachdachte, was ich tat. Ich tat es einfach. Und so war mein Kopf frei für eine Menge Gedanken und noch viel mehr verworrenes Chaos. Ich würde mit Adéla reden müssen. Und zwar so schnell wie möglich!

Rosas Kleid war fertig, ein grüner Gehrock ebenso und der Blazer, an dem ich gerade arbeitete, war in den letzten Zügen, als es an der Tür klopfte. Das dumpfe Pochen ließ nicht nur mich, sondern auch die drei Käfer neben mir aufschrecken, und während Jack ein ängstliches Klappern von sich gab, verlor Michael einen Knopf, der zu Boden fiel.

»Herein«, sagte ich, den Blick auf die Tür gerichtet. Zu meiner Überraschung streckte Gregor einen Kopf durch die Tür und grinste mich an.

»Hast du etwas Zeit für Besuch?«

Ich runzelte die Stirn. »Kommt auf den Besuch an.«

»Es ist deine Freundin. Adéla.« Ich schluckte trocken. In meiner Kehle bildete sich augenblicklich ein Knoten und meine Gedanken wurden wieder lauter. Schnell schob ich Michael, Jack und Jackson in meinen Mantelärmel, damit die sie nicht auch noch verstörten. Ich würde schon ausreichen.

»Ja, für sie habe ich Zeit«, presste ich hervor. Gregor grinste mich wissend an.

»Ja, das habe ich mir schon gedacht, ich lasse euch dann mal alleine.« Die Tür schwang auf, und Gregor verschwand. Übrig blieb Adéla. Mit einer Miene, die nicht von Freude sprach.

»Hi«, murmelte ich. Sie trat lediglich ein. Und stellte dann eine Frage, die mir zumindest den Einstieg in dieses doch etwas unschöne Gespräch vereinfachte.

»Was ist hier los?«

»Das ist ziemlich kompliziert«, sagte ich, und Adélas Miene verfinsterte sich.

»Natürlich ist es das. Aber ich will es trotzdem wissen. Und ich denke, ich werde dir folgen können.« Sie setzte sich ans andere Ende des Zimmers und verschränkte die Arme vor der Brust. Die Distanz, die sie damit schuf, war im ganzen Raum zu spüren.

»Es gibt viele Dinge, die ich dir nicht sagen kann«, begann ich. »Nicht, weil ich es nicht will, sondern weil ich es körperlich nicht kann. Entweder kommen mir die Worte nicht über die Lippen, oder ich vergesse, was ich sagen wollte. Es ist wie... wie ein Fluch.« Adéla nickte langsam. »Ja, sowas habe ich irgendwie erwartet. In dieser Stadt sind mir schon einige komische Sachen über den Weg gelaufen.«

Ich zog ein Bein auf den Stuhl und schlang die Arme um mein Knie. »Was für Sachen?«

»Ein komisches Gedicht als Inschrift. Und irgendwie benehmen sich alle komisch. Niemand hinterfragt etwas. Und keiner kann erklären, was hier läuft.«

Ich schluckte hart. »Als ich hergekommen bin, war mir sofort klar, dass etwas nicht stimmt«, begann ich meine Geschichte jetzt. »Ich habe kaum noch Erinnerungen an das, was in den ersten Tagen war.«

Zehn Jahre zuvor: Ich öffnete die Augen. Um mich herum war es dunkel und ich konnte das Zimmer nur schemenhaft erkennen, in dem ich mich offenbar befand. »Schön, dass du wach bist«, sagte eine Stimme neben mir. Ich wandte mich ihr zu, konnte die Gestalt aber nicht so recht erkennen. Ihre Stimme war sanft, hatte aber auch etwas Kühles an sich. Und wenn ich mich nicht irrte, dann trug sie eine Krone. »Ich bin Prinzessin Nathalia«, stellte sie sich vor. Mir allerdings sagte das überhaupt nichts. Ich hatte noch nie von einer Prinzessin mit diesem Namen gehört. »Du hast ein paar harte Tage hinter dir.« Das hatte ich wohl. Zumindest lag ich gerade in einem fremden Zimmer und konnte weder sagen, wie ich hergekommen war, noch was passiert war, bevor ich hier aufgewacht war. »Ich weiß, dass das alles sehr verwirrend sein muss.« Jetzt setzte sie sich an mein Bett. »Aber ich habe etwas für dich. Als Stärkung.« Sie reichte mir einen Becher, in dem eine dunkle Flüssigkeit umher floss. Sie sah träge aus, als wäre sie etwas dickflüssig. Und in mir sträubte es sich, den Becher entgegenzunehmen. Doch ihr Gesicht, das ich inzwischen besser erkannte, sah aufmunternd aus. Ich streckte also meine zitternde Hand nach dem Gefäß aus und nahm es. Es war warm. Ich führte das Porzellan an meine Lippen und nahm den ersten Schluck. Und sofort wurde mir übel. Ich spuckte das Blut, das meinen Mund gefüllt hatte, über die Bettdecke. »Ja, das habe ich erwartet«, sagte die Prinzessin in ruhigem Ton. Dann legte sie mir eine kalte Hand auf die Schulter und sagte »trink«.

Und sie hatte Recht. Ich spürte es tief in mir, dass ich die Flüssigkeit trinken sollte. Dass es meine Rettung war. Also hob ich den Becher wieder an und nahm einen weiteren Zug. Das Blut breitete sich warm in meinem Mund aus, floss mir durch die Kehle, als ich schluckte, und hinterließ eine brennende Kälte. Ich keuchte. Doch auch, wenn es mir Schmerzen bereitete, ich wusste, dass ihr Blut meine Rettung war. Also trank ich weiter.

Die Hand der Prinzessin blieb auf meiner Schulter, auch als ich den gesamten Inhalt des Bechers geleert und tatsächlich heruntergeschluckt hatte. Inzwischen betrachtete sie mich mit einem durchdringenden Blick. Wie eine stolze Mutter.

»Ich habe gehört, dass du schneiderst.«

Ich starrte sie an. Tat ich das? Es konnte schon sein. Ja. Ja, ich schneiderte. Ich nickte. »Ja, das habe ich schon über dich gelernt. Du bist wirklich talentiert. Es gibt eine Schneiderei, in der du arbeiten kannst. Und eine kleine Wohnung. Es wird dir gefallen.« »Danke«, sagte ich leise. Es war großzügig von ihr, mir eine Wohnung und einen Arbeitsplatz anzubieten. »Du bist sicher müde. Und die nächsten Stunden werden nicht leicht für dich werden. Deswegen schläfst du jetzt noch ein wenig.«

Ich nickte und legte mich wieder unter die Decke. Ja, sie hatte recht. Es war wichtig, dass ich jetzt schlief. Alles, was sie sagte, stimmte. Ich wusste es einfach.

»Sie hat dich gezwungen, Blut zu trinken?«, fragte Adéla in angewidertem Ton und unterbrach damit meine Erzählung. Ich nickte.

»Sie hat mich gezwungen, *ihr* Blut zu trinken.«

»Aber warum?«

»Vieles davon kann ich dir nicht erklären. Ich kann nicht darüber sprechen. Aber ich kann dir sagen, dass Züge nur in die Stadt hinein fahren.« Es war nicht leicht, vom Fluch zu sprechen. Er fühlte sich schnell von Worten hintergangen. Es war eine Gratwanderung. Aber vielleicht schaffte ich es, ihr mit den Dingen, die ich nicht sagte, zu vermitteln, was hier vor sich ging. Es zu umschreiben.

»In die Stadt?« Ich nickte.

»Deswegen gibt es nur ein Gleis. Sie fahren lediglich hinein.«

Adélas Augen weiteten sich. »Aber.... Aber wie kommen wir dann wieder weg?«

»Ich weiß es nicht genau. Aber Alle zehn Jahre scheint es möglich zu sein.«

Sie nickte wieder verstehend. »Der Ball ist nicht nur ein Fest. Er löst...« Die Worte krochen mir durch die Kehle, schnürten sie zu und ließen mich keuchen. Ich sah Adéla flehend an, hoffend, dass sie verstand. Und tatsächlich nickte sie langsam. »Dafür sind wir alle hergebracht worden.«

Ich nickte erneut. Genau dafür waren sie hergebracht worden. Auch wenn ich nicht genau wusste, was diese Zeremonie beinhaltete, von der Nathalia gesprochen hatte, es musste irgendetwas geben, wofür sie hier waren.

»Das... das ist sonderbar«, murmelte sie. »Das erklärt, warum dieser Ort so sonderbar ist.«

»Ja, es ist ein Teil dessen.« Adéla atmete tief durch. Vielleicht war das der Punkt, an dem sie bereit war, dieses Gespräch erst einmal wieder ruhen zu lassen. Doch ich hatte noch etwas zu sagen. Ich stand also auf und lief zum Fenster herüber. Eine Hand streckte ich nach ihr aus, und sie ergriff sie zögerlich.

»Es gibt noch etwas, was ich dir sagen muss.«

»Du hast eine Affäre mit der Prinzessin!«, platzte es aus ihr heraus. Kaum dass die Worte ihre Lippen verlassen hatten, schlug sie sich eine Hand vor den Mund. Mich jedoch brachte dieser Ausrutscher zum Schmunzeln. Das war so typisch für meine Adéla.

»Ich könnte jetzt sagen, dass es nicht so ist, oder andere Wörter dafür finden, aber das wäre lächerliches drumherum Gerede. Ich habe keine Beziehung. Und auch kein Interesse an einer. Aber ich kann nicht verneinen, dass wir uns körperlich schon recht nahe gekommen sind. Nicht nur einmal.«

»Ja, sie sieht dich an, als hättet ihr eine Menge Spaß.« Ihre Stimme klang bitter. Ich konnte es verstehen. Ich würde mich auch nicht darüber freuen, wenn sie Spaß mit anderen gehabt hätte.

»Ich will eigentlich nicht darüber reden. Es gibt etwas Wichtigeres.«

»Wichtiger als meine Gefühle, wenn du mit anderen Frauen schläfst?« Jetzt starrte ich sie mit halb offenem Mund an. Meine Hände fuhren langsam zu ihren Wangen und ich küsste sie auf die Stirn.

»Nein, nicht wichtiger als deine Gefühle. Nichts ist wichtiger als deine Gefühle.« Ich spürte, wie sie bei diesen Worten ihre Arme um mich schlang. »Ich wollte damit sagen, dass sie mir nicht so wichtig ist. Und dass ich dir noch etwas sagen muss, damit du mich verstehen kannst. Damit du das hier alles verstehen kannst. Und damit ich es nicht zu spät sage und du dich hintergangen fühlst. Das möchte ich vermeiden. Erst dann können wir über uns reden.«

Sie rückte bei meinen Worten wieder etwas ab von mir, und ich nutzte die Gelegenheit, um sie zu betrachten. Ihr wunderschönes Gesicht. Die durchdringenden Augen und das geschwungene Haar, das ihr über die Schulter floss. Ich ließ meinen kühlen Daumen über ihre Wange gleiten und schloss dann die Augen. Zu Beginn hatte ich es nicht kontrollieren können. Doch mit der Zeit war diese Fähigkeit gekommen. Jetzt allerdings war ich nervös, und so fiel es mir eher schwer, sie zu verstecken. Ich atmete einmal tief durch, versuchte mich zu entspannen, und schon spürte ich das vertraute Kratzen an meiner Unterlippe, als meine Zähne sich über sie schoben. Ich leckte mit der Zunge über einen der Zähne, nahm die scharfen Kanten wahr. Erst dann öffnete ich wieder die Augen. Adéla sah mich fassungslos an.

»Eine magische Stadt, in die man lediglich hinein fahren kann, roter Nebel, und jetzt diese Zähne? Willst du mir auftischen, dass du ein Vampir bist, Val?«

Ich schluckte hart. »Wenn du mir nicht glaubst, dass sie echt sind, kann ich dich gerne damit beißen.«

Durch Adélas Augen ging ein Blitzen. »Warum hast du mich dann noch nicht umgebracht und mein Blut aus meinen Adern gesaugt?«

»Weil du mir wichtiger bist, als dein Blut.«

»Also willst du es? Willst du mein Blut?«

»Ich kann jetzt nicht sagen, dass ich es nicht will. Aber das ist auch etwas schwer zu differenzieren. Ich will nämlich ehrlich gesagt alles von dir.«

Kapitel 7 – Adela

Fangzähne und Bettgeflüster

»Was meinst du damit?«, hauchte ich, trat zwei Schritte vor und legte meine Hand auf Vals Bauch. Deren Bauchmuskeln waren nicht zu überfühlen und auch nach über einem Jahrzehnt fühlte es sich an, als wäre Vals Körper für meine Hände gemacht. Natürlich wusste ich, was Val meinte, denn auch ich spürte das Band zwischen uns immer noch. Ich wollte dey berühren. Kosten. Wollte wissen, wie Val, nach all den Jahren, schmeckte.

»Adéla..«, flüsterte Val an meine Lippen. Mein Blick war noch immer auf die zwei Fangzähne gerichtet, die sich unter Vals Lippen spannten und funkelten, »..du musst das ernst nehmen.«

»Nehme ich«, hauchte ich, was aber nicht stimmte. Ich hatte keine Ahnung, wieso Val auf die Idee kam, mir eine Vampirgeschichte als Grund für deren Fernbleiben zu unterbreiten, doch jetzt und hier war es mir egal. Dey sah so verdammt attraktiv aus und irgendetwas an deren Aura zog mich nun wie magisch an. Ich konnte nicht länger widerstehen. Ich schlang meine Arme um Vals Rücken, zog dey näher an mich heran und fuhr unter den Mantel, den Val noch immer trug. Als meine Finger auf Vals Haut trafen, spürte ich eine Gänsehaut erst über Vals, dann über meinen

Rücken wandern. Es war viel zu lange her. Ob Val noch genauso klang? Noch genauso..

»Adéla..«, versuchte Val es noch einmal. »..Ich weiß nicht, ob ich mich beherrschen kann.« Wieder fiel mein Blick auf deren Fangzähne und ich schluckte. Sie sahen wirklich verdammt echt aus. Aber es konnte nicht sein. Niemals. So etwas geschah in Büchern, in Filmen! Nicht hier, nicht im echten Leben. Und schon gar nicht in meinem.

Ich schluckte hörbar. »Dann beherrsche dich nicht«, keuchte ich, als Vals raue Hand über meinen Hals fuhr und deren Lippen dann auf mein Schlüsselbein trafen. Erst spürte ich das sanfte Gefühl, dann etwas Spitzes, was über meine Haut fuhr. Waren das etwa...?

Mein Atem ging stoßweise und Val zog mich noch ein Stück näher an sich heran, während deren Hände meine Bluse gekonnt aufknöpften. Vals Zähne auf meiner Haut hinterließen ein leichtes Brennen, was mich nur noch mehr erregte. Keine Ahnung, was hier los war, doch alles, was ich wollte, war, dass Val weitermachte.

Dann nahm Val mein Gesicht in die Hand und zog es an das eigene. Als unsere Lippen aufeinander trafen, spürte ich, dass Val instinktiv versuchte, deren Zähne nicht erneut auf meine Haut treffen zu lassen, doch als ich fordernder wurde und uns in Richtung Zimmertür schob, gab auch Val den Widerstand endgültig auf. Dey griff meinen Arm und obgleich Val schon immer stark gewesen war, war diese Kraft neu und unbekannt. Val zog mich herum, als würde dey das täglich tun und das Nächste, was ich spürte, war die Tür hinter meinem Rücken. Val drückte mich dagegen, hielt mich und ich keuchte einen Moment lang einfach nur an deren Lippen.

»Val..«, kam es wie ein Lied aus mir hervor und ich dachte an all die Nächte, in denen ich dey vermisst hatte. All die einsamen Nächte, in denen ich mich nach der Liebe und eben diesen Berührungen hier gesehnt hatte. Und plötzlich, als ich Val in die Augen sah, die nicht mehr braun und liebevoll, sondern beinahe rötlich und von Verlangen getränkt waren, wusste ich, dass dey nicht gelogen, sondern die Wahrheit gesagt hatte. Oder zumindest darüber, was Val nicht gesagt hatte. Ich hatte das Wort ausgesprochen. Ich war es gewesen. Und Val hatte es nicht verneint. *Vampir.*

Val wollte mich gerade wieder küssen, als ich eine Hand auf deren Brust platzierte und dey ansah. Zitternd standen wir an die Türe gelehnt – Vals Hand bereits unter meinen Rock geschoben, als ich schluckte und fragte

»Du-du bist wirklich ein.. ein..«

Val nickte, deren Lippen bebten. Die Lippe zuckte leicht und dann waren sie wieder zu sehen. Eckzähne, Fangzähne – lang und weiß und viel zu spitz für einen Menschen. Unsere Blicke trafen sich und ich konnte nicht anders, als meine Lippen wieder auf deren zu drücken. Alles überkam mich. Es war mir scheißegal, *was* Val war. Was das hier für Konsequenzen haben würde. Ich wollte Val. Wollte all die vermissten Berührungen nachholen. Wollte uns.

Und Val gab mir all das. Dey hob mich hoch, während deren Finger weiter meinen Oberschenkel hinaufwanderten, meinen Rock hochschoben. Ich hielt mich fest und erkundete mit meinen Lippen Vals Hals, sog den Geruch ein, den ich so sehr vermisst hatte.

Wir stießen wieder gegen irgendetwas, hörten Holz splittern, weil Val die Kraft, die dey besaß, offensichtlich überhaupt nicht einordnen konnte, und dann landeten wir auf dem weichen Himmelbett. Val hielt sich für den Bruchteil einer Sekunde über mir, sah mich an und in dem Moment wusste ich, dass wir, Adéla und Val, die zwei Menschen, die sich früher so geliebt hatten, noch immer da waren. Wir würden zusammen bleiben, jetzt wo wir uns wieder hatten. Egal, was Val getan hatte, egal wie lange dey weg gewesen war, was mit der Prinzessin gewesen war - es war alles egal. Was zählte, das waren *wir.*

Vals Finger schoben mir den Rock über die Taille, zerrissen etwas, was nach Stoff klang. Den Mantel, den Val getragen hatte, hatte dey bereits irgendwo auf dem Weg zum Bett verloren und ich striff nun auch noch das Hemd von deren Oberkörper. Ich keuchte, als Vals warme Brüste auf die meinen trafen, spürte endlich deren Haut auf meiner und vergrub meine Hände in Vals weichen Haaren.

Deren Stimme an meinem Ohr ließ mich erneut eine Gänsehaut bekommen und dann stoppte Val, sah mir in die Augen, während deren Finger zwischen meinen Beinen verschwanden. »Ich liebe dich, Adéla. Das habe ich immer. Und das werde ich immer.«

Ich wollte es erwidern, doch der Laut erstickte, als Vals Finger in mich eindrangen und mein Körper entflammte. Ich erblickte Tattoos auf Vals Oberkörper, die ich nicht kannte, entschied, dass ich später noch jeden Zentimeter von deren Körper erkunden würde und verbiss mich an Vals Hals, als ich beinahe sofort zum Orgasmus kam. Es war so lange her, dass Val kaum etwas tun musste, doch ich wollte noch nicht, dass es vorbei war.

Ohne Val zu warnen, fasste ich in deren Haare, wandte mich aus unserer Umarmung und drückte Vals Kopf in Richtung meines Bauches.

»Bitte..«, flehte ich und als Val zu mir hoch sah und grinste, hatte ich das Gefühl, dass deren Zähne nur noch größer geworden waren. Val fuhr mit der Zunge über meinen Bauch, verteilte seichte Küsse überall dort, wo ich empfindlich war, und stoppte schließlich an der zarten Haut an meiner Hüfte. Ich hielt inne, sah zu Val herunter, angespannt wegen dem, was ich gleich spüren würde. Dann sah ich, wie Vals Blick sich veränderte, dey sich mit der Zunge über den Mund fuhr. Hörte Val, wie sehr mein Blut wallte? Spürte dey es? Wie mein Blut danach sang, von demm gekostet zu werden?

Val sah zu mir hoch, mit zitternder Lippe, so als wollte dey mich um Erlaubnis für etwas bitten, wovon ich keine Ahnung hatte. Noch bevor ich etwas erwidern konnte, war der Moment auch schon wieder vorbei und Vals Lippen strichen zärtlich über meine Hüfte zu meinem Oberschenkel. Ein Schmerz, nicht größer als der eines Nadelstichs, war zu spüren, doch ich vertraute Val und genoss es lieber, als nachzusehen, was geschah. Ich spürte es auch so. Vals Fangzähne fuhren leicht, wie das schärfste Messer der Welt, über meine Haut und immer wenn meine Haut drohte zu bluten, war bereits deren Zunge darüber gefahren. Mit jedem Mal wurde Vals Griff fester und ich noch erregter. Dann wurden Vals Zähne wieder kleiner und mit dem schönsten Lächeln, das Lippen umspielen konnte, traf deren Zunge auf meinen Kitzler und Val vergrub deren Gesicht ganz zwischen meinen Beinen. Val hatte schon immer gewusst, was dey tat, doch jetzt, als Vampir, oder was auch immer das sein mochte, war es, als spüre Val, was mein Körper in jedem Moment brauchte. Als würden mein Blut, meine Nerven, meine Zellen, zu Val sprechen.

Als ich wieder wach wurde, war das Erste, was ich sah, der Strap-on, der über einem von Vals Bettpfosten hing. Ich streckte mich und kam nicht drumherum zu lächeln. Sterne, war das gut gewesen!

Nachdem Val mich mehrfach zum Orgasmus gebracht hatte, hatte dey mich verschmitzt angesehen und ich hatte, so als wären zwei Wochen und keine zehn Jahre vergangen, automatisch gewusst, was dey wollte. Val hatte einen Strap-on unter dem Bett hervorgeholt und sobald wir geklärt hatten, dass ich mich um keine fremden Körperflüssigkeiten sorgen musste, waren wir auch schon wieder übereinander hergefallen.

Vals Körper unter mir zu sehen, zu spüren, wie sich deren Rücken durchbog, wie Val sich in die Laken krallte, war unglaublich. Fast war es mir wie ein Fiebertraum vorgekommen, als sich meine Hand um deren Hand schloss, unsere Finger sich ineinander verhakten und wir noch einmal gemeinsam kamen.

Danach war ich auf Vals Brust eingeschlafen und erst im Nachhinein war mir etwas aufgefallen. Vals Brust hatte sich gehoben und gesenkt, der Atem war stoßweise gegangen, doch eines hatte gefehlt: Der Herzschlag. Er war nicht zu hören gewesen. Val hatte keinen Herzschlag mehr.

Nun richtete ich mich auf, sah noch einmal zu Val, dey immer noch neben mir schlief, und blickte aus dem Fenster. Draußen war es mittlerweile stockdunkel, doch die Uhr zeigte noch immer keine Veränderung des Stundenzeigers an. »Ein Vampir also..«, flüsterte ich und fuhr mit den Fingern langsam Vals Wirbelsäule entlang. Dann schnappte ich mir das Laken vom Boden und stand auf.

»Adéla?«

»Göttin!« Erschrocken fuhr ich herum, weil ich nicht damit gerechnet hatte, dass Val wach werden würde, und fühlte mich ertappt, dabei hatte ich doch gar nichts machen wollen.

»Entschuldige.« Val lächelte und strich sich die dunklen Haare aus der Stirn. »Du kannst eines der Kleider aus der Truhe anziehen, wenn du möchtest.« Dey zeigte auf eine hölzerne Truhe neben dem Kleiderschrank. »Das sind alles meine Werke, doch die Prinzessin fand sie nicht angemessen. Sie fand, sie standen ihr nicht. Dir steht alles.«

Ich lächelte aufrichtig, weil ich wusste, dass Val es tatsächlich so meinte und es keine leeren Floskeln waren. »Danke.«

Dann öffnete ich die Truhe und zog ein hellblaues Kleid mit Spitze hervor, was weniger exklusiv und dafür mehr freizeittauglich aussah. Tatsächlich sah auch ich sofort, dass es irgendwie nicht zu Nathalia passte. Es war zu.. langweilig. Sie war zu schön hierfür. Zu präsent.

Ich zog das Kleid an und dank der Schnürung am Rücken passte es wie angegossen. Val war so freundlich, zu helfen, und als wir fertig waren, trafen sich unsere Blicke in dem großen Spiegel neben dem Bett.

»Du siehst wunderschön aus.« Val schlang von hinten die Arme um meinen Bauch. Ich jedoch konnte meinen Blick nicht von Vals Mund nehmen. Jetzt, wo wir nicht mehr übereinander herfielen und die Hormone meinen Blick nicht vernebelten, machte mir der Gedanke, was Val war, doch ein wenig Angst. Ich drehte mich um und legte den Kopf schief.

»Val..«

Doch Val nahm meine Hand. »Ich weiß. Verdammt.« Dann führte dey mich zu dem Bett und hockte sich vor mich. »Ich weiß, wie merkwürdig das klingt. All das hier.« Dey fuchtelte mit den Händen im Zimmer umher. »Doch ich würde dir nie was tun.«

»Und wofür hat man uns dann hergeholt? Irgendetwas stimmt nicht. Wieso hat sie euch nicht gehen lassen?«

»Du meinst Nathalia?«

Ich nickte. Val raufte sich die Haare. »Ich weiß es nicht. Aber ich werde sie darauf ansprechen. Das Wichtigste ist, dass wir uns wieder haben und ich verspreche dir, ich werde dir kein Haar krümmen.«

Meine Augen verzogen sich zu Schlitzen. »Ist sie auch ein..« Ich brachte das Wort nicht heraus. Es war zu absurd.

»..ein Vampir?« Val schüttelte den Kopf und verzog den Mund. »Nein. Nicht, dass ich wüsste.«

»Und du hast dich all die Zeit von ihrem Blut ernährt?« Sogleich wurde mir wieder übel. Bilder von Val und Nathalia in sexueller Erregung, sich Blut teilend, stiegen mir in den Kopf.

»Nein!« Val stand auf. »Nur am Anfang. Irgendwann, nach wenigen Wochen, glaube ich, brauchte ich keines mehr. Deshalb fiel es mir so schwer, dir vorhin zu widerstehen. Ich..ich glaube, ich hungere.«

»Du hast keinen Herzschlag«, sagte ich, ohne zu wissen, wieso.

Val nickte. »Aber du schläfst? Isst? Trinkst?«

»Ja. All das.«

Ich stand auf und nickte. »Ich glaube dir, dass du mir nie schaden würdest. Aber wir müssen hier trotzdem weg. Ich will nach Hause.«

Vals Miene erhellte sich ein wenig. »Ich verspreche dir, wir fahren nach Hause. Sobald das Fest vorbei ist, werde ich dich heimbringen. Ich muss die Gewänder noch fertig stellen und dann werde ich sogleich mit Nathalia reden, okay?«

Ich hätte am liebsten darauf bestanden, mitzukommen, doch ich ließ es sein. Egal, was da zwischen den beiden gelaufen war, es war vorbei, das hatte Val gesagt. Und die Prinzessin hätte mich ja wohl auch nicht eingeladen, wenn sie etwas gegen uns als Paar hätte, oder?

»Okay. Und was mache ich in der Zeit?« Ich dachte an Rosa und Katerina, wollte die beiden Frauen aber auch nicht in ihrem Wiedersehen unterbrechen. Sie taten sicherlich das Gleiche, was wir bis eben getan hatten.

Mein Blick fiel auf einen kleinen Stapel Bücher auf Vals Nachttisch. »Dann lese ich etwas.«

Val nickte euphorisch. »Hier im Schloss gibt es eine riesige Bibliothek, ich zeige sie dir. Die Bücher hier muss ich sowieso endlich zurückbringen.« Dey trat einen Schritt auf mich zu.

»Verzeihst du mir?«

»Du kannst nichts dafür.«

»Trotzdem. Verzeihst du mir, dass ich dich alleine gelassen habe?«

Ich legte meinen Arm um Vals Hals. »Ich würde dir alles verzeihen. Selbst wenn du doch versuchen würdest, an mein Blut zu kommen.«

Spielerisch ließ Val deren Fangzähne aufblitzen. »Na, wenn das so ist..«

Kapitel 8 – Val

Kratzige Krone

Ich fühlte mich wie ein Teenager nach dem ersten Mal, als ich neben Adéla durch die dunklen Gänge des Schlosses lief. Als wäre es unser kleines Geheimnis, was gerade zwischen uns passiert war. Natürlich würde ich kein Geheimnis daraus machen, dazu gab es überhaupt keinen Grund. Jetzt gerade war ich aber so voll mit Gefühlen, dass ich mir vorkam wie nach unserem ersten Mal. Adéla neben mir trug den Stapel Bücher, der an meinem Bett gelegen hatte. Sie wollte sie in der Bücherei durchstöbern und dann noch einen ausgiebigen Blick auf die literarische Auswahl werfen. Denn auch wenn wir am liebsten nur aneinander kleben wollten, für mich gab es Dinge zu erledigen, und für uns beide gab es Fragen zu beantworten. Und das würden wir jetzt noch einmal in Angriff nehmen.

»Weißt du, was ich wirklich seltsam finde?«, flüsterte ich ihr zu, als wir meine Räume gerade verlassen hatten.

»Was?« Adélas Stimme war genau so leise wie meine. Vielleicht fühlte auch sie sich unsicher.

»Diese ganzen Fragen, die du mir stellst, die sind total berechtigt.« Sie sah zu mir herüber. »Aber ich verstehe nicht, warum ich sie mir nicht gestellt habe. Es ergibt gar keinen Sinn, dass ich das alles nicht hinterfragt habe. Es fühlt sich so an, als müsstest du diese Fragen erst stellen, bevor ich bemerke, dass ich sie tief in mir auch schon lange habe...« Adéla nickte langsam.

»Das kann ich dir nicht beantworten. Aber vielleicht hängt das alles ja zusammen.« Ich kratzte mir nachdenklich die Schulter.

»Ja, vielleicht hängt es wirklich zusammen. Hier entlang.« Ich deutete an einer Abzweigung nach rechts. Von hier waren es nur noch wenige Meter zur Bibliothek. Wir wechselten noch einige Worte, bevor ich mich von Adéla verabschiedete.

Während Adéla in der Bibliothek war, hatte ich zwei Dinge vor. Zum einen musste ich dringend weiterarbeiten. Denn dass ich mich während der Arbeitszeit mit meiner Freundin im Bett vergnügte, war in meiner Planung nicht vorgesehen gewesen. Und dann musste ich dringend zu Nathalia. Ich vermutete, dass sie in ihren privaten Räumen war, also steuerte ich einfach direkt darauf zu und klopfte hart an der massiven Holztür. Eine Wächterin öffnete und sah mich ausdruckslos an.

»Ich würde gerne mit der Prinzessin sprechen.«

»Und was gibt Dir das Recht dazu?« Ich verdrehte die Augen.

»Ich war schon oft genug da drinnen. Und wenn du mich nicht rein lässt, wird das für dich unbequemer als du denkst.«

Die Wächterin, eine Frau, die ich noch nie gesehen hatte, sah mich weiter unbeeindruckt an. »Ich habe Order, die Räumlichkeiten der Prinzessin zu bewachen.«

Natürlich hatte sie das. Ich zuckte also mit den Schultern und lehnte mich in ihre Richtung, so dass ich an ihrer Schulter vorbei sehen konnte. Und dann erhob ich einfach meine Stimme.

»Hey, Nathalia! Hier ist Val! Kann ich reinkommen?« Noch bevor ich fertig war mit Rufen, hatte die Wächterin mich an den Handgelenken gepackt und sie hinter meinem Rücken verschränkt. Es war tatsächlich genau so unbequem, so zu stehen, wie es immer aussah. Ich machte mir jedoch nicht wirklich Gedanken über die

Konsequenzen. In diesem Moment kam nämlich die Prinzessin selbst an die Tür, öffnete sie noch etwas weiter und musterte mich dann mit vor der Brust verschränkten Armen.

»Val. Na, mit dir habe ich ja gar nicht gerechnet. Aber so gefesselt gefällst du mir ganz gut.« Sie sah mich verschmitzt an. Ich hob nur eine Braue. »Komm doch rein.«

Meine Arme wurden befreit und ich trat mit aufrechtem Rücken in den Raum ein. Die Wächterin sah ich nicht noch einmal an. Schließlich hatte ich mir meinen Ruf von Gleichgültigkeit und Überheblichkeit nicht ohne Grund angeeignet. Ich wollte von den meisten Menschen in Ruhe gelassen werden. Und dafür tat ich hin und wieder so, als wäre mir der Rest der Welt egal. Auch wenn das natürlich nicht so war. Wer mich mit Adéla zusammen sah, wusste das.

»Also, was kann ich für dich tun?«, fragte Nathalia.

»Ich habe Fragen. «

»Zum Ball?« Sie hatte sich eine Nagelfeile genommen und zog sie an ihren lackierten Fingernägeln entlang.

»Ja, im erweiterten Sinne.«

Sie nickte. »Das dachte ich mir schon. Vielleicht hätte ich dir mehr Details für deinen Auftrag geben sollen. Auch wenn es natürlich schön ist, dass du mich so oft besuchen kommst. Das können wir gerne beibehalten.« Ehrlicherweise ging es mir nicht um den Auftrag. Und ich musste Nathalia auch nicht andauernd in ihren privaten Gemächern aufsuchen. Aber das sagte ich ihr nicht. Wenn ich Antworten von ihr wollte, dann brauchte ich ihr Wohlwollen.

»Adéla hatte einige Fragen«, sagte ich daher. Nathalia seufzte daraufhin schwer.

»Natürlich hatte sie das. Die Menschen haben immer so viele Fragen.«

»Mein Problem bestand eher darin, dass ich sie ihr nicht beantworten konnte.«

»Und jetzt willst du *mir* ihre Fragen stellen, damit ich sie beantworten kann?« Ich nickte. »Val, du weißt aber schon, dass ich die Prinzessin dieses Reichs bin und mehr zu tun habe, als die Fragen von kleinen Mädchen zu beantworten?« Ich blinzelte überrascht. Nathalias Augen hatten einen dunklen Rotton angenommen und ich hatte sie noch nie so abwertend über andere sprechen hören.

»Wenn du die Möglichkeit hast, dich mit mir zu vergnügen, dann hast du auch alle Zeit der Welt«, entgegnete ich genau so kalt.

»Da springt ja auch etwas für mich bei rum.« Wir sahen uns an. Und schließlich sagte sie »Na jetzt frag endlich.«

»Wir können Krev nicht verlassen. Außer dieses Ritual- das du mir im Übrigen noch nicht erklärt hast- wird durchgeführt und dann geht es irgendwie alle 10 Jahre.«

»Ja. Das war eine Feststellung und keine Frage.«

»Aber warum sind wir alle noch nie drauf gekommen, zu gehen? Warum wollte ich nie gehen?« Nathalias Blick wurde noch genervter.

»Val, ich kann nicht in deinen Kopf gucken und ich bin auch nicht deine Therapeutin. Woher soll ich wissen, warum du Dinge willst oder nicht willst?«

»Aber all diese Überlegungen, die hatte ich nie, bis Adéla hier aufgetaucht ist. Es ist, als hätte ich mir diese Fragen nie gestellt und ich verstehe nicht warum!« Ich sah ihr fest in die Augen, und das war vielleicht gut so. Denn sicherlich hätte ich die Änderung in ihrem Blick nicht registriert, wenn ich woanders hin gesehen hätte. Doch bei meinen Worten tauchte eine Art Unbehagen in ihrem Gesicht auf. Als hätte ich sie mit meiner Aussage bedroht.

»Ich gebe nur mein Bestes, dass ihr hier ein bequemes Leben habt. Anstatt mich in Frage zu stellen, solltest du das wertschätzen, Val. Du darfst jetzt gehen.« Ich starrte sie mit offenem Mund an.

Also hatte sie etwas damit zu tun? Tat sie etwas, um uns zu kontrollieren? Hatte sie überhaupt die Macht, das zu tun? Oder wurde ich langsam paranoid?

»Und du hast das Recht, mir die Wahrheit zu sagen«, entgegnete ich. Im Bruchteil einer Sekunde stand Nathalia vor mir und stach mir mit ihrem scharfen Fingernagel in die Haut unter dem Kinn.

»So sprichst du nicht mit mir, Val. Ich bin die Herrscherin über dieses Reich und du wirst mir den gebührenden Respekt entgegen bringen.«

»Eine Position gibt dir nicht das Recht, respektiert zu werden. Das ist eine menschliche Eigenschaft. Und davon abgesehen, denkst du, ich habe Angst vor dir?«

»Vielleicht solltest du das«, zischte sie.

»Dieser Ort hat mir mein Leben genommen. Ich habe kaum Erinnerungen an mein Leben als Mensch. Ich habe meine Familie, meinen Job, sogar meinen Herzschlag verloren. Ich bin gefangen in einem Körper, der weder leben noch sterben kann. Und wenn du dahinter steckst, dann hast du mir schon alles genommen. Ich habe vor gar nichts mehr Angst, was du mir antun kannst.«

Ihr Blick wurde noch eine Spur böser. »Nein. Aber dein kleines totes Herz ist noch nicht ganz kalt. Und wenn ich deiner hübschen Freundin etwas tue, dann bekomme ich auch von dir, was ich will.« Sie nahm den Finger von meinem Kinn. Wir lieferten uns ein Blickduell. Doch mit dem, was sie gerade gesagt hatte, saß sie eindeutig am längeren Hebel. Ich trat also einen Schritt zurück und verneigte mich standesgemäß vor ihr, ehe ich sagte

»Ich werde mich um den Auftrag kümmern, für den Ihr mich ins Schloss bestellt habt, meine Prinzessin.« Damit ging ich.

Und kaum dass ich um den nächsten Gang gebogen war, hörte ich ein lautes Türknallen und ein erzürntes »Ich habe gesagt, ihr sollt mich in Frieden lassen!«

Ich hatte Nathalia aufgebracht. Aber auch, wenn ich keine genauen Antworten auf meine Fragen bekommen hatte- nicht mal dazu gekommen war, sie richtig zu stellen- ich wusste doch deutlich mehr als zuvor. Nämlich, dass die Prinzessin, im Gegensatz zum Rest von uns, ganz genau zu wissen schien, was hier vor sich ging. Und dass sie alles dafür tat, dass niemand etwas davon mitbekam. Diese Rechnung hatte sie ohne Adéla und mich gemacht.

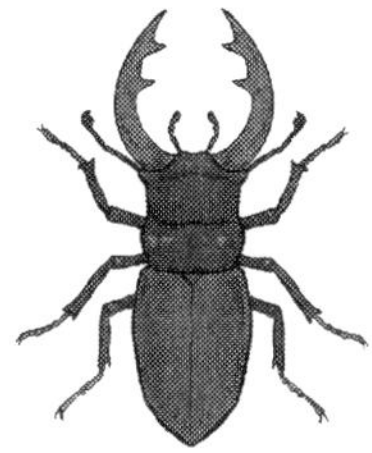

Kapitel 9 – Adela

Das Buch ohne Seiten

Das Schloss war von Stimmen durchdrungen und Gerüche, die ich schon ewig nicht mehr gerochen hatte, lagen in der Luft. Überall wurden Vorbereitungen für das Fest getroffen und die Menschen eilten durch die Flure. Val lief mit mir bis zu einer größeren Abzweigung im unteren Teil des Schlosses und blieb dann stehen.

»Zu Nathalias Gemächern geht es hier entlang. Die Bibliothek ist direkt da vorne, durch die großen Flügeltüren.«

Ich nahm die Bücher entgegen, die eben noch auf Vals Nachttisch gelegen hatten. »Ich bringe sie an ihren Platz, das macht mir nichts.«

»Danke. Wenn du nicht durchblickst – Hamelia, die Bibliothekarin, leitet auch eine kleine Buchhandlung hier in Krev. Sie ist eine von uns und sehr freundlich - sie hilft dir sicher gerne!« Bei den Worten *eine von uns* fuhr mir ein Schauer über den Rücken, doch ich versuchte zu lächeln. »Okay.«

Val legte mir eine Hand auf die Wange. »Adéla, ich verspreche dir, dass dir niemand etwas tun wird. In all der Zeit, in der ich hier bin, hat es nie irgendeinen Vorfall gegeben. Wir lechzen ja nicht einmal nach Blut.«

Ich nickte und tat so, als wäre ich zuversichtlich. Dabei lagen mir die Worte »Ja, weil ihr nie von Menschen umgeben wart« auf der Zunge. Dann sah ich Val nach, dey sich auf in Richtung Nathalias Gemächer machte und drückte die Bücher noch ein wenig fester an meine Brust. Kurz wartete ich zögerlich und lief dann in Richtung Bibliothek. Durch die Reihen zu stöbern würde mich ablenken und mich auf andere Gedanken bringen, das war gut.

Ich staunte nicht schlecht, als das, was Val als Bibliothek angekündigt hatte, tatsächlich eine war. Und zwar eine verdammt große! Über zehn Gänge reihten sich in dem großen, von Kronleuchtern erhellten Raum und beherbergten sicher über zehntausende Bücher. Staunend blieb ich stehen und sah an den hohen Decken und meterhohen Bücherregalen hinauf. Die obersten Regale waren nur über Leitern erreichbar. Ich musste mich zusammenreißen, um nicht gleich in Freudenschreie auszubrechen. Das hier war ein wahrgewordener Traum und wäre die ganze Situation nicht so verdammt unangemessen und gruselig, hätte ich hier Jahre, nein, Jahrzehnte zubringen können!

»Kann ich Ihnen helfen?« Eine freundliche Stimme ließ mich herumfahren. Vor mir stand eine mittelalte Frau mit blonden, kurzen Haaren und üppigen Brüsten. Sie musste Miss Hamelia sein.

»Oh, nein, ähm, das ist ganz freundlich von Ihnen, aber ich würde gerne in Ruhe nachsehen, wo ich diese Bücher einräumen soll. Ich liebe so etwas!« Ich winkte mit dem Bücherstapel, den ich unter den Arm geklemmt hatte, und versuchte, nicht auf ihre Lippen zu starren, unter denen sich ihre Zähne befanden, mit denen sie mir jederzeit die Pulsader aufreißen konnte.

»Ahh!« Hamelia nickte wissend und beugte sich vor. »Kein Wunder, dass Sie die zurückgeben wollen. Ich weiß auch nicht, wieso wir diese Bände überhaupt noch führen, immer wieder beschweren sich die Anwohnenden Krevs bei mir! Nathalia wurde schon ein dutzend Mal von mir darüber unterrichtet, dass diese

Bücher aussortiert werden müssen, doch sie besteht darauf, sie in der Bibliothek zu lassen.« Hamelia wollte mir die Bücher abnehmen, doch ich wich zurück.

»Was meinen Sie?« Ich fingerte das dickste der Bücher, das mit dem braunen Ledereinband, heraus, auf das sie so starrte, und musterte es.

Hamelias Lächeln erstarb ein wenig, als sie weitersprach. »Oh, haben Sie gar nicht hineingesehen? Das Buch ist leer, also, die Seiten, sie sind es. Es hat keinen Inhalt.«

Ich nickte. »Ach, das, äh, ja natürlich! Genau deshalb möchte ich es zurückbringen.«

Hamelia nickte, schien mir aber nicht ganz zu glauben. »Lassen Sie mich wissen, wenn Sie etwas brauchen.« Dann verschwand sie wieder in die Richtung, aus der sie gekommen war. Unsicher sah ich mich um. Im hinteren Teil der Bibliothek erkannte ich eine Reihe mit Sesseln und Tischen. Also zog ich mich dahin zurück und schlug dann, als ich mir sicher war, dass niemand anderes zusah, das Buch auf. Von wegen leere Seiten.

Vor vielen Jahrhunderten herrschte ein gütiger König über ein Land, das von diesem so weit entfernt ist, wie das heutige Prag von Paris. Er war so gütig, dass er im ganzen Land, über das er herrschte, für eben diese Güte bekannt war. Sein Land war reich an allem, was man sich nur erträumen konnte, es mangelte an nichts. Nur dem König selbst mangelte es an einem: Er wünschte sich einen Nachfolger für seinen Thron. Seine Frau jedoch konnte ihm nur eine Tochter schenken, so sehr sie es auch versuchte. Nachdem sie Kathalia gebar, wurde sie nie wieder schwanger. So kam es, dass das Volk entschied, dass nicht die Tochter des Königs, sondern ein anderer Königssohn den Thron übernehmen sollte. Die Mutter des Kindes war darüber so erzürnt, dass sie den König anflehte, etwas zu tun, doch ihm waren die Hände gebunden. Kathalia, sein Kind, sollte nun also verheiratet werden, so dass ein neuer Mann den Thron besteigen und über ihn herrschen konnte. Doch als Kathalia alt genug war, beschloss sie, sich nicht dem Willen des Volkes zu beugen, sondern vor ihrem Schicksal davonzulaufen. Sie entdeckte in den Tagebüchern ihrer Mutter die Adresse eines Mannes, dessen Name Hilfe verlauten ließ. Sie machte sich also auf und kehrte ihrem Königreich für immer den Rücken zu. Sogar ihre Mutter ließ sie zurück.

Während ihrer Abwesenheit traf es sich, dass ein böses Ungetüm über das Königreich fiel. Es trug den Namen Pest und ließ Dunkelheit über das ganze Land kommen. Nicht nur der König und sein Volk wurden dahingerafft, auch Kathalias Mutter traf es schwer. Während Kathalia sich also weit entfernt in Sicherheit wiegte, ahnte sie nichts von dem, was mit ihren Eltern geschehen war. In ihrem Zorn hatte sie sich nur eines geschworen: Irgendwann zurückzukehren und sich für den Verrat ihres Volkes zu rächen. Der Mann, den ihre Mutter einst gekannt hatte, wollte ihr dabei helfen. Er verriet Kathalia, was damals, neun Monate vor ihrer Geburt, wirklich geschehen war.

Als Kathalias Mutter auch nach etlichen Versuchen des Beischlafes mit dem König kein Kind gebar, suchte sie im Dorf nebenan nach einem Heiler, der ihr helfen konnte. So traf sie ihn. Doch er offenbarte ihr nicht etwa, dass es an ihr läge, dass sie nicht schwanger wurde, sondern erklärte ihr, dass der König nicht im Stande war, einen Nachfolger zu zeugen. Aus Angst, dass ihr geliebter Ehemann sich eine Mätresse suchen würde, beschloss Kathalias Mutter also, sich dem Heiler zuzuwenden. Und es klappte. Neun Monate später kam Kathalia auf die Welt, die zwar immer noch kein Nachfolger, aber immerhin ein Kind war.

Seit diesem Tag wartete der Heiler auf seine Tochter, denn er war sich sicher, dass Kathalia ihn eines Tages suchen würde.

Als Kathalia das erfuhr, war sie erfreut zu hören, dass sie doch noch eine Familie, wenn auch nur eine kleine, besaß. Sie blieb für eine ganze Weile dort bei ihrem Vater und vergaß beinahe die Unruhen in ihrem weit entfernten Königreich.

Während der schwarze Tod durchs Land zog, traf er jedes Dorf, tötete alles und jeden, der ihm begegnete. Nur das Dorf des Heilers, in dem sich Kathalia befand, blieb verschont. Erst 1364 beschloss die junge Frau, dass es nun an der Zeit war, zurück an den Hof zu kehren. Entschlossen, als rechtmäßige Herrscherin angenommen zu werden, trat sie die lange Reise an und wurde von ihrem Vater begleitet. Doch am Hofe angekommen verspottete man sie nur. Durch die Pandemie wurden alle Aufzeichnungen zerstört, die es über die ehemalige Königstochter gegeben hatte und niemand erkannte sie als echte Nachfahrin an. Der König und seine Frau, die nun über Kathalias Heimat regierten, drohten sogar, sie und ihren Vater köpfen zu lassen.

Kathalia und der Heiler zogen also wieder von dannen. Erbost über die Schande, die man über seine Tochter gebracht hatte, erbat der Heiler Hilfe von der Natur. Er, der die Künste der Heiler und der Natur vertrat, wäre ja wohl im Stande, eine Tochter zu zeugen, die sich und ihr Königreich über alle erheben und herrschen würde.

Und so kam es, dass eines nachts, als Kathalia bereits selig am Feuer schlief, eine Gestalt zu dem Heiler trat. »Wer bist du?«, fragte der Heiler ihn, doch das Wesen mit den spitzen Zähnen antwortete nicht, sondern fragte ihn, ob er seinen Wunsch wiederholen wolle.

»Ich wünsche mir ein Königreich für meine Tochter. Eines, das sie nie wieder verlassen, aus dem sie nie wieder verstoßen werden kann. Eines, das nur ihr gehört und dem jeder Anwohner bis auf sein Blut ergeben sein soll. Es soll unserer Blutlinie allein gehören und es soll vor den Augen derjenigen versteckt sein, die sich an ihr bereichern wollen.« »So soll es sein.« Die Gestalt legte den Kopf schief. »Und was gebt Ihr mir dafür?«

»Was Ihr Euch wünscht«, sagte der Heiler, ohne zu überlegen. »Alles, was Ihr wollt.«

»Gut.« Die Gestalt lief um die schlafende Kathalia herum und musterte die schönste aller Frauen, die sie je gesehen hatte. »Dann will ich sie. Sie soll mich und meine Familie ernähren. Ihre Blutlinie, geschützt durch die meine. Einverstanden?«

Und der Heiler, sich sicher, dass er das Beste für seine Tochter tat, willigte ein.

Noch an diesem Tage bekam Kathalia ihr Königreich. Eines, das sie nie wieder verlassen und an das ihr Blut auf ewig gebunden wäre. Und der Heiler gab dem Reich den Namen Krev, denn das letzte, was er von seiner Tochter sah, war rotes Blut, das auf den Waldboden tropfte.

Erschrocken schlug ich das Buch zu, dann klappte ich es sofort wieder auf. Hatte ich da etwa gerade wirklich Krevs Entstehungsgeschichte gelesen? Benommen wanderten meine Finger über die alten Seiten Pergament. Ja, so musste es sein. Und diese Geschichte war nahezu unglaublich!

Also war das alles.. schon so viele Jahrhunderte her? Falls ja, wie war dann all das die ganze Zeit über versteckt geblieben? Wie konnte ein solch böser Fluch so lange erhalten bleiben? Und was hatte Nathalia mit all dem zu tun? War sie etwa Kathalia und hatte einfach ihren Namen geändert?

Als ich die nächste Seite im Buch aufschlug, bekam ich prompt die Antwort auf meine Frage.

Ein Stammbaum!

Mir wurde eiskalt. Das war unmöglich, oder?

Kapitel 10 – Val

Als Gregor aus der Rüstung rutschte

Ich war kaum wieder in meinem Zimmer angekommen und hatte mich an meine Stoffe gesetzt, da klopfte es laut und schnell an der Tür. Es gab mir sofort das Gefühl, als wäre das Anliegen der klopfenden Person dringlich. Also ließ ich mir nicht die Zeit, das Zimmer gemächlich zu durchqueren, sondern eilte zur Tür und öffnete sie schwungvoll.

Zu meiner großen Überraschung standen vor meiner Tür Adéla und Gregor. Und sie sahen beide ziemlich aus dem Häuschen aus.

»Was ist passiert?«, fragte ich direkt alarmiert. Denn auch wenn es schon mal vorkam, dass Adéla etwas aufbrachte, dass Gregor aus der Rüstung rutschte, war nicht besonders leicht.

»Das sagen wir dir, wenn die Tür zu ist«, keuchte Adéla. Und sie hatte natürlich recht. Was auch immer es zu besprechen gab, sollte wohl nicht im Flur ausdiskutiert werden. Ich ließ die beiden also ins Zimmer und Adéla machte sich gleich auf den Weg zu meinem Schlafzimmer. Gregor folgte ihr zielstrebig, und auch ich ließ keine Zeit mehr verstreichen.

»Also?«, fragte ich, wobei ich zumindest versuchte, mich nicht zu sehr von der Aufregung der beiden anstecken zu lassen.

»Also erstmal war es gut, dass du mich darauf vorbereitet hast, dass es Vampire gibt«, sagte Adéla mit finsterem Ton in der Stimme. »So weiß ich immerhin, warum mich einer der Wächter in der Bibliothek so bedrängt hat, als ich mir den Zeigefinger an einer Buchseite aufgeschnitten habe.« Bis sie den Satz beendet hatte, war mir der Geruch nach Blut nicht aufgefallen. Vielleicht weil ich mein Verlangen nach ihr gerade erst ein wenig gestillt hatte. Jetzt allerdings trat der Geruch deutlich hervor.

»Was meinst du damit, dass dich jemand bedrängt hat?«, fragte ich zornig.

»Er hat wohl ein bisschen die Kontrolle verloren. Er hat ziemlich rumgedruckst, und wollte offenbar nicht zeigen, dass er an mein Blut wollte und nicht an mein Höschen. War aber am Ende auch egal, weil ich ihn nicht in meiner Nähe haben wollte. Ich habe also die Bibliothek ziemlich schnell wieder verlassen, und dabei bin ich zum Glück Gregor über den Weg gelaufen. Der hat mich unter seine Fittiche genommen.«

Ich warf Gregor einen dankbaren Blick zu, den dieser nur mit einem Nicken erwiderte. »Die Prinzessin haben wir auf dem Rückweg auch noch getroffen, und sagen wir so, sie war nicht in besonders guter Laune«, fügte Gregor an.

»Das kann ich mir denken«, murmelte ich.

»Warum? Hast du was angestellt?« Adéla sah mich immer noch zerstreut an. Doch auf meinem Bett zu sitzen, schien ihr ein wenig Sicherheit zurückzugeben, denn sie hatte ein wenig von der Spannung in ihren Schultern verloren.

»Sagen wir so, ich habe es nicht geschafft, meine Fragen so zu stellen, dass sie mir gerne antworten wollte. Und ich will nicht direkt sagen, dass ich es mir ein bisschen mit ihr verscherzt habe, aber ich glaube, wir müssen ein bisschen aufpassen, was wir machen. Am Ende bin ich nicht so privilegiert in diesem Schloss, wie ich immer gerne tue.« Wir warfen allesamt eine Zeit lang Blicke von einem zum nächsten, und ich hatte die Hoffnung, dass ich Zeit haben würde, das erst einmal sacken zu lassen. Doch Adéla hatte anscheinend andere Pläne. Und wie ich schnell feststellte: Zu Recht.

»Ich habe etwas herausgefunden«, sagte sie irgendwann leise in die Stille. Ihre ruhige Stimme ließ mir die Haare zu Berge stehen, und hätte ich noch einen Herzschlag gehabt, dann hätte der sich jetzt vermutlich verdoppelt. Denn das klang gar nicht nach einer guten Erkenntnis.

»Was?«, fragte ich sie, genauso ruhig und leise. Adéla deutete auf das Buch, das ich ihr mitgegeben hatte, weil nichts drin gestanden hatte. Sie sah von Gregor zu mir. Während ich mich im Schneidersitz auf meine Decke setzte, nahm Gregor auf meiner Bettkante Platz, sodass wir im Dreieck um das Buch herum saßen. Adéla schlug das Buch auf und sah zu uns auf. Doch während sie einen bedeutungsschweren Blick aufgesetzt hatte, guckten Gregor und ich nur dumm aus der Wäsche.

»Wenn du uns die gähnende Leere dieses Buch offenbaren wolltest, die haut uns, fürchte ich, nicht so aus den Socken«, sagte Gregor und fasste damit ganz gut zusammen, was ich dachte. Auch wenn ich mir sicher war, dass Adéla mehr wusste. »Für dich sind die Seiten nicht leer, oder?«

Ich wusste nicht, wo diese Eingebung hergekommen war, aber ich hatte es irgendwie plötzlich im Gefühl gehabt. Eine spontane Idee, die Adéla mit ihrem Nicken bestätigte.

»Ich lese euch was vor«, sagte sie, nahm das Buch zur Hand und begann zu lesen. Jeder, der ihr bis zu diesem Moment unterstellt hätte, zu lügen, hätte in diesem Moment einsehen müssen, dass er falsch gelegen hatte. Denn die Worte, die Adélas Lippen verließen, konnte sie sich unmöglich ausdenken. Mir fuhr ein Schauer nach dem anderen über den Rücken, während Adéla sprach. Und als sie schließlich geendet hatte, hatte ich ein enges Gefühl in der Brust und eine Gänsehaut am ganzen Körper.

»Das ist die Entstehungsgeschichte von Krev«, stammelte ich. Adéla nickte.

Und mich übermannte eine Flut von Fragen. Adéla allerdings schien noch nicht ganz fertig, denn sie schlug die nächste Seite auf. Ich schwieg also. Im Gegensatz zu Gregor neben mir.

»Wenn Nathalia die rechtmäßige Prinzessin ist, dann muss diese Tochter des Heilers ihre Ur-Ur-Ur-Ur-Ur-Ur-Ur-wie-auch-immer-Verwandte sein. Oma oder so.«

Adéla schluckte. »Ja. Fast.« Sie deutete mit dem Zeigefinger mitten auf die leere Seite. »Mit dem kleinen Unterschied, dass sie ihre Mutter war.«

Stille.

»Ihre Mutter?«, fragte ich verwirrt.

»Ja. Hier ist ein Stammbaum. Und sie war ihre Mutter.«

»Aber das kann nicht sein!«, protestierte ich sofort. »Dann müsste Nathalia fast siebenhundert Jahre alt sein. Das ist vollkommen unmöglich!« Ich starrte Adéla an, die mir nur einen unbeeindruckten Blick zuwarf.

»Ach ja? Dass du ein Vampir bist, kein Ding, No Problemo, völlig normal. Aber Nathalia kann nicht siebenhundert Jahre alt sein? Warum nicht?« Alles in mir sträubte sich dagegen. So funktionierte Leben und Sterben einfach nicht. Aber natürlich hatte Adéla irgendwo recht. Sie hielt meinen Blick und ich hielt ihren. Hinter ihren klaren Augen brannte ein Wissensdurst, an den ich mich noch sehr gut erinnern konnte. Oder vielleicht *wieder* erinnerte. Ein Eifer, Rätsel zu lösen, die Vergangenheit aufzudecken und die Geheimnisse der letzten Generationen zu entschlüsseln. Ich nickte abwesend. Und auch Adéla nickte, als würden wir die Erkenntnis zusammen verarbeiten. Uns gegenseitig versichern, dass es nur so sein konnte. Das wir recht hatten. Adéla senkte den Blick wieder auf die alten Seiten, die für sie voll beschrieben zu sein schienen. Und ich sah zu Gregor herüber, der die letzten Minuten ungewöhnlich still gewesen war. Er musterte sie. Schien ihr Gesicht, ihren Körper, ihre Bewegungen abzuscannen, jedes Detail in sich aufzusaugen. Eine Flamme der Eifersucht loderte in mir auf. Auch wenn ich wusste, dass er keine Konkurrenz für mich war. Dennoch musste ich mich zurückhalten, ihn nicht anzufahren, er solle sie nicht so anschmachten. Adéla gegenüber war ich schon immer etwas einnehmend gewesen. Das wusste ich. Meine Gefühle wurden in diesem Moment allerdings ungewohnt laut.

»Wisst ihr, was mir gerade aufgefallen ist?«

»Dass meine Frau der schönste Mensch ist, der es jemals gewagt hat zu existieren?«, fragte ich ihn in Gedanken, hielt aber den Mund.

»Du siehst der Prinzessin total ähnlich. Vor allem in diesem Kleid. Val, hast du das nicht für Nathalia geschneidert?« Mein Blick huschte von Gregor zu Adéla und wieder zurück zu Gregor. »Ich meine ja nur,« fügte er an. »Ich sehe die Prinzessin ziemlich oft. Ich weiß ganz gut, wie sie aussieht. Und du gleichst ihr jetzt vielleicht nicht aufs Haar. Aber etwas an deinem Gesicht und deinen Bewegungen wirkt, als wärst du sie.«

Ich schluckte. Warum war mir das noch nicht aufgefallen? Ich hatte sowohl mit Adéla als auch mit Nathalia ziemlich viel Zeit verbracht. Und vor allem auch ziemlich private Zeit. Wenn das jemandem hätte auffallen müssen, dann doch mir, oder? Jetzt, wo Gregor es allerdings gesagt hatte, schien mich die Ähnlichkeit fast anzuschreien.

»Du hast mit einer Frau gevögelt, die aussieht wie ich?« Ich hätte Adéla nicht ansehen müssen, um zu wissen, wie viel Unbehagen in ihrem Gesicht zu sehen war. Und es würde ihr vermutlich nicht helfen, wenn ich ihr sagte, dass ich eben einen Typ Frau hatte, den ich besonders attraktiv fand... also begnügte ich mich mit einem

»Ahm... das habe ich wohl.«

»Als ich sie das erste Mal gesehen habe, habe ich zwar auch gedacht, dass wir uns vielleicht ähnlich sehen könnten, aber ehrlich gesagt habe ich in ihr eher meine blöde Cousine Valeria gesehen.« Dazu äußerte ich mich lieber nicht. An Adélas Cousine hatte ich nur grobe Erinnerungen. Genau wie an den Rest meiner Vergangenheit. Und erst als sie sie gerade erwähnt hatte, war das Wissen, dass es sie gab, in meinen Kopf zurückgekommen. Adéla hatte immer eine leichte Rivalität mit ihr gehabt. Für jetzt war diese aber egal. Ich hatte das Gefühl, die Stimmung war ohnehin gerade sehr angespannt und ich wollte es uns allen nicht schwerer machen, als es unbedingt sein musste.

»Mag sein, dass ihr euch ähnlich seht. Ich glaube aber ehrlich gesagt, dass das nicht unser größtes Problem ist. Mein Eindruck ist, hier läuft irgendwas ganz und gar nicht so, wie uns erzählt wird, und ich habe irgendwie Sorge, dass uns hier etwas verheimlicht wird. Also vielleicht sollten wir uns damit beschäftigen.« Gregor nickt.

Doch Adéla, die angefangen hatte, nervös an einem Bund ihres Kleides herum zu zupfen, sagte »Vielleicht sollten wir alle mal ein bisschen runterfahren. Zumindest ich bin, seit ich hier angekommen bin, ununterbrochen in Habachthaltung, und das reibt ganz schön die Nerven auf.« Da hatte sie allerdings recht. Ich nahm einen der schweren Silberringe von meinen Fingern und reichte ihn ihr, damit sie etwas anderes hatte, mit dem sie ihre Finger beschäftigen konnte.

»Ich sollte mich, glaube ich, auch mal auf den Weg machen. Ich bin offiziell eingeteilt, in den Gängen zu patrouillieren. Und ich glaube, heute ist nicht der Tag, an dem Nathalia mich erwischen sollte, wie ich mich nicht an die Vorschriften halte.«

»Da könntest du allerdings recht haben«, murmelte ich.

»Gregor, könntest du mich noch zu meinem Zimmer bringen?« Ich sah zu Adéla herüber, die mich erschöpft anblinzelte. Aufregung und Wut hatten sie auch früher schon immer geschlaucht und ich konnte mir vorstellen, dass sie ziemlich erschöpft sein musste, nach den ganzen Ereignissen der letzten Stunden. Gregor nickte und ich begleitete die beiden noch bis zur Tür.

Und dann machte ich mich an das, für was ich hergeschickt worden war. Tatsächlich war ich mit meinen Plänen ziemlich in Verzug. Ich hatte bei Weitem nicht alle Maße unserer Gäste, und ich hatte auch keine Zeit mehr, für alle Kleidung zu schneidern, die für einen Ball würdig war. Also beschloss ich, einige Blusen vorzubereiten, an denen ich später schnell etwas Material wegnehmen und sie enger machen konnte. Und zum Glück hatte ich ja auch einiges an Hilfe. Denn Michael, Jackson und Jack tippelten mit ihren kleinen Beinchen über den steinernen Boden, zerschnitten mit ihren Zangen die Stoffe und rollten Fadenreste, Knöpfe und kleineres Arbeitsmaterial zur Seite. Wann immer ich einen Stoff mit Schnittmuster übereinander auf dem Boden ablegte, schnitten sie mir die Stoffteile zurecht, sodass ich sie nur noch zusammennähen musste. Es hatte etwas Monotones und gleichzeitig fühlte es sich produktiv an. Ein angenehmer Gegensatz zu den letzten Stunden, in denen ich das Gefühl gehabt hatte, viel getan zu haben und trotzdem nicht weiter gekommen zu sein.

Kapitel 11 - Adela

Im Kopf der Prinzessin

Ich hatte Val versprochen, dass ich mich in mein Zimmer zurückziehen würde. Ich war sogar diejenige gewesen, die es vorgeschlagen hatte! Aber ich dachte gar nicht daran. Mir war zwar bewusst, dass ich mich irgendwann ausruhen musste, doch wie sollte das gehen, wenn ich wusste, dass eine Horde Vampire durch die Flure streifte und eine böse Prinzessin meiner Beziehungsperson einen Fluch auf den Hals gehetzt hatte?

Ich ließ mich also von Gregor zu meinem Zimmer bringen, bedankte mich und sah ihm dann nach. Sobald er um die nächste Ecke gebogen war, raffte ich allerdings das Kleid zusammen, das ich von Val bekommen hatte, und machte mich auf. Ich konnte es immer noch nicht glauben.. Dass Val etwas mit Nathalia gehabt hatte, tat zwar weh, war aber nur logisch – immerhin waren so viele Jahre vergangen! Doch mit Hinblick darauf, dass wir uns nun auch noch ähnlich sehen sollten, tat es einfach wirklich weh. Ich musste wissen, was hier gespielt wurde. Die Angst, Val am Ende doch wieder zu verlieren, war einfach zu groß und dabei ging es mir nicht um Nathalia und Eifersucht. Irgendwer würde sein Leben lassen, das spürte ich und ich würde eher sterben, als zuzulassen, dass es Val war.

Als Gregor mich bei der Bibliothek aufgegriffen und zu Val zurückgebracht hatte, waren wir auch an Nathalias Bereich im Schloss vorbeigekommen. Er hatte mir erzählt, dass sie fast niemanden in ihre Gemächer ließ (außer Val..) und dass sie immer von mehreren Dienerinnen bewacht wurden. Doch heute, das hatte ich gesehen, war alles anders. Nathalia hatte die meisten Leute weggeschickt – sie alle aßen zu Abend! Sie hatte alleine sein wollen, nachdem Val bei ihr gewesen war. Ich würde also in Ruhe mit ihr sprechen können. Der Gedanke, dass sie kein Vampir war, beruhigte mich immens, auch wenn sie, sollte sie wirklich 700 Jahre alt sein, sicherlich andere Kräfte besaß.

»Nathalia? Eure Hoheit?«, rief ich, als ich vor der großen Holztür stand und zwei Mal klopfte. Dieser Teil des Schlosses war noch viel ruhiger als die anderen und eine Gänsehaut erklomm meine Arme. Ich versuchte es noch einmal. »Prinzessin? Seid Ihr da?« Doch nichts hinter der Tür regte sich.

Probeweise drückte ich die Türklinke herunter, rechnete nicht damit, dass es funktionierte, doch wurde überrascht. Sie glitt leise auf.

»Ohh«, entfuhr es mir. Vor mir lag ihr Gemach und ich konnte einfach so hineingehen? Vorsichtig trat ich ein, lief so leise ich konnte. »Hallo?«, flüsterte ich noch einmal. Das Zimmer war riesig und so luxuriös, wie man es von einer Prinzessin erwarten konnte. Der Raum war rund angelegt und die Erkerfenster gingen bis zum Boden. Auf der linken Seite stand ein großes Sofa, daneben ein Schreib- und sogar noch ein zusätzlicher Frisiertisch. Überall standen frische Blumen – blutrote Rosen, deren Dornen ich sogar aus der Entfernung sehen konnte. Die Fenster waren von schweren Stoffen verhüllt und ich konnte nur erahnen, wie teuer diese gewesen waren. Alles schimmerte in einem Kerzenlicht und ich fragte mich, wieso man diese anließ. Hatte denn niemand Angst davor, das ganze Schloss abzufackeln? Außerdem war dies doch ein modernes Schloss und es gab Strom! Von der linken Seite des Raumes ging ein kleinerer Durchgang ab und ich folgte ihm. Dann betrat ich ihr Schlafzimmer. Mein Blick fiel natürlich sofort auf das riesige Himmelbett, das mit zig Kissen bestückt worden war. Hatten Val und sie hier..?

Ich schüttelte den Kopf, um diese Gedanken zu vertreiben. Es war egal, was sie und Val getan hatten. Val lebte und, was noch viel wichtiger war: Val liebte mich. Wir würden all das hinter uns lassen, da war ich mir sicher. Doch dafür musste ich herausfinden, was hier los war. Neben dem großen Bett stand ein ebenso großer Kleiderschrank ohne Türen. Ich trat davor und ließ meine Hände über die Stoffe wandern, die sich allesamt so leicht anfühlten, als wären sie aus Wasser gesponnen. Val hatte wirklich ganze Arbeit geleistet – sie waren hinreißend. Nathalia war ohnehin atemberaubend schön, doch diese Kleider taten definitiv ihr Übriges.

Ich trat vom Kleiderschrank weg und sah mich mit in die Hüften gestemmten Händen um. Hier gab es nichts Interessantes und wenn sie mich hier erwischte, würde ich wahrscheinlich nur im besten Fall des Hofes verwiesen werden.. Im schlimmsten würde sie mich töten oder auch zu einem Vampir machen, falls sie das überhaupt konnte. Ich wollte gerade herauseilen, als mein Blick auf ihren Nachttisch fiel. Er war aus Holz und hatte zwei Schubladen. Einen Moment lang hielt ich inne und lauschte auf Geräusche um mich herum, doch das Einzige, was ich wahrnahm, war das Pochen meines Herzens.

»Das ist doch Schwachsinn!«, hauchte ich in die Stille hinein. Ich brauchte keine Angst haben! Hier war niemand!

Also lief ich um das Bett herum und zog die Schubladen auf. In der obersten fand ich nur eine Haarbürste und eine Lesebrille. Doch in der unteren fand ich spannenderes: Ein in Leinen gewickeltes Buch und eine Phiole mit Blut darin. War es ihr Blut? Ich wickelte das Buch aus und schlug es auf. Statt einem weiteren alten Buch wie dem aus der Bibliothek kam ein ganz normales, in Leder gebundenes Tagebuch zum Vorschein. Es sah beinahe aus wie meines, was ich selbst zuhause hatte, nur dass dieses, anstelle von Papierseiten, richtige Seiten aus altem Pergament hatte. Ich schlug es auf und fuhr mit den Fingern die Seiten entlang.

Dann begann ich zu lesen.

07. Januar 1381

Heute ist mein 16ter Geburtstag und Maminka hat mir dieses Tagebuch hier geschenkt. Sie sagt, dadurch würde ich mich weniger einsam fühlen, jetzt, wo es keine Spielgefährten mehr für mich in Krev gibt. Manchmal frage ich mich, ob das wirklich alles ist, was ich je sehen werde. Die Mauern kommen mir oft wie ein Gefängnis vor.

Der erste Eintrag trieb mich in Unglauben. Konnte das wirklich sein? Ich blätterte zügig ein paar Seiten vor.

13. August 1384

Bald ist es wieder so weit. Maminka wird das Fest veranstalten. Ich sehe ihr an, dass sie keine Kraft mehr hat. 20 Jahre sind es nun - 20 Jahre, in denen wir nichts außer Krevs Ländereien gesehen haben. Bald bin ich erwachsen und ich frage mich, was dann aus mir wird! Aber zu fragen, das traue ich mich nicht. Maminka hat versprochen, dass sie dieses Mal jemanden für mich finden wird, der bleiben darf! Letztes Fest war ich ja noch zu jung!

30. September 1384

In einer Woche findet das Fest statt und Maminka ist bereits jetzt vollständig mit den Vorbereitungen beschäftigt. Sie hat mir das schönste Kleid überhaupt nähen lassen, doch sagte, ich dürfe nicht zum Festmahl bleiben, weil es zu schrecklich wäre. Dieses Mal haben die Ahnen etwas Fürchterliches von ihr verlangt: Sie soll die Verwandten unserer Hofdiener einladen! Ich glaube, ich will gar nicht wissen, was mit ihnen geschehen wird.

09. Oktober 1384

Das Fest ist vorbei. Es war grauenhaft! Außerdem hat Maminka ihr Wort nicht gehalten! Sie hat zwar junge Menschen eingeladen, doch sie alle wurden ausnahmslos geopfert.. Schon wieder keine Hoffnung, schon wieder so viele Jahre warten!

07. Januar 1386

Heute ist mein 21. Geburtstag. Was daran so besonders ist? Es sollte der Geburtstag sein, an dem ich von hier fliehen könnte! Sie hat es mir versprochen, da war ich gerade einmal acht Jahre alt! Doch heute Morgen hat ein Blick von ihr genügt und ich wusste, dass sich alle meine Hoffnungen ins Nichts auflösen würden. Sie will nicht, dass ich sie hier alleine lasse.

23. Februar 1386

Maminka hat heute Morgen neue Vampire in den Palast gelassen. Bis heute will sie mir immer noch nicht verraten, woher sie sie bekommt, doch es ist immer das Gleiche: Eines Tages bringt sie sie mit, nachdem sie das Schloss verlassen hat. Und jedes Mal ist es so, dass die Neuen sich an fast nichts erinnern! Haben sie denn keine Familien, die sie vermissen? Wieso verrät Mama mir nicht, was hier los ist?

05. Juni 1386

Wir haben uns gestritten. Mir ist die Decke auf den Kopf gefallen! Ich habe ihr die Pistole auf die Brust gelegt und ihr gesagt, sie solle mir nun endlich sagen, was hier los sei! Als Antwort hat sie mir mit Tränen in den Augen ein Buch in die Hand gedrückt. Es zeigt unsere Familiengeschichte und Krevs Entstehung. Ich habe es Amelia, meiner Zofe gezeigt, doch sie sagte, für sie sei es leer gewesen. Offensichtlich können nur Mitglieder der Königsfamilie die

Zeilen erkennen. Nun weiß ich also, was hier los ist. Maminka ist an Krev gebunden - denn die Vampire brauchen ihr Blut. Deshalb können wir nicht gehen!

06. Juni 1386

Ich habe Maminka darauf angesprochen, was ich herausgefunden habe. Ich bat sie, keine Vampire mehr zu verwandeln, doch sie sagte, der Fluch sei zu mächtig. Solange wir leben, wären wir an Krev gebunden und ohne Vampire wären wir hier ganz alleine. Ob ich das für sie wolle, hat sie mich gefragt. Nein, Maminka, aber ich fühle mich so einsam. Willst du das etwa für mich?

09. Dezember 1387

Ich habe sie getötet.

10. Dezember 1387

Es tut mir so leid. Mama? Mama, verzeihst du mir?

11. Dezember 1387

Irgendetwas stimmt nicht. Ich hatte gehofft, dass, sobald sie tot ist, auch ich endlich gehen könnte, doch der Fluch hält mich noch immer hier! Ich kann Krevs Gelände nicht verlassen! Auch die Vampire gieren noch immer nach Blut! Heute Morgen hat sich ein Fremder hierher verlaufen - er hat sich total angezogen gefühlt von mir - es war ekelerregend! Jetzt fühle ich mich noch einsamer! Mama, was ist hier los? Bitte hilf mir, es tut mir leid! Komm zurück ..

07. Januar 1388

Ich habe versucht, mir das Leben zu nehmen, doch es ging nicht. Jedes Mal wache ich wieder auf, die Wunde, egal welche, verschlossen. Der Fluch lässt mich nicht gehen.

15. September 1394

Lange ist es her.. Ich weiß überhaupt nicht, was ich sagen soll. Bald steht das Fest an. Mein erstes alleine. Ich habe es wie Maminka gemacht und einfach die Angehörigen aller eingeladen. Sie werden bald eintreffen. Sieben Jahre ist es nun her, doch ich bin keinen Tag gealtert, seitdem Mama gegangen ist. Ich werde für den Rest meines Lebens in diesem Körper stecken. Ich werde für immer andere Menschen sterben lassen müssen, anstatt mich selbst hinzurichten. Wie überlebt man das? Wie überlebt die Seele so etwas?

06. Oktober 1394

Das Fest ist vorbei. Es war ein einziger Rausch. So viel Blut.. so viele warme Körper.. wir alle waren noch nie so stark! Mein Volk steht nun dicht hinter mir, sie alle lieben mich! Was soll ich sagen? Dass es ein so gutes Gefühl ist, das hätte ich nicht für möglich gehalten! Alle 10 Jahre brauchen sie Blut, um weiter zu leben, und alle 10 Jahre muss ich das meine geben, damit der Fluch bestehen bleibt. Nur an diesem einzigen Tag ist es möglich, ihn zu brechen, zu ermöglichen, dass sie gehen. Doch das dürfen sie alle natürlich nie erfahren! Sonst wäre ich für immer alleine hier!

13. März 1395

Ich habe mich verliebt! Eine Fremde kam in unsere Wälder - Sie war auf der Suche nach Beeren. Eigentlich hatte ich mir geschworen, keine jungen Frauen mehr zu jagen und zu verwandeln.. doch diese.. Sie war so schön! Ich .. Ich musste sie einfach haben. Ihr Name ist Karolina.

22. Mai 1395

Ich war noch nie so glücklich wie zurzeit. Karolina und ich verbringen unsere Tage fernab vom Schloss und ich lasse sie mein Blut trinken. Wir genießen die Früchte, die unsere Felder tragen und die Sonne, die sich zwischendurch blicken lässt. Sie liebt mich auch, das weiß ich einfach. Sie ist das Beste, was mir je geschehen ist.

27. Juli 1401

Ich werde sie heiraten. Irgendwann. Das schwöre ich.

05. November 1404

Sie ist tot. Amelia hat sie getötet. Sie hat mir meine Karolina genommen! Aus Eifersucht, wie sie sagt. Ich habe die Hure hängen lassen als Zeichen. Dann habe ich ihr einen Dolch in ihr ohnehin verrottetes Herz gestoßen, so wie sie es Karolina angetan hat. Ich werde alle vergessen lassen, wie sie sterben können. Wenn ich hier ohne Karolina leben muss, ohne das Licht meines Lebens, dann sie ebenfalls. Nie wieder soll in Krev die Sonne scheinen!

Ich schluckte. Salzige Tränen liefen meine Wangen hinab und hätte ich das Buch nicht schnell weggezogen, so wären sie auf das Pergament getropft. Ich konnte es nicht fassen. Das, was Nathalia angetan worden war, war grauenhaft! Langsam verstand ich, wieso sie so war..

Mit zitternden Händen schlug ich die nächste Seite auf. Erst als mir das Datum auffiel, erkannte ich auch, wie sehr sich die Schrift verändert hatte. Über 600 Jahre lang hatte Nathalia keinen einzigen Satz geschrieben. 600 Jahre!

19. Oktober 2014

Ich kann kaum glauben, dass ich diese Zeilen schreibe.. aber seit über einem halben Jahrtausend habe ich zum ersten Mal wieder das Gefühl atmen zu können. Jemand ist nach Krev gekommen.. Deren Name ist Val. Dey wollte Nachforschungen anstellen und ist in den Zug hierher gestiegen, den Percy extra zum Ködern gebaut hat. Als Val aus dem Zug stieg, da wusste ich es: Ich würde nicht länger einsam sein! Ich glaube, auch wenn mein Herz nie wieder heilen, nie wieder so wie bei Karolina lieben wird, so wird Val trotzdem der Mensch sein, der mir ein klein wenig Sonne zurück schenkt.

20. Oktober 2014

Val hat das erste Mal von mir getrunken. Ich spüre, dass da eine Verbindung ist, die tiefer geht. Wäre dey doch nur schon beim Festmahl dabei gewesen! Dann müsste ich mir nicht die nächsten zehn Jahre solche Mühe geben, dafür zu sorgen, dass dey nie wieder zurückblickt. Bei demm ist das nämlich irgendwie viel schwieriger als bei allen anderen.. Manchmal, wenn dey neben mir liegt, nachdem wir voneinander gekostet haben, höre ich demm danach im Traum einen anderen Namen rufen. Adéla, so heißt sie, die Frau, die Val liebt.

01. Dezember 2016

Manchmal überlege ich, ob ich Val gehen lassen sollte. Auch nach zwei Jahren will dey noch immer nicht loslassen, das spüre ich. Tja, das ist wohl die Krux, oder? Flüche können alles beeinflussen, nur keine wahre Liebe. Sollte ich Val einfach die Wahrheit sagen? Wir könnten gemeinsam regieren..

18. Mai 2024

Dieses Jahr ist es so weit: Das Fest steht an. Zwischen mir und Val läuft es so gut wie noch nie. Ich weiß, Val liebt mich nicht, und auch ich denke immer noch jeden Tag an Karolina, doch näher werde ich dem Glück auch nicht mehr kommen. Ich werde keine Kinder haben können, das weiß ich jetzt, nach so vielen Jahrhunderten voller fehlgeschlagener Versuche, also gibt es auch keine Möglichkeit für mich, jemals sterblich zu werden. Ich werde für immer über Krev herrschen müssen. Und mit diesem Fest wird auch Vals Band, das dey immer noch mit Adéla verbindet, brechen, sobald sie tot ist. Dann werden wir zusammen sein, und zwar richtig.

Ein Geräusch ließ mich aufspringen, doch es war nur mein eigener Arm, der beim Lesen gegen eine Vase gestoßen war. Ich hob sie auf und schlug mir die Hände vors Gesicht. Was zur Hölle hatte ich da bitte gerade gelesen? Ich musste hier augenblicklich verschwinden! Meine Hände zitterten so sehr, dass ich drei Versuche brauchte, um das Tagebuch wieder in das Leinentuch einzuwickeln.

Als alles wieder so aussah, als wäre ich nie hier gewesen, machte ich mich auf, um aus Nathalias Gemach zu verschwinden. Ich musste mit Val reden, und zwar sofort! Wenn die Einträge die Wahrheit sagten, dann war nicht nur ich in Lebensgefahr, sondern *alle*, die hergekommen waren, um ihre Angehörigen zurückzuholen. Das würde ich nicht zulassen. Und wenn ich mit meiner zweiten Vermutung ebenfalls richtig lag, dann würde ich sie aufhalten können. Denn dann war ich der Grund, der Nathalia sterblich machen würde.

Ich schloss die Türe von ihrem Gemach gerade rechtzeitig, als ich Stimmen hörte und sprintete drei Meter fort. Dann bog die Prinzessin tatsächlich um die Ecke!

Nathalia und ihre Zofe blieben abrupt stehen, als sie mich sahen, und Nathalias Blick ließ nichts Gutes verheißen. Sie hatte nicht sehen können, aus welcher Richtung ich gekommen war, oder?

»Was tust du hier?« Sie trat einen Schritt auf mich zu. Ihre Krone funkelte im Schein der Kerzen.

»I-Ich-«, stammelte ich und schluckte. Ich hätte mir definitiv eine Ausrede überlegen sollen. Doch auch wenn ich das getan hätte, wäre sie mir nach all dem, was ich gelesen hatte, sicherlich entfallen. Mein Hirn schaffte es ja kaum, das alles zu verarbeiten!

Nathalia wollte gerade etwas sagen, als Gregor neben mich trat. Wo war er denn nun schon wieder hergekommen?

»Du wolltest zu Val, richtig? Ich habe ihr wohl die falsche Richtung genannt. Verzeiht, Hoheit.« Er nahm Nathalias Hand und drückte ihr einen Kuss auf den Handrücken. Sofort kam Nathalias falsches Lächeln zurück.

»In Ordnung, Gregor. Ich erwarte euch alle zum Essen heute Abend. Ist für Morgen alles bereit?«, fragte sie an ihre Zofe gewandt.

»Für morgen?« Ich blinzelte. »Was ist morgen?«

»Das Fest.« Nathalia lächelte bittersüß.

»Ich dachte, das ist erst in drei Tagen!« Ich konnte meine Panik einfach nicht vertuschen, so sehr ich es auch versuchte.

»Nein.« Nathalia trat noch einen Schritt auf mich zu und nun sah auch ich die Ähnlichkeit. Ich kannte den Blick, den sie aufgelegt hatte, aus meinem eigenen Spiegelbild. »Ich dachte, es wäre schön, wenn wir es ein wenig vorziehen. Schaltjahr und so.« Sie zwinkerte und wandte sich dann ab in Richtung ihres Gemachs. Nur Gregor und ich blieben mit aschfahlen Gesichtern zurück. Was sollten wir bitte tun? Innerhalb von 24 Stunden einen Plan zu entwickeln, klang unmöglich.

Kapitel 12 – Val

Das letzte Abendmahl

Um ehrlich zu sein, hatte ich komplett die Zeit vergessen. Ich war so in meiner Arbeit versunken gewesen, dass ich nicht mitbekommen hatte, wie spät es schon sein musste. Dementsprechend war das Schloss wie ausgestorben, als ich die Gänge entlang eilte, um mich mit den anderen zum Abendessen zu treffen. Fast wäre es mir nicht aufgefallen, wie leer es wirklich war. Doch die Flure wirkten richtig gespenstisch. Kaum eine Wache stand an ihrem Posten, und ein Blick aus dem Fenster verriet mir, dass sie auch nicht unten auf dem Hof standen. Normalerweise passierte das nur, wenn alle Angestellten des Schlosses eine wichtige Unterweisung der Prinzessin bekamen. Vielleicht ging es um das Fest...

Ich erreichte die große Halle, in der ich Adéla nach all der Zeit das erste Mal wieder gesehen hatte, und ließ meinen Blick über die Menschen wandern. Schließlich erkannte ich sie. Und hätte ich noch einen Herzschlag gehabt, dann hätte er sicher einen Schlag ausgesetzt.

Sie war leichenblass. Ihr Blick war leer und ihre Augen sahen rot und aufgequollen aus. So als müsste sie sich davon abhalten, zu weinen. Oder zu schreien. Ich hatte keine Idee, was in der kurzen Zeit, in der wir uns nicht gesehen hatten, passiert sein konnte, aber so wie sie aussah, musste es etwas Schlimmes gewesen sein. Ich bahnte mir den Weg durch zu ihr und nahm sofort den Platz neben ihr ein, der noch leer war. Zu ihrer Rechten saß eine ältere Dame, von der ich meinte, dass Adéla über sie als Rosa gesprochen hatte. Adéla zuckte zusammen, als ich mich setzte, und starrte mich verschreckt an, ehe sie einmal schwer schluckte und ein Lächeln aufsetzte.

»Da bist du ja«, krächzte sie. Und ich tat instinktiv das, was ich immer getan hatte, wenn Adéla etwas Sicherheit gebraucht hatte, den Schein aber hatte wahren wollen. Ich legte meine Hand mit der Handfläche nach oben auf die Bank und tippte ihr dann vorsichtig mit dem Daumen an ihr Bein. Ohne sich viel zu regen, hob Adéla ihr Bein an und ich schob meine Hand unter ihr Bein. Sie hatte mir ganz am Anfang unserer Beziehung mal gesagt, dass es sich für sie anfühlte wie festgehalten werden, ohne dass sie festgehalten wurde. Es gab nichts, was sie zu der Berührung zwang, gleichzeitig würde ich aber bleiben, so lange, wie sie nicht ging. Ich hatte ihr diese Sicherheit schon immer gerne gegeben. Und jetzt schien sie sie besonders zu brauchen. Ich konnte in ihren Augen sehen, dass sie überhaupt nicht hier war, und dass der Gedanke, an dem sie gerade festhing, sie in einen Abgrund stürzte. Also beschloss ich, sie wieder etwas an die Oberfläche zu bringen. Ich stützte meinen freien Ellbogen auf dem Tisch ab und deutete auf ihren Teller. Das Essen darauf schien sie nicht einmal angefasst zu haben.

»Schmecken dir die Kartoffeln nicht?« Ihr Blick rutschte zu mir. Wir bauten Blickkontakt auf. Doch ich hatte sie noch lange nicht zurück. Ich nahm also ihre Gabel und pikte in eine Bratkartoffel, pustete einmal dran, und schob sie mir in den Mund.

»Hm... da fehlt dir bestimmt etwas Salz, oder?« Adéla betrachtete mich immer noch mit leerem Blick. Doch bevor ich noch etwas tun konnte, fragte sie mit zittriger Stimme

»Wirst du mich umbringen?« Ich erstarrte. Hier war irgendetwas ganz gehörig falsch gelaufen in den letzten Stunden. Ich schluckte, ehe ich leise antwortete.

»Wie kommst du denn darauf? Natürlich nicht!« Eine Träne fiel ihr aus den Augen und rollte über ihre Wange.

»Ich weiß, warum du hier bist, Val. Und warum du nicht gegangen bist.« Jetzt war es an mir, komplett aus der Realität gerissen zu werden.

»Was?«

»Ich weiß, was hier los ist.« Eine weitere Träne fiel ihr aus dem Auge.

»Dann lass uns gleich darüber reden. Wenn wir alleine sind.«

Sie nickte. Doch ihr Gesicht sprach nicht von Zustimmung.

»Nicht?«, fragte ich also.

»Doch. Wir reden gleich darüber. Solange du noch dazu in der Lage sein wirst.«

Mit jedem weiteren Wort, das Adéla sprach, wurde ich nervöser. »Ich verstehe nicht....«, brach es leise aus mir hervor. Adéla war doch nur in ihrem Zimmer gewesen... Gregor hatte mir versprochen, sie bis vor ihre Zimmertür zu bringen. Und ihm traute ich nicht zu, etwas zu tun, was Adéla nicht wollte, oder was ihr schadete.

»Es ist alles eine Lüge, Val. Das alles hier. Das ist ein riesen Eklat.«

»Was ist ein Eklat?« Ich schreckte hoch. Rosa hatte sich interessiert zu uns gedreht, in der einen Hand einen Kelch mit einem Getränk - Wein, wie ich vermutete - in der anderen ihre Gabel.

»Alles«, stieß Adéla leise aus. »Das alles hier.«

»Wovon sprichst du denn, meine Liebe?« Rosa sah ehrlich schockiert aus. Doch in ihrem Blick hing etwas Abwesendes. Es war ein Schleier, den auch alle anderen Gäste auf den Augen trugen. Alle, außer Adéla.

»Ich spreche davon, dass wir alle hier sind, um zu sterben.« Wir starrten uns gegenseitig an. Rosa, Adéla und ich.

»Das ist aber eine ganz schön schlimme Sache.« Rosa klang nicht besonders schockiert. Doch auch wenn ich das Gefühl hatte, dass ihre Augen ein klein wenig klarer aussagen, sie wirkte noch immer abwesend und seltsam gutgläubig. Vielleicht hatte der Fluch sie besonders fest in der Hand.

»Ja, das ist es allerdings. Und bei diesem Fest wird auch niemand von uns befreit! Es soll ein Festmahl werden.« Adéla schluckte hart. »Und wir sind die Hauptspeise.« Rosa schüttelte den Kopf.

»Kannibalismus ist in Tschechien wirklich nicht verbreitet.«

»In dieser Stadt leben auch keine Kannibalen«, sagte ich leise an Rosa gewandt. »In dieser Stadt leben Vampire.« Sie blinzelte verwirrt.

»Wie bitte?« Noch immer wirkten ihre Augen verhangen.

»Hier. Guck auf meinen Mund.« Ich wartete, bis sie den Blick senkte, und fuhr dann meine Fangzähne aus. Und das war der Moment, in dem der Schleier von ihrem Blick vollends verschwand.

»Du bist ein Vampir?« Sie schien überhaupt nicht beeindruckt. Dass ich selbst unter diesem Fluch weniger hinterfragt hatte, das wusste ich inzwischen. Aber dass diese Auswirkung derart stark sein konnte, schockierte mich nun schon.

Ich nickte. »Ich und alle anderen, die in dieser Stadt leben. Deine Frau auch.«

Sie nickte, als würde sie verstehen, was ich sagte. Doch es schien nicht wirklich zu ihr durchzudringen. Anders konnte ich mir nicht erklären, dass sie kein bisschen darauf einging, dass ich ihre Frau gerade als Vampir bezeichnet hatte.

»Dann ist das also möglich? Es ist wirklich möglich, dass wir hier sind, um euch geopfert zu werden? Das wäre grausam! Katerina würde so etwas doch nicht tun! Nein, das würde sie nicht.«

Das wäre allerdings grausam. Und ohne guten Grund hätte ich selbst diese These auch nie aufgestellt. Aber Adéla vertraute ich blind. Davon abgesehen, dass sie sich so etwas nicht ausdenken würde, und kein Mensch gut genug lügen konnte, um ihre Aufruhr überzeugend rüber zu bringen.

»Also, was machen wir?«, fragte ich sie, als sei das hier ein lustiges Spiel, für das wir uns die Regeln jetzt und hier ausdenken konnten. Adéla biss sich auf der Lippe herum.

»Wir schmieden einen Plan!« Sie sah mir in die Augen. »Wir schmieden einen Plan und verhindern, dass Nathalia uns alle dahin rafft.«

»Okay. Du bist die Chefin. Ich mache was du sagst«, sagte ich sofort. Adéla war ein Genie, wenn es ums Planen ging. Sie hatte schon immer ein Händchen dafür gehabt, alle Details im Blick zu behalten. Und ich funktionierte gut unter Weisung. Das hatte uns schon immer zu einem guten Team gemacht. Adéla runzelte die Stirn, offenbar dachte sie scharf nach. Es dauerte einige Sekunden, dann sprach sie wieder.

»Wenn Nathalia wirklich etwas Gefährliches vor hat, dann brauchen wir Waffen.« Ich nickte. Waffen gab es im Schloss genug. Die Frage war nur, wie wir im Notfall dran kämen.

»Sie müssen klein sein. Sich gut verstecken lassen. Sodass wir sie jederzeit mit dabei haben können. Und unsere Garderobe muss praktisch sein.« Sie kratzte sich am Nacken.

»Das bekomme ich hin«, sagte ich.

»Wir brauchen einen konkreten Plan«, schloss sie.

»Ich kann mit Gregor zu mir in die Werkstatt fahren und ein paar Sachen holen. Ich habe bestimmt noch ein paar gute Messer oder sowas in meiner Wohnung.«

»Wie wäre es, wenn wir noch etwas Unterstützung dazu holen?«, schaltete sich nun auch Rosa wieder ein. Ihre Stimme kam mir irgendwie tiefer vor als zuvor. »Ich hätte gerne meine Frau bei mir, wenn wir so etwas machen. Und wenn diese Vampirgeschichte stimmen sollte, dann möchte ich mit ihr auch sprechen. Denn dann hat sie mir sicherlich auch noch etwas zu sagen.«

Es schien, als wäre etwas Misstrauen in ihr aufgekommen. Vielleicht waren ihre Gedanken nach wie vor noch nicht ganz klar, aber ich hatte die Hoffnung, dass unser Gespräch sie etwas an die Oberfläche lockte. So wie Adélas Worte es bei mir getan hatten.

»Das ist ja kein Problem. Katerina kann uns bestimmt helfen. Wir machen gemeinsam einen Plan«, sagte diese jetzt. »Wir besprechen alles, während du unterwegs bist, ja?« Sie sah mich fragend an. Ich nickte.

»Ich nehme Gregor mit und weise ihn ein. Und wenn wir wieder kommen, dann erzählst du, was du genau herausgefunden hast und wie es weiter geht, ja? Ich vertraue dir blind. Aber ich wäre lieber im Bilde, wenn unsere Leben auf dem Spiel stehen.« Adéla nickte mit einem leichten Lächeln auf den Lippen. »Ich würde eher sterben, als zuzulassen, dass dir etwas zustößt«, fügte ich an und erhob mich.

»Das ist genau das, wovor ich Angst habe«, flüsterte sie. Ich nahm ihr Gesicht in meine Hände, gab ihr einen hauchzarten Kuss auf die Lippen.

»Wir werden hier alle sicher herauskommen. Ich verspreche dir, dass alles gut wird.« Mit diesen Worten ging ich. Gregor hatte ich beim Betreten der Halle eben schon gesehen, und zu meiner Erleichterung stand er noch immer neben einer kleinen Zugangstür. Er hatte seine Wachen-Haltung angenommen und würde sich sicherlich nicht darüber freuen, wenn ich ihn jetzt bat, seine Position zu verlassen. Doch ich brauchte ihn hierfür. Und wenn Adéla mit ihren Vermutungen richtig lag, dann konnten wir froh sein, wenn wir dieses Schloss lebendig verlassen würden. Und das war ein Ziel, das für mich gerade oberste Priorität hatte.

Ich blieb vor Gregor stehen und nahm Haltung an. Dann sagte ich so ruhig wie möglich »Um dem Auftrag der Prinzessin nachzukommen, ist es von Nöten, dass ich mehr Materialien aus meiner

Werkstatt bekomme. Da das Fest vorgezogen wurde, muss dies unverzüglich geschehen.« Gregor runzelte die Stirn. Ich hoffte, dass er merkte, dass etwas nicht in Ordnung war, denn wenn ich sonst eine Kutschfahrt von ihm brauchte, dann fragte ich einfach danach.

»Natürlich. Ich werde für einen sofortigen Aufbruch sorgen.« Und tatsächlich drehte er sich um und verließ seine Position. Ich folgte Gregor im Eilschritt zu den Pferden. Er ließ eine Kutsche vorspannen, und während zwei der Stalljungen am Werk waren, nahm er mich am Ellbogen beiseite.

»Okay. Wo brennt der Besen?«

»Ich weiß es ehrlich gesagt auch nicht«, sagte ich in leisem Ton. Ich hatte Sorge, dass uns jemand gefolgt sein könnte. Denn wenn Nathalia wirklich etwas plante, dann musste sie wissen, was in ihrem Schloss vor sich ging. Und ob sie dafür Leute zum Lauschen durch die Gänge schickte, oder nicht, das konnte ich überhaupt nicht einschätzen.

»Ich brauche etwas mehr Material. Ich scheine wohl unsorgfältig gepackt zu haben. Immerhin war mein Auftrag sehr groß.« Mein Auftrag, den ich Adéla zugunsten ziemlich vernachlässigt hatte. Gregor nickte verstehend und schwieg danach. Als die Kutsche schließlich bereit war, setzten wir uns beide auf den Kutschbock, wo wir weiter schwiegen, bis wir das Schlossgelände verlassen hatten. Erst im Schatten der Gassen traute ich mich wieder zu sprechen.

»Adéla muss irgendetwas herausgefunden haben«, informierte ich ihn. »Sie ist der Überzeugung, dass beim Fest irgendwas passieren wird, was uns alle umbringen könnte. Ich habe zwar keine Ahnung, was das sein soll, aber sie denkt, dass Nathalia etwas Böses plant.«

Gregor brummte nachdenklich. »Das würde erklären, wieso ich sie eben so zerstreut aufgesammelt habe.« Ich drehte mich schlagartig zu ihm herum.

»Wann? Wo?«

»Als sie eigentlich in ihr Zimmer wollte. Ich habe sie hingebracht, so wie es abgesprochen war. Als ich aber wenig später durch die Gänge patrouilliert bin, habe ich sie ziemlich zerstreut in der Nähe von Nathalias Schlafgemächern gefunden. Keine Ahnung, was sie da gemacht hat. Aber vielleicht hat sie etwas herausgefunden, was vor uns geheim gehalten wird.«

Mein Blick verfinsterte sich. »Sie plant auf jeden Fall etwas, für das wir Waffen brauchen.«

Jetzt war es Gregor, der mir einen finsteren und schockierten Blick zuwarf. »Sie schmiedet gerade mit Rosa und ihrer Frau einen Plan.« Gregor wandte den Blick wieder nach vorne und auch ich sprach nicht weiter, sondern betrachtete den Weg vor uns. Die Kutschräder knatterten laut über die Pflastersteine, und während wir die Stadtmitte hinter uns ließen, fiel mir auf, wie sich der Nebel etwas lichtete. Ich hatte mich im Schloss komplett daran gewöhnt, dass draußen alles in Blutrot gehüllt war. Die Gebäude hier aber in ihrer annähernd natürlichen Farbe zu sehen, hielt mir vor, wie dicht der Nebel inzwischen um das Schloss hing. Und das war kein gutes Omen. Es passte zu Adélas Erzählungen von einem Festmahl. Wir bogen in die kleine Straße ein, in der sich mein Geschäft befand, und Gregor bremste die Pferde so, dass die Kutsche direkt neben der Ladentür zum Stehen kam. Wir sprangen vom Kutschbock und ich schloss die Tür auf. Uns kam augenblicklich warme, abgestandene Luft entgegen. Und das, obwohl ich erst wenige Tage weg war. Während ich erst einmal im Raum stehen blieb, um mich in meiner eigenen Werkstatt zu orientieren, fing Gregor, der sonst sehr zurückhaltend war, schamlos an, meine Schubladen und Schränke zu durchsuchen.

»Ihr kennt euch alle nicht mit Waffen aus«, erklärte er, während er suchte. »Wir können also nichts nehmen, was zu gefährlich ist. Das Risiko ist zu groß, dass ihr euch selbst verletzt. Wenn ich jemandem von euch ein Messer in die Hand drücke, dann haben wir am Ende mehr Schaden an uns selbst angerichtet.« Er zog eine weitere Schublade auf und stieß ein *»Aha!«* aus. In seiner Hand hatte er eine große Schere. Und ich verstand, was er meinte. Mit einer Schere verletzte man sich nicht so schnell wie mit einer offenen Klinge. Und das brachte mich auf eine Idee. Ich lief zu meinem Arbeitstisch herüber, an dem ich ein großes Nadelkissen hatte. Die Stecknadeln, die darin steckten, waren ungefähr fingergroß und kamen kaum zum Einsatz. Nur wenn ich mal sehr viel und sehr schweren Stoff verarbeitete, nahm ich sie zur Hand. Jetzt waren sie praktisch. Denn solange sie in ihrem Kissen steckten, waren sie ungefährlich. Und in eine kleine Tasche passten sie sicherlich.

Neben großen Scheren und Nadeln packte ich noch ein Teppichmesser ein, das eine ausklappbare Klinge hatte. Nur für den Notfall. Und dann kam mir eine weitere Idee. Nathalia hatte mich einmal um sehr spezielle Kleidung gebeten. Die Uniformen ihrer Leibgarde waren aus einem Stoff, den ich aus verschiedenen Materialien selbst entwickelt hatte. Er war sehr elastisch, damit sich die Wachen gut darin bewegen konnten. Gleichzeitig war er aber auch dick und stabil. Einen Angriff mit einem Messer würde er zwar nicht unversehrt überstehen, aber er riss nicht so leicht und schützte seinen Träger zumindest vor stumpfen Klingen. Reißfest, elastisch und dick. Ideal für einen Kampf, auf den man nicht vorbereitet war. Und diesen Stoff nahm ich mit. Wir verstauten meine Materialien in einem Koffer, den ich noch in einem Schrank fand, und legten diesen in die Kutsche. Dann bestiegen wir den Bock wieder, und die Kutsche setzte sich wenig später in Bewegung.

»Hast du Angst?«, fragte Gregor mich.

»Ja. Habe ich. Aber ich habe mehr Angst vor den Dingen, die Adéla uns gleich erzählt, als vor Nathalia.«

»Warum? Was, wenn sie gefährlich ist?«

»Ich habe schon akzeptiert, dass sie gefährlich ist. Sie ist in den letzten Tagen schlecht darin geworden, das zu verstecken. Ich habe

Angst, dass uns die Wahrheit die Hoffnung nimmt, hier heile raus zu kommen. Denn das ist das einzige, was uns überhaupt eine Chance gibt, unsere Interessen gegen Nathalia durchzusetzen. Denn auch wenn ich Nathalia nicht so gut kenne, wie ich es immer vorgebe, weiß ich, dass sie ein kaltes Herz hat. Und das kann sich niemals gegen ein Herz durchsetzen, das brennt. Mein Herz hat nur noch geglüht. Aber als Adéla hier angekommen ist, hat sie es wieder entfacht. Und das ist unsere Geheimwaffe gegen sie.« Gregor nickte ernst. Dann jedoch erkannte ich, wie seine Lippe zuckte und er schließlich anfing zu lachen.

»Ich weiß, dass das eine ernste Situation ist«, sagte er. »Aber Val, ich wusste gar nicht, dass du so schnulzig sein kannst.«

»Tja. Da siehst du mal.« Ich musste selbst anfangen zu lachen. Und um ehrlich zu sein, tat das richtig gut. Denn zumindest ein kleines bisschen Anspannung fiel von mir ab, während ich über mich selbst kicherte.

»In dir steckt ja ein richtig weicher Kern.« Gregor gluckste immer noch. Und mir kam zum ersten Mal der Gedanke, dass er nicht nur ein Angestellter des Schlosses war, der mich für meine Aufträge hin und zurück fuhr. Er war mein Freund. Und das war an diesem düsteren Ort wundersam.

»Weicher als mein Nadelkissen. Aber verrate es bitte keinem. Ich versuche, ein düsteres Image aufrecht zu erhalten.«

Kapitel 13 - Adela

Handzahm

Ich sah Val und Gregor nach, wie sie durch die große Tür verschwanden. Wie hatte uns das geschehen können? Wieso wir? Wieso all dads?

Rosa holte mich aus meinen Gedanken: »Liebes?« Sie legte ihre faltige Hand auf meinen Arm und nickte mir aufmunternd zu. »Wir sind gemeinsam hergekommen und werden auch gemeinsam gehen. Ich helfe dir, in Ordnung?«

So lieb ihre Worte auch waren, ich sah trotzdem den Schleier in ihren Augen. Krevs Fluch beeinträchtigte ihre Wahrnehmung, so viel stand fest. Wieso sonst sollte sie noch hier sitzen, anstatt ihre Frau damit zu konfrontieren, was sie soeben erfahren hatte?

»Danke, Rosa.« Ich rang mir ein Lächeln ab und drückte kurz ihre Hand. »Dann lass uns mal einen Plan schmieden.«

»Dann erzähl Liebes, was hast du herausgefunden?« Ich beugte mich ein Stück näher zu ihr, doch das hätte ich mir sparen können. Um uns herum herrschte so eine ausgelassene Stimmung, dass niemand auf uns achtete. Oder hatten Vampire ein überdurchschnittlich gutes Gehör, so wie es in Filmen immer dargestellt wurde? Nein, das hätte Val mir verraten, da war ich mir sicher!

»Morgen während des Festes müssen wir es irgendwie schaffen, Nathalia zu isolieren. Wie sie den Fluch auslöst, weiß ich nicht, doch sicher ist, wir müssen sie davon abhalten, all unsere Liebsten in Monster zu verwandeln.«

»Du meinst wirklich, sie würden uns etwas tun? Val und Katerina?« Rosas Pupillen wurden größer, dann wieder so klein wie ein Stecknadelkopf – wirkte der Fluch auf den Kreislauf wie eine Art Droge, damit man keine Angst bekam?

»So hat sie es in ihrem Tagebuch geschrieben. Ich weiß nicht, was es ist, aber wenn sie bei ihnen eine Art Blutdurst, oder – Wahn auslöst, dann sind wir geliefert. Wir müssen sie vorher von ihren Wachen isolieren und herausfinden, wie wir den Fluch brechen, statt ihn zu erneuern.« Ich tippte mir mit dem Finger gegen die Lippe und beobachtete ein Pärchen ein paar Reihen vor uns, das sich gegenseitig mit Kuchen fütterte. Sie alle waren glücklich, wieso musste ihnen das wieder genommen werden?

»Schön und gut, aber wie wollen wir das anstellen? Egal wie viele Waffen Gregor und Val auch mitbringen, wir werden kaum so nah an Nathalia herankommen. Oder meinst du, Val hat zwischen Stoffen und Schnittmustern eine Pistole versteckt?«

Ich schmunzelte. Selbst wenn dey das hätte - Val war Pazifistin.

»Es muss einen Weg geben..«, sagte ich, als Katerina sich plötzlich neben Rosa auf die Bank fallen ließ.

»Entschuldigt!«, sagte sie und tätschelte zur Begrüßung meine Hand. »Ich musste mir noch ein neues Paar Tanzschuhe besorgen! In den alten Dingern hätte ich dich niemals herumwirbeln können!«, witzelte sie und warf ein Paar abgenutzter hoher Schuhe unter die Bank, ehe sie Rosa einen Kuss auf die Wange drückte.

»Herumwirbeln?« Ich blinzelte. »Es- es wird getanzt?«

»Aber natürlich, meine Liebe! Es ist immerhin ein Ball..« Katerina legte die Stirn in Falten. »Wieso schaust du wie sieben Tage Regenwetter?«

»Das erkläre ich dir nachher.« Rosa lehnte ihren Kopf an die Schulter ihrer Frau, was für mich der endgültige Beweis ihres Zustandes war. Niemals würde sie sich so verhalten, wenn sie sich vollends darüber bewusst wäre, was ich ihr eben offenbart hatte. Ihre Ehefrau, die sie zehn Jahre nicht gesehen hatte, war ein Vampir und sie sollte ihr morgen geopfert werden! Wie konnte sie sich da an sie anlehnen? Val und ich hatten wenigstens darüber gesprochen..

Rosa fing an, mit dem Zeigefinger Katerinas Handrücken nachzufahren, und sah mich dann konzentriert an. Plötzlich richtete sie sich auf und auch ich fuhr zusammen. Wir hatten offensichtlich beide gleichzeitig den selben Gedanken gehabt! Wie aus einem Mund sagten wir »Tanzen! Das ist es!«

Katerina legte den Kopf schief und sah belustigt von mir zu Rosa. »Was?«

Rosa winkte ab. »Das erkläre ich dir nachher«, sagte sie und legte den Arm um ihre Frau. Ich wiederum nickte zustimmend, trommelte dann mit den Fingerspitzen hektisch auf den Tisch Plötzlich kam mir eine Idee.

»Rosa, das ist es! Val kann mit ihr tanzen!«

»Wieso sollte Nathalia das zulassen?«

»Glaub mir.. das wird sie..« Ich schluckte das bittere Gefühl runter, das aufkam. »Sie wird sich leider sogar freuen. Val wird sie auffordern zu tanzen und dabei über ihrer beiden Gefühle zu reden. Dey wird sie ablenken, während Gregor, du, ich und Katerina uns um die Wachen kümmern. Und dann, kurz bevor sie den Fluch ein weiteres Mal auslöst, bringt Val sie woanders hin. Das ist genial!«

Rosa biss sich auf die Lippen. Keine Ahnung, ob ich es mir einbildete, doch seitdem Katerina aufgetaucht war, sah sie beinahe noch müder und weggetretener aus. »Und dann? Was geschieht dann?«

Katerina öffnete den Mund, um etwas einzuwenden, doch ich unterbrach sie direkt wieder. Wir hatten keine Zeit für so etwas.

»Dann, Rosa«, ich stand auf ohne einen weiteren Blick auf mein Essen zu werfen, was ich nicht einmal angerührt hatte, »dann töten wir sie.«

Kurz meinte ich einen Anflug von Spott in Katerinas Blick zu sehen, doch auch das bildete ich mir sicher ein, so schnell wie sie wieder normal aussah. Und anstatt zu lachen, reckte sie das Kinn und stand ebenfalls auf.

»Was ist hier los? Wieso wollt ihr unsere Prinzessin töten?«

»Das wird Rosa dir gleich erzählen! Aber vertrau uns, wir wollen nur uns alle retten!« Ich berührte ihren Arm und eine Eiseskälte durchfuhr mich. Für den Bruchteil einer Sekunde hatte ich vergessen, dass Katerina auch eine von ihnen war. War Val auch so kalt gewesen und mir war es nur nicht aufgefallen?

Rosa trat zu mir. Dann senkte sie die Stimme, denn jetzt, wo wir mitten im Raum standen, sahen doch vereinzelt die Ersten zu uns. Sie fragten sich bestimmt alle, wieso wir nicht einfach das verdammte Festmahl genossen.

»Und wie willst du eine 700 Jahre alte unsterbliche Prinzessin töten?«, flüsterte sie.

Ich wollte ihr gerade von meiner Vermutung aufgrund dessen, was ich aus Nathalias Tagebuch heraus interpretiert hatte, verraten, als Katerinas Arm mich ein weiteres Mal streifte. Irgendetwas hielt mich zurück.

»Ähm«, begann ich. Ich wollte einfach nur raus hier, irgendetwas stimmte nicht. »Das werde ich mir wohl noch überlegen müssen. Entschuldigt ihr mich jetzt bitte? Ich glaube, ich gehe ein wenig spazieren – die Nerven beruhigen, bis Val wieder da ist.« Mit diesen Worten lächelte ich Rosa noch einmal zu und schob mich dann an den beiden alten Frauen vorbei. Mein Schädel brummte und zum wiederholten Mal fragte ich mich, wieso gerade Val und ich in diesen verdammten Albtraum gestolpert waren. Und wieso wollte ich plötzlich nicht mehr in der Nähe von Rosas Frau sein? Gestern noch hatte ich sie doch so nett gefunden..

Draußen im Schlossgarten hatte ich endlich wieder das Gefühl, richtig Luft zu kriegen. Es war kalt und der rötliche Nebel hatte mittlerweile das ganze Schlossgelände eingenommen, doch die frische Luft tat gut. Abseits meiner Erkenntnisse und dem Wissen, dass ich nur hier war, um Val geopfert zu werden, musste ich zugeben, dass Krev wirklich schön anzusehen war. Nicht nur dem dunklen Gemäuer und den überall anzutreffenden Rosen war dies zu verdanken, sondern auch dem überaus gepflegten Schlossgarten. Val hatte versprochen, mich die Tage herumzuführen, doch das kam jetzt nicht mehr infrage, weshalb ich beschloss, einfach auf eigene Faust ein wenig umherzuziehen. Was sollte schon geschehen? Vor morgen würde mir niemand etwas tun, immerhin dem konnte ich mir jetzt sicher sein. Höchstens Nathalia, aber auf sie würde ich jetzt sicher nicht im Schlossgarten treffen, ich hatte mit eigenen Augen gesehen, dass sie mit den Vorbereitungen für das Fest beschäftigt gewesen war, als ich den Speisesaal verließ.

Ich lief hinter dem Thronsaal einen schmalen Steinpfad entlang, der moosbewachsen war, und bewunderte die sorgfältig gepflegte Anlage. Nathalia musste mehrere Gärtner und Landschaftsbauer beschäftigen, so viel stand fest.

Hinter den Rosenhecken führte ein Weg durch die große, verwinkelte Fläche zu einem kleinen See, auf dem sich die Nebelschwaden ein wenig lichteten. Es war möglich, über eine kleine Holzbrücke zu einem Pavillon zu gelangen, über dessen Dach sich Blauregen spannte.

Ich stellte mir vor, hier im Sommer zu sitzen und zu lesen und den Schwalben bei der Jagd auf kleinere Insekten zuzusehen. Ob Nathalia das, in den 700 Jahren hier, auch öfter getan hatte? War sie hier mit ihrer geliebten Karolina gewesen? Gab es hier an diesem düsteren Ort überhaupt so etwas wie Jahreszeiten? So etwas wie Glück? Brach die Sonne ab und zu durch die alten Buntglasfenster? Oder würde es mein Schicksal sein, sie nie wieder zu sehen? Würde ich je wieder lachen können? Würde ich»Adéla!« Eine Stimme ließ mich herumfahren. War ich wirklich so schreckhaft geworden? »Val!« Ich blieb auf der Brücke stehen und sah mein erschrockenes Gesicht im Wasser gespiegelt. »Du bist schon wieder da?«

Die Nebelschwaden tanzten zurück in Richtung des Sees, als Val zu mir auf die Brücke trat und meine Hand ergriff. »Du hast Angst vor mir«, stellte dey richtig fest.

Erst zuckte ich unter der Berührung derer kalten Haut zurück, doch gleichzeitig sehnte ich mich so sehr danach, Val nah zu sein, dass ich nicht anders konnte. »Es tut mir leid..«

»Dir muss überhaupt nichts leid tun.«

Ich schluckte, versuchte immer noch, zu realisieren, was ich da eigentlich heute alles erfahren hatte. Die Worte aus Nathalias Tagebuch waberten durch meine Gedanken und wie ein Film lief das, was ich gelesen hatte, vor meinen Augen ab. 700 Jahre.. Wie überlebte man so etwas? Und dann verlor sie auch noch die Liebe ihres Lebens..

Val streckte den Arm aus in Richtung Wald. »Darf ich dir etwas zeigen? Es wird dich bestimmt aufmuntern.«

»Du glaubst, irgendetwas würde mich jetzt in eine bessere Stimmung versetzen? Val, wenn du wüsstest, was ich erfahren habe..« Ich trat zu denen und legte meinen Kopf an deren Brust. Kein Herzschlag, schon wieder hatte ich es vergessen.

»Vertrau mir.« Val strich mir über die Haare und nahm dann meine Hand. »Ich verspreche dir, du wirst es schön finden. Du kannst mir den ganzen Abend noch erzählen, was du furchtbares erfahren hast und wie wir morgen alle sterben werden. Gregor und ich haben Waffen geholt und wir werden einen Plan schmieden-«

»-Ich habe bereits einen Plan. Er wird dir aber nicht gefallen«, unterbrach ich Val, während wir nebeneinander her durch den Schlossgarten liefen.

»Wahrscheinlich nicht, das vermute ich auch, aber ich vertraue dir, Adéla. Vertrau du auch mir.«

Ich nickte. Es war zwar einfacher gesagt, als getan, doch wenn ich jetzt auch noch gegen Val arbeitete, half das niemandem. »Schön, was willst du mir zeigen?«

Val führte mich bis ans Ende des Gartens, bis an den Rand des dichten Nadelwaldes. Abrupt blieb ich stehen. »Ich soll mit dir in den Wald gehen?«

Val schmunzelte, wobei sich deren Fangzähne kurz zeigten. »Wie gesagt: Du musst mir vertrauen.«

Ich nickte, umfasste die Gabel, die ich heimlich vom Tisch mitgenommen hatte, in meiner Tasche aber umso fester. Nicht dass ich sie je gegen Val anwenden würde, doch es war beruhigend, sie bei mir zu wissen. Val führte mich nicht allzu weit in den Wald hinein und genau in dem Moment, als wir auf eine kleine Lichtung traten, lichtete sich der Himmel ein klein wenig und oranges Licht drang durch die Baumkronen zu uns. Die roten Nebelschwaden funkelten im untergehenden Licht der Sonne und Val breitete die Arme zu beiden Seiten aus.

Ich jedoch konnte nichts Besonderes sehen. Klar, die Lichtung war schön, so friedlich wie sie dalag, doch- »Oh!« Ein Rehkitz mit seiner Mutter trat zu uns. Seine weißen Flecken am hinteren Teil des Rückens waren noch ganz flauschig und es stand auf wackligen Beinen.

Val lächelte und wandte sich um. Ich folgte deren Blick von den Rehen weg und sah ein Eichhörnchen, das auf einem Baumstumpf saß und uns musterte. »Das ist Tipp.«

»Tipp?« Ungläubig verfolgte ich, wie Val vorsichtig die Hand ausstreckte und Tipp eine Nuss daraus klaubte. »Ja. Und das ist Cera mit ihrer Tochter Hera. Die Kleine ist gerade mal ein paar Wochen alt.« Val lächelte den Rehen zu.

Ungläubig sah ich von einem Tier zum anderen. »Val, wieso sind diese Tiere so zutraulich? Sind wir in einen Disney-Film geraten?«

»Bis gestern hätte ich dir sagen müssen, dass ich keine Ahnung habe.. Aber jetzt glaube ich, dass dies hier der Ort ist, an dem alles begann. Der Fluch, der gesprochen wurde. Er schützt alle Lebewesen, das hast du selbst vorgelesen.«

»Oh!« Meine Augen wurden groß. »Du meinst, die Tiere hier spüren, dass ihnen niemand etwas tut?«

Val nickte und tätschelte Ceras Hals. »Es ist nur diese Lichtung hier, aber jedes Mal, wenn ich herkomme, benehmen sich die Tiere nicht wie richtige Tiere. Es ist, als würden sie mich und die anderen nicht mehr als Menschen sondern als Verwandte betrachten.« Ein Knacken hinter uns ließ uns herumfahren und Val kniete sich hin. Ein dunkelroter Fuchs, der größte, den ich je gesehen habe, kam zu Val und ließ sich hinter den Ohren kraulen. »Adéla, darf ich vorstellen? Simba.«

»Simba, wie aus König der Löwen ?« Also wirklich ein Disney-Film!

»Ganz richtig. Komm ruhig her, er ist ganz lieb!«

Ich trat auf Val zu und kniete ebenfalls nieder. Als meine Finger das weiche Fell des Fuchses berührten, traten mir Tränen in die Augen. Das Tier begann vor Freude zu fiepen und ich schüttelte den Kopf. »Das ist unglaublich.« Ein paar Minuten lang hockten wir einfach da, schweigend, und ich genoss einen solch außergewöhnlichen Moment aus ganzem Herzen. Dann fiel es mir wie Schuppen von den Augen: »Michael, Jack und Jackson – hast du sie hier her?« Ich hatte mich die ganze Zeit gefragt, woher man bitte Hirschkäfer bekam, die einem beim Schneidern halfen. Jetzt ergab alles Sinn!

Vals Nase rümpfte sich, wie immer, wenn dey lachte. »Ja, genau! Es war, als ich das erste Mal herkam. Da setzte ich mich auf genau den Baumstamm, auf dem jetzt Tipp sitzt und als ich da so saß, mich fragte, ob ich dich je wiedersehen würde, krabbelte plötzlich etwas über meinen Oberschenkel. Es war Michael, der vor einer Schwalbe bei mir Zuflucht suchte. Ich hab ihn in meinem Ärmel versteckt und er hat später Jack und Jackson dazu gerufen, in dem er mit seinen Scheren geklappert hat. Er ist der Schüchternste, aber der Klügste. Tja, als ich dann gehen wollte, haben die drei sich geweigert, hier zu bleiben. Ich glaube, sie mögen Dreck nicht allzu gerne..« Während Val sprach, leuchteten deren Augen und ich musste lächeln. Dey hatte tatsächlich recht behalten! Das hier hatte geholfen.

Als wir Arm in Arm zurück liefen, blinzelte ich in die Sonne, die nun fast ganz hinter den Schlossmauern verschwunden war. »Hier gibt es also Käfer, die sich zu fein für den Wald sind? Mannomann, Krev ist wirklich eine merkwürdige Stadt.«

Val strich mir über den Rücken. »Ja, Krev ist etwas Besonderes.«

»Mhm.« Ich schlang die Arme um meinen Oberkörper, denn plötzlich war mir wieder ganz kalt. In Gedanken fügte ich hinzu: *»Hoffentlich besonders genug, um es hier für immer auszuhalten..«*

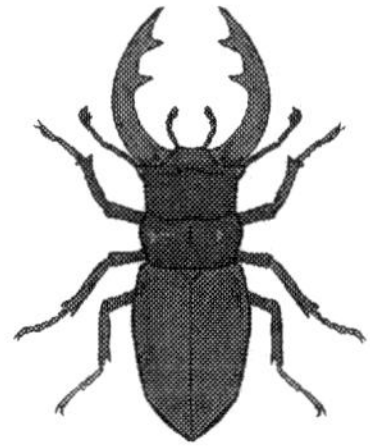

Kapitel 14 – Val

Ein Bad zur Geisterstunde

Für einen Außenstehenden mussten Adéla und ich wie ein sorgloses Paar wirken, das durch die Gartenanlage eines Schlosses steifte. Ich hielt ihre Hand locker in meiner, während uns unsere Füße über die Wege führten.

Es gab keine bestimmte Richtung, in die wir wollten, wir hatten kein Ziel vor Augen. Wir liefen einfach. Durch die in Dunkelheit versinkende Gartenanlage, später durch die Gänge und schließlich bis vor die Tür meiner Räume. Ich öffnete die Tür, ohne überhaupt darüber nachzudenken, dass Adéla vielleicht in ihr eigenes Zimmer wollen könnte. Auch wenn ich sie zehn Jahre lang nicht gesehen hatte, ich kannte ihre Körpersprache gut genug, wusste noch genau, wie sie sich verhielt, wenn sie etwas wollte oder nicht wollte. Ich konnte jede ihrer Regungen einsortieren, ohne sie hinterfragen zu müssen. Also hielt ich ihr ungefragt die Tür auf, ließ ihr den Vortritt und schloss die Zimmertür dann leise hinter uns.

»Ich würde gerne duschen. Oder ein Bad nehmen...«, sagte sie schließlich in leisem Ton.

»Möchtest du währenddessen alleine sein?«, fragte ich sie. Adéla drehte sich zu mir um.

»Nein, ich möchte im Moment nicht alleine sein.« Ich nickte nur und folgte ihr dann in mein angrenzendes Badezimmer. Sie drehte die Wasserhähne der Wanne auf, aus denen es sogleich zu Rauschen anfing. Und dann kam sie zu mir und schlang die Arme um mich. Ich legte ihr vorsichtig die Hände auf den Rücken, malte mit den Daumen kleine Kreise auf ihre Haut und lehnte meinen Kopf schließlich an ihren. Wir wiegten uns gemächlich hin und her.

»Ich bin erschöpft«, hauchte sie an meine Wange. »Ich weiß«, murmelte ich zurück.

»Du hast jedes Recht dazu.«

»Es ist einfach so viel passiert. Und das alles auf einmal. Ich hatte überhaupt keine Zeit, diese ganzen Dinge zu verdauen.«

Inzwischen klang ihre Stimme brüchig. Und ich wusste, dass sie weinte, ohne ihre Tränen zu sehen. Auch für mich war es viel gewesen. Auch ich hatte Angst. Doch im Gegensatz zu Adéla hatte ich unter einem Fluch gestanden. Für mich hatten sich diese ganzen neuen Erkenntnisse angefühlt wie ein Aufwachen. Doch für Adéla musste es ein Schock nach dem anderen gewesen sein. Es kam mir vor, als hätten wir die selben Stiche abbekommen, doch während bei mir noch eine mentale Betäubung vorhanden gewesen war, war Adéla bei vollem Bewusstsein gewesen. Ich löste mein Gesicht so weit von ihrem, dass ich ihr einen Kuss auf die Stirn geben konnte, und dann legte ich ihr eine Hand an den Hinterkopf und begann, ihr über die langen Haare zu streichen. Ihr Griff um meine Taille wurde fester. Also hielt auch ich sie enger. Bis die Wanne voll war.

»Kommst du mit rein?«, fragte Adéla mich, während sie sich das Oberteil über den Kopf zog.

»Wenn ich darf.«

Auch wenn ihre Augen noch schimmerten und ihre Wimpern feucht von den Tränen waren, zierte ihre Lippen ein Lächeln. »Ich brauche ein bisschen von deiner Sicherheit.«

Auch ich lächelte sie an. Ich knöpfte mein Hemd auf und zog mir dann das Shirt über den Kopf, das ich darunter trug. Wir entledigten uns unserer restlichen Kleidung, und dann stieg ich in die Wanne. Ich setzte mich langsam und lehnte mich dann zurück. Das warme Wasser entspannte meine Muskeln sofort. Erst als ich saß, sah ich zu Adéla auf, die geduldig vor der Wanne stand. Ihr entblößter Körper wurde von dem gedimmten Licht angestrahlt und ich konnte nicht anders, als sie einen Moment lang ehrfürchtig zu betrachten. Ich zog meine Hand langsam aus dem Wasser und griff nach ihrer. Adéla fielen die langen, schwarzen Haare über die Schultern und sie sah mich mit einem so intensiven Blick an, dass ich tatsächlich vergaß, wo ich mich befand. Sie stieg erst mit einem Fuß ins Wasser und dann mit dem anderen, und schließlich setzte sie sich vor mich, den Rücken an meine Brust.

Die Hand, die ich ihr eben gereicht hatte, legte ich an ihrer Hüfte ab, mit der anderen fuhr ich ihr weiter durch die Haare. Sie waren etwas von der Brise draußen zerzaust, und ich ließ meine Finger langsam durch die Strähnen wandern und entwirrte sie so. Auch das war etwas, was ich früher schon immer gemacht hatte. Auf dem Sofa, wenn wir uns einen Film angesehen hatten, oder im Bett. Die Erinnerungen an diese Momente flackerten in meinem Bewusstsein auf, als ich jetzt damit anfing. Erinnerungen, von denen ich nicht wusste, dass ich sie verloren hatte. So saßen wir eine Zeit lang schweigend da. Bis Adéla mein Handeln dadurch unterbrach, dass sie sich weiter zurück lehnte. Sie legte sich auf meine Brust. Und ich liebte es. Denn alles an diesem Moment fühlte sich geborgen an. Als Adéla dann auch noch ihren Kopf auf meiner Schulter ablegte, konnte ich nicht mehr anders, als meine Arme um ihren Oberkörper zu legen und meine Wange an ihre zu lehnen.

»Ich kann nicht in Worte fassen, wie sehr ich das hier vermisst habe«, flüsterte sie, inzwischen mit gefasster, wenn auch weiterhin leiser Stimme. »Und ich weiß, dass du das durch den Fluch vielleicht anders wahrgenommen hast, aber ich bilde mir ein, dass du auch wieder ankommst. Bei dir.« Damit hatte sie absolut recht.

»Ja. Ich habe nicht gewusst, wie sehr ich es vermisst habe, aber mein ganzer Körper hat geschrien. Ich konnte es nur nicht verstehen. Jetzt verstehe ich es. Und jetzt weiß ich, wie sehr ich mich nach dir gesehnt habe.« Adéla drehte den Kopf leicht zur Seite und drückte mir einen Kuss an den Kiefer- die einzige Stelle, an die sie so schnell gekommen war. Auch ich drehte meinen Kopf jetzt, küsste sie zurück, doch ich wollte ihre Lippen.

Es war ein vorsichtiger Kuss. Vorsichtig, aber dennoch nicht unsicher.

Irgendwann drehte Adéla sich ein wenig, was es definitiv entspannter für den Nacken machte, und ich hob meine Hand aus dem Wasser und legte sie ihr an die Wange. Mit der anderen Hand zog ich sie enger an mich, sodass ihr Hintern jetzt komplett an meiner Hüfte lag. Ein Schauer huschte mir über den ganzen Körper, während das Badewasser immer wärmer zu werden schien. Es war sonderbar, wie ruhig ich mich fühlte, während unsere Berührungen immer intensiver wurden. Wie lange wir uns küssten, wusste ich nicht. Nur, dass unsere Bewegungen mit der Zeit träger wurden und Adéla sich irgendwann wieder mit dem Kopf an mich lehnte. Sie nahm meine rechte Hand und verschränkte unter Wasser unsere Finger miteinander. Die andere Hand ließ sie mir. Und ich nutzte sie, um ihr sanfte Muster auf die Haut zu malen. Kreise, die ich über ihren Bauch zog, über die Hüfte, ihre Oberschenkel, die Leiste. Mit jeder weiteren Bewegung schien sie sich mehr zu entspannen. Es war, als würde sie unter meinen Berührungen schmelzen. Ich legte meine Lippen vorsichtig an ihren Hals, um ihr einen Kuss dorthin zu geben. Als sie jedoch ein genießerisches Ausatmen von sich gab, rutschten meine Zähne über meine Unterlippe und streiften sie. Adéla gluckste daraufhin. Ich versuchte es mit einem weiteren Kuss, dieses Mal etwas erfolgreicher. Und dieses Mal seufzte sie leise. Ich ließ meine Finger von ihrem Bauchnabel weiter nach unten wandern. Immer auf ihre Reaktion bedacht. Ihre Bauchmuskeln zuckten leicht, als ich mit meinen Fingern erst zwischen ihre Beine und schließlich in sie glitt. Ihre Hand wanderte in meinen Nacken und sie griff sich in meinen Haaren fest. Dabei seufzte sie genüsslich. Und ich genoss es, sie so erleben zu dürfen. Wie auch beim letzten Mal, ließ ich mich von den Erinnerungen tragen, die in mein Unterbewusstsein gebrannt waren. Während ihre Atmung abgehackter wurde, und meine Bewegungen schneller wurden, schwappte etwas von dem Badewasser aus der Wanne. Es brachte uns beide zum Kichern und machte die Situation damit noch perfekter. Und als Adéla kam, hielt ich sie mit meinem freien Arm an meine Brust gepresst.

Wir blieben in der Wanne liegen, bis unsere Finger schrumpelig wurden und das Wasser zu kalt, um es noch zu genießen. Danach trockneten wir uns nur schnell ab und kuschelten uns dann in mein Bett, wo wir uns wieder einander hingaben.

Adéla schlief irgendwann ein, als wir eng aneinander geschmiegt da lagen, übermannt von der Erschöpfung. Doch auch wenn ich ebenso erschlagen und müde war, fand ich keine Ruhe. Immer wieder schoss mir durch den Kopf, wie viel wir noch zu besprechen, noch zu schaffen hatten. Auch wenn ich mich in den letzten Stunden aus Krev weggeträumt hatte, noch waren wir hier. Und noch stand uns einiges bevor. Alleine das Wissen, wie dringend ich schlafen sollte, hielt mich wach.

Ich wälzte mich von der einen Seite zur anderen, dämmerte immer wieder weg und wachte dann doch wieder auf. Und schließlich gab ich es auf. Ich hauchte Adéla einen Kuss auf die Wange und erhob mich langsam von der Matratze, um sie nicht zu wecken.

Dann machte ich mich auf leisen Sohlen zu meinem Schrank und warf mir ein einfaches Hemd und eine gemütliche Hose über. Die Tür zum Schlafbereich schloss ich leise. Und dann setzte ich mich an meine Nähmaschine. Jack, Jackson und Michael hatten in meiner Abwesenheit fleißig gearbeitet. Jetzt gerade tippelten sie über die Stoffe, auf denen ich Schnittmuster aufgemalt hatte, und zerschnitten sie mit einer solchen Präzision, dass ich nicht einmal mehr nacharbeiten musste.

»Ich wüsste nicht, was ich ohne euch tun würde«, murmelte ich ihnen zu. Michael klackerte mit seinen Zangen. Und ich lachte leise auf. Ich hoffte inständig, dass ich Adéla mit meiner Nähmaschine nicht wieder aus dem Schlaf reißen würde, den sie so dringend brauchte. Doch um mit der Hand zu nähen, fehlte mir die Zeit. Ich setzte mich also an die Maschine. Ich hatte für die meisten eine Bluse oder einen Gehrock geschneidert, und auch wenn diese bei weitem nicht so festlich waren, wie die Garderobe, die ich für Nathalia fertigte, es waren doch Kleidungsstücke, die auf den ersten Blick etwas her machten. Für Adéla und mich hatte ich jedoch andere Pläne. Rosas Outfit hatte ich bereits zu Beginn genäht, daher würde sie aus meinem festen Uniformstoff nur eine Weste bekommen, die ihren Oberkörper schützen würde. Adélas Kleid jedoch bestand momentan aus einer Korsage und einem weiten Kleid. Und auch wenn diese Dinge sehr hübsch aussahen, würden sie bei unserem Vorhaben im Weg sein. Daher nahm ich kurzerhand meine Schere und schnitt alle Rock-Schichten vom Boden bis kurz über der Hüfte ein. Die Kanten nähte ich grob um. So würde sie sich besser bewegen können. Und dann nahm ich meinen Uniformstoff und nähte ihn in ihre Korsage ein. Als ich damit fertig war, betrachtete ich ihr Kleid.

Es war nach wie vor schön.

Doch der Stoff würde Nathalia auffallen. Immerhin trugen ihre Wachleute ihn. Und Adéla sollte außerdem ein Kleid bekommen, das nach einem echten Ballkleid aussah. Darum nahm ich erneut Stoff zur Hand. Dieses Mal einen durchschimmernden, hellblauen, den ich über die Korsage legte, und sie damit verzierte. Und als ich mit Adélas Garderobe vollends fertig war, setzte ich mich an den Feinschliff für mein eigenes Outfit.

»Val?« Ich schreckte heftig zusammen, als Adélas Stimme mich aus meinem Fokus riss. Ich drehte mich zu ihr um. Sie sah verschlafen aus, aber zumindest etwas erholter.

»Warum bist du hier am Arbeiten?« Ich ließ den Stoff in meinen Händen sinken.

»Ich konnte nicht schlafen.« Sie nickte verstehend und kam näher.

»Möchtest du es noch einmal versuchen? Mit dem Einschlafen?« Mein Blick wanderte nach draußen. Noch war es dunkel. Doch bis zum Tagesanbruch konnte es nicht mehr lange dauern.

»Selbst wenn du nicht einschlafen kannst, vor dem Tag solltest du dich so gut wie möglich erholen.« Damit hatte sie natürlich ein unschlagbares Argument gebracht.

»Ja, das sollte ich wohl«, gestand ich. Und als sie ihre Hand nach mir ausstreckte, nahm ich sie und folgte ihr zurück ins Schlafzimmer. Im Bett zog sie mich wieder in eine Umarmung.

»Es wird alles gut werden«, flüsterte sie. Immer und immer wieder. Wie ein Mantra. So, dass ich mit der Zeit nicht mehr wusste, ob sie es mir sagte, oder sich. Vielleicht sagte sie es auch uns beiden. Ich schloss die Augen, konzentrierte mich auf ihre Stimme und gab mich der Vorstellung hin, dass sie recht hatte. Dass alles gut werden würde. Offenbar war ich doch noch eingeschlafen. Zumindest weckte Adéla mich am Morgen mit einem Lächeln auf den Lippen auf. Ich hätte mich am liebsten wieder in die Decke gerollt und weiter geschlafen. Doch die Erinnerung daran, was für ein Tag heute war, machte mir einen Strich durch die Rechnung.

»Du musst aufstehen, Val«, sagte Adéla. »Nach dem Frühstück im großen Saal sollst du allen ihre Outfits mitgeben, damit sie sich fertig machen können.«

Ich seufzte. Ach ja. Da war ja was. Wir machten uns also bereit für das Frühstück. Ich bekam kaum etwas runter. Und auch Adéla und Rosa schienen Schwierigkeiten zu haben, sich mit einem gehaltvollen Frühstück für den Tag bereit zu machen. Ich wollte jedoch auf keinen Fall auffallen. Deswegen versuchte ich so gut wie möglich den müden Vampir zu spielen, in der Hoffnung, dass - sollte Nathalia meine Appetitlosigkeit auffallen - sie sie auf meine angebliche Müdigkeit schob. Die Details unseres Plans zu besprechen, traute ich mich in diesem Moment ebenfalls nicht. Also hielt ich einfach die Füße still, zwängte mir eine Portion Joghurt mit Beeren und Honig rein und leerte zwei große Becher Kaffee. Adéla küsste mich auf die Wange, als ich mich bereit machte, den Gästen Krevs ihre Ballgarderobe zu präsentieren. Ihr Kleid war in meinem Zimmer geblieben. Und sie wollte hoch gehen und es sich ansehen.

Die meisten der Menschen, die sich Kleidung abholten, hatten den Schleier auf den Augen, der auch bei Rosa so stark gewesen war. Sie wirkten apathisch, während sie sich ihre Kleider bei mir abholten. Gregor hatte die gesamte Zeit über an seinem Posten gestanden und regelmäßig Blicke mit mir ausgetauscht. Als ich allerdings fertig war, verließ er seine Position und folgte mir die düsteren Gänge entlang zu meinem Zimmer.

»Also? Was ist unser Plan?«, fragte er mich, nachdem er sich mit mehreren Seitenblicken versichert hatte, dass wir alleine waren.

»Das weiß ich selbst noch nicht so genau«, gestand ich.

»Hat Adéla dir nichts erzählt?«

Ich schüttelte den Kopf. »Es ging alles so schnell, dass das untergegangen ist. Doch ich vertraue Adéla nach wie vor blind. Sie wird sich etwas Gutes überlegt haben. Das weiß ich, ohne zu ahnen, was es ist.«

»Oh. Dann sollten wir das mal herausfinden...«

»Ja, das sollten wir«, murmelte ich und ließ ihn in mein Zimmer. Er war gerade eingetreten, als sich mir ein Bild bot, das mir einen Moment lang den Atem raubte. Adéla hatte ihr Kleid angezogen. Und auch wenn ich vielleicht nicht besonders unvoreingenommen war, was ihre Person anging, in meinen Augen sah sie aus wie eine Königin. Das Kleid saß wie angegossen, es verlieh ihr eine Haltung, die so stolz war, dass ich direkt ehrfürchtig wurde. Ihr Haar war zur Hälfte nach hinten gebunden, zur Hälfte fiel es ihr über den Rücken. Alles an ihr war wunderschön. Und ich wusste, dass wie auch immer dieser Kampf ausgehen würde, ich würde alles, wirklich alles tun, um sie in Sicherheit zu bringen. Sie fing an zu grinsen, als sich unsere Blicke trafen.

»Wie-«, ich räusperte mich. »Wie genau soll ich auch nur annähernd mit dir mithalten?«, fragte ich sie. Doch Adéla verdrehte die Augen und schloss die Tür hinter mir.

»Erstmal ist es dein Vergehen, dass ich so aussehe, wie ich aussehe, also darfst du dich darüber überhaupt nicht beschweren. Und bevor ich nicht gesehen habe, wie du gleich rumläufst, kommentiere ich das gar nicht weiter. Du tust nämlich gerne mal so, als wärst du nicht in der Regel die Person, nach der sich alle umsehen.« Sie grinste frech.

Und Gregor fing neben mir an zu glucksen. »Also eure Beziehung geht mich ja nichts an, aber ich verstehe, warum ihr beide zueinander gefunden habt.«

Ich kommentierte das nicht weiter, sondern ging zu Adéla und küsste sie. Dann öffnete ich meinen Schrank und kramte das Outfit hervor, das ich für mich selbst geschneidert hatte. Zugegebenermaßen, ich hatte es nicht in der letzten Woche angefertigt. Sondern schon vor einigen Jahren. Doch ich hatte es nie getragen. Und als Nathalia mir eröffnet hatte, dass es einen Ball geben würde, hatte ich es einfach für mich eingepackt. Ich schlüpfte zuerst in die Hose, die ein weites Bein hatte und sich mit Schnüren an beiden Seiten der Hüfte schließen ließ. Darüber zog ich das Hemd, dessen Rumpfteil eher einer Korsage nahe kam, als einem klassischen Hemd, und darüber zog ich die Jacke, die nun wirklich unpraktisch war, in die ich mich aber genug verliebt hatte, um sie zu Beginn des Balls zu tragen. Ablegen konnte ich sie immer noch. An den

Schultern hatte ich sie geschnitten, wie ein Sakko, in dunklem Grün und mit goldenen Ornamenten. Die Jacke endete jedoch nicht auf Hüfthöhe, sondern fiel bis auf den Boden und bildete dort eine Art Schleppe. Schließlich drehte ich mich wieder Adéla und Gregor zu.

»Also? Wo treffen wir Rosa und ihre Frau? Und was ist unser Plan?«

Kapitel 15 – Adela

Ballkleider und Scheren

»Sie hat dir wirklich noch nichts erzählt?« Gregor sah zwischen mir und Val hin und her.

»Ist es so verwerflich, dass ich mal ein paar Stunden wollte, ohne den Namen Nathalia in den Mund zu nehmen?« Ich sah die beiden an, woraufhin sie sofort im Gleichtakt den Kopf schüttelten. Ich nickte und klatschte in die Hände.

»Gut, dann wollen wir mal. Was habt ihr für Waffen mitgebracht?«

Gregor fing damit an, alles, was sie aus Vals Laden mitgenommen hatten, auf dem Bett auszubreiten, während Val sich vor mich kniete.

»Sieh mal!« Dey zeigte auf einen kleinen Einschnitt oberhalb meines Knies entlang der äußeren Schicht des Kleides.

»Hier kannst du reingreifen, dann kommst du an deine Waffen.« Val sah zu mir auf und für einen Moment war ich dazu verleitet, meine Hand durch deren dunkle, dicke Haare fahren zu lassen. Doch dann dachte ich an Gregor und daran, dass ich Val gleich zum Fraß geopfert werden sollte, und der Moment war vorbei.

»Oh cool!«, sagte ich also nur und griff in den Schlitz hinein. Dafür war also das Strumpfband mit der Lasche da! »Und welche Waffe nehme ich dafür?«

Gregor reichte Val etwas, was aussah wie eine riesige Stricknadel und auch eine Schere, die im Licht der Kerzen silbern funkelte.

»Hier. Such dir eins von beidem aus. Aber würdest du mir nun trotzdem verraten, wofür wir all diese Waffen brauchen? Ich verstehe, dass du letzte Nacht einfach nur abschalten wolltest, aber langsam werde ich nervös. Werden sich diese Waffen gegen Nathalia richten?«

Ich schluckte, hätte am liebsten geschwiegen, nickte dann aber doch. »Gut, ich sags euch«, begann ich und ließ mich neben den anderen Waffen am Kopfteil des Bettes nieder. Gregor und Val standen vor mir und sahen mich neugierig an. »Ich habe Nathalias Tagebuch gefunden. Ihr Tagebuch, das die letzten 700 Jahre umfasst. Ich habe nicht alles verstanden und musste vieles überspringen, ich meine, ich konnte ja schlecht ein halbes Jahrtausend an Schriftstücken lesen, doch ich habe so ziemlich jede unserer Fragen beantwortet bekommen.«

»Und?«, kam es aus Gregors und Vals Mund gleichzeitig. »Was stand dort?«

»Ihre Mutter war die Frau aus Krevs Entstehungsgeschichte. Offensichtlich war sie schwanger, als der Vampir sie mit dem Fluch belegte. Mit der Gründung Krevs wurde ihre Seele an diesen Ort hier gebunden und sogleich auch ihr Blut - oder zumindest das ihrer Familie. Sie alterte nicht, nur Nathalia wuchs heran. Keine von beiden war im Stande, Krevs Gelände zu verlassen und mit der Zeit sammelten sich immer mehr Vampire hier. Ihr Blut - also das von Nathalias Mutter - war im Stande, aus normalen Menschen, die sich hierher verirrten, Monster zu erschaffen. Monster im übertragenen Sinne, weil sie eigentlich recht friedlich mit der Familie zusammenlebten. Nathalias Mutter und auch die Prinzessin profitierten von der Anwesenheit der Vampire, eben weil sie sonst völlig alleine gewesen wären und die Vampire profitierten davon, dass sie mit Krev einen Ort hatten, an dem sie sicher und vor den Augen der restlichen Menschheit geschützt waren. Die Königin versorgte sie alle zehn Jahre, am Tag von Krevs Gründung, mit Blut - wofür sie anfangs das der Tiere aus den Wäldern nutzte.« Ich schenkte Val einen Blick und war mir sicher, dey verstand, worauf ich hinaus wollte. Deshalb waren die Tiere so zahm - der Fluch hatte es auch auf sie abgesehen. »Doch irgendwann verlangten die Vampire mehr. Aus den Tieren alle zehn Jahre wurden die ersten Passanten. Und aus denen wurde irgendwann ein ganzes Festmahl. Natürlich fragten sich die Angehörigen derjenigen, die von Nathalias Mutter verwandelt worden waren, wo ihre Liebsten seien und suchten nach ihnen, genau wie ich es tat, doch das spielte der Königin nur noch mehr in die Karten. Und aus lauter Langeweile begann die Königin, sie offiziell einzuladen. Sie veranstaltete ein Fest für die Vampire, um aus ihnen nicht nur Mitbewohner, sondern richtige Gefolgsleute zu machen. Als Dank für das Festmahl unterstanden sie ihr sozusagen. Sie wurde eine richtige Königin, in dem sie die Vampire ihre eigenen Geliebten aussaugen ließ.«

Gregor blinzelte und musste sich setzen. »Aber- Aber wieso weiß ich davon nichts? Himmel, wie lange bin ich denn schon hier?!«

Ich zuckte mit den Schultern. »Ich weiß es nicht genau, aber Nathalia hat deinen Namen bereits vor zweihundert Jahren in einem der Tagebucheinträge erwähnt. Es kann natürlich auch ein anderer Gregor gemeint sein, aber..« Ich biss mir auf die Lippen.

Val griff nach der Hand deren Freundes. »Erinnerst du dich an eines dieser Festmahle?«

»Natürlich nicht!« Gregor riss die Augen auf. »Denkst du, ich würde euch belügen?«

Val wollte gerade ansetzen, um zu verneinen, als ich die Hand hob. »Val, er kann sich nicht erinnern. Auch darüber hat Nathalia geschrieben. Es gibt einen Grund, wieso zuerst der Ball veranstaltet wird. Der Fluch besagt, dass alle zehn Jahre ein Opfer für die Vampire dargeboten werden muss. Zusätzlich muss wohl auch das Blut der Familie vergossen werden. Es gibt ein Ritual und das sorgt dafür, dass ihr vergesst. Sowohl bei der Verwandlung, als auch alle zehn Jahre, machen sie etwas, was euer Gedächtnis beeinflusst. Das Ritual sorgt wohl auch dafür, dass die Vampire während des Festmahls, also dem richtigen, bei dem sie die Angehörigen serviert bekommen, die Kontrolle verlieren. Wer würde sonst bei vollem Bewusstsein seine Oma aussaugen?«, fragte ich und ließ unkommentiert, dass genau das der Part war, der mir am meisten Sorge bereitete. Würde auch Val nicht mehr Val selbst sein? Würde dey sich in ein Monster verwandeln, das mich töten will?

»Aber wieso?« Gregor schüttelte den Kopf, so als könnte er es immer noch nicht fassen. »Wieso das alles? Ich verstehe, dass sie sich einsam fühlten, ich verstehe, dass sie an den Fluch gebunden sind. Aber wieso die Manipulation? Sie könnte uns doch verwandeln und dann sagen *ätschibätsch,* ihr müsst jetzt hier bleiben?«

Val sah Gregor an und nickte bestätigend. »Er hat recht. Wieso?«

Ich seufzte. Fand nur ich das Ganze so logisch? »Weil ihr es eben nicht müsst! Ihr müsst nicht hier bleiben. Der Fluch hält *sie* in Krev, aber nicht euch. Keiner würde seine Familie zurücklassen, alle würden zurückkehren. Sie mag den Bahnhof so gebaut haben, dass kein Zug wegfährt, aber eure Beine funktionieren ja noch!«

Gregor zog eine Augenbraue hoch. »Zurückkehren, obwohl man soeben in einen Vampir verwandelt wurde?«

Doch Vals und mein Blick trafen sich und ich wusste, dey verstand. Dey fing an zu nicken. »Es stimmt schon. Vampir oder nicht, ich wäre zu Adéla zurückgekehrt. Zur Not auch zu Fuß durch den Wald.«

Gregor sagte nichts und mich beschlich die Befürchtung, dass er es nicht nachvollziehen konnte, weil alle, die je zu seiner Familie gehört hatten, seit über zweihundert Jahren tot waren. Er war schon so lange hier, schon so lange in Nathalias Bann, dass er sich nicht mehr daran erinnerte, wie es als freier Geist gewesen war.

»Okay, also Nathalias Mutter hat alle manipuliert. Aber was ist dann geschehen? Wo ist sie?«

Ich sog scharf die Luft ein, um mich auf das, was ich gleich laut aussprechen würde, vorzubereiten. Ich hatte es schwarz auf weiß in Nathalias Tagebuch gelesen, doch trotzdem schien es mir unbegreiflich. »Sie ist tot. Nathalia hat sie getötet - vor über 600 Jahren.«

Gregor klappte die Kinnlade herunter, Val begann, im Zimmer auf und ab zu laufen, was Jack, Michael und Jackson mit klappernden Scheren kommentierten. Sie waren nervös, sobald Val es war, das sah man ihnen an. Val wiederum sah mich fassungslos an, während dey weiter Löcher in den Boden lief.

»Wieso tötet sie den einzigen Menschen, der mit ihr hier ist? Ohne ihre Mutter war sie doch ganz alleine abseits ihrer Vampir-Gefolgschaft?«

Ich nickte. »Sie dachte, der Fluch würde gebrochen, sobald ihre Mutter stirbt. Sie alterte nicht von alleine, also versuchte Nathalia es durch einen unnatürlichen Tod. Sie hat sie die Treppe heruntergestoßen.« Bei dem Gedanken daran wurde mir wieder übel. Wie konnte man, Verzweiflung hin oder her, die eigene Mutter die Treppe herunterstoßen?

Auch wenn ich Val bisher nie gefragt hatte, wie eng das Verhältnis zu Nathalia gewesen war, sah ich jetzt die Enttäuschung in deren Gesicht mehr als deutlich. Es tat Val beinahe physisch weh, was dey gerade von mir über die Prinzessin erfuhr. Dann hörte ich

Val vor sich hin flüstern: »Nathalia ist eine.. sie ist eine Mörderin?«

Gregor stand auf und legte Val die Hand auf den Arm. »Scheiße, bist du okay?«

Val schüttelte den Kopf. »Nein, verdammt! Bist du es?«

»Ne.«

Einen Moment lang sahen die beiden einander einfach an, dann drehten sie sich zu mir und ich fragte mich, wer von beiden hiernach wohl länger Traumatherapie benötigen würde. »Okay.. weiter. Erzähl weiter!«, sagte Val schließlich und ich tat ihnen den Gefallen.

»Sie hat sie getötet in der Hoffnung, dass sie frei sein würde. Immerhin ist sie in Krev geboren worden - sie kennt nichts anderes, sie war noch nie in ihrem Leben frei. Doch dann erkannte Nathalia, dass es nichts geändert hat. Nichts außer dem, dass sie an die Stelle ihrer Mutter gerückt war.«

Val öffnete den Mund, um etwas zu sagen, ließ es aber.

»Sie hat es ein paar mal mit Selbstmord versucht..« Meine Stimme wurde leiser, weil es mir unangenehm war, diese Details einfach zu erzählen. Nathalia, mochte sie auch eine mörderische und manipulative Prinzessin sein, hatte meiner Meinung nach auch ein Recht auf Geheimnisse. »Aber es hat nicht geklappt. Der Fluch hat dafür gesorgt, dass sie unsterblich ist.«

»Aber wieso ist ihre Mutter dann sterblich gewesen?«, fragte Val in die Runde und diesmal war es Gregor, der antwortete.

»Weil Nathalia da war! Die Blutlinie muss fortgeführt werden! Dadurch konnte sie sterben! So ist es doch, oder Adéla?« Er sah mich an und ich nickte.

»Ja, davon gehe ich auch aus. Doch das wusste Nathalia natürlich nicht. Als sie dann selbst auf die Idee kam, versuchte sie, schwanger zu werden, in der Hoffnung, das Leid weiterzugeben, doch es klappte nicht. In ihren Aufzeichnungen steht nichts dazu, doch ich würde mal davon ausgehen, dass Vampire nicht gerade fruchtbar sind. Irgendwann hat sie es dann aufgegeben.«

»Wann war das?« Vals Kiefer malte.

»Wenn ich mich richtig erinnere, vor ungefähr dreihundert Jahren.«

»Also ist sie seit dreihundert Jahren verzweifelt und psychisch im Eimer? Das erklärt, wieso sie niemanden hier rauslassen will.«

Ich nickte und schloss die Augen einen Moment lang. »Da ist noch etwas.«

»Noch etwas?« Gregor schlug die Hände über dem Kopf zusammen. »Was hat das arme Mädchen denn noch durchmachen müssen?«

»Sie war verliebt. Eine Frau kam vor ein paar Jahrhunderten her und sie hat sie verwandelt. Sie waren glücklich - soweit ich das ihren Tagebucheinträgen entnehmen konnte. Sie wollten sogar heiraten.« Mein Blick wanderte zu Val und kurz musste ich an einen Tag vor über zehn Jahren denken. Wir hatten das erste Mal übers Heiraten gesprochen. Danach war Val verschwunden, ohne dass wir das Gespräch je wieder hatten aufgreifen können. Wir hatten warten wollen, damals. Hatten uns zu jung gefühlt. Hatten gedacht, wir hätten alle Zeit der Welt. Doch jetzt, ja, jetzt wünschte ich, ich würde irgendwann noch einmal die Chance haben, *ja* zu sagen. Ich würde mich nie Vals Frau nennen können und diese Erkenntnis tat so weh, dass ich einen Moment lang keine Luft mehr bekam.

»Was ist dann geschehen?«, fragte Gregor, der von meinem inneren Kampf natürlich nichts mitbekam. Nur Val sah mich von der Seite an, als ahnte dey, was in mir vorging.

»Sie ist gestorben«, hauchte ich.

»Vampire können also doch sterben?«

Ich nickte und klopfte als Antwort auf den Holzrahmen des Himmelbettes, in dem Val und ich die Nacht verbracht hatten. Gregors Augen wurden groß.

»Also ist das Klischee wahr? Ein Pfahl durchs Herz und ich bin tot?«

Ich nickte. »Nathalias Zofe war eifersüchtig und ließ ihre große Liebe pfählen. Nathalia hat daraufhin aus Wut auch sie hinrichten lassen und von dem Moment an nie wieder ein Wort darüber verloren, wie ein Vampir sterben kann. Sie wollte nicht, dass jemand den Ausweg gehen kann, den sie nicht in der Lage ist, selbst zu wählen. Sie hat selbst geschrieben, dass dies der Tag war, an dem ihre Sonne für immer unterging.«

Jetzt weinte Val und ich traute mich nicht, dey zu trösten. Deren Stimme zitterte so sehr, als dey endlich sprach, dass es mir beinahe den Atem raubte. »W-wie hieß sie?«

»Ihre große Liebe?«

Val nickte. »Ja. Wie war ihr Name?«

»Karolina.«

Vals Unterlippe bebte. »Sie hat mir von ihr erzählt.«

Gregor war gerade dabei gewesen, Jack, Jackson und Michael zu beruhigen, als er innehielt und Val mit großen Augen ansah.

»Was hat sie dir erzählt?«

Auch mir war diese Info neu und ich schluckte. Doch ehe ich entschieden hatte, ob ich diese Info wirklich haben wollte, erzählte Val bereits.

»Es..es war vor ein paar Monaten, glaube ich. Es ist einer der wenigen Momente, an den ich eine ansatzweise normale Erinnerung habe. Ich war bei ihr - wir sind durch die Gärten gelaufen. Ich habe irgendeinen dummen Witz erzählt, weil sie so traurig ausgesehen hatte und dann hat sie mich angesehen und mir gesagt, ich würde sie an jemanden erinnern. Ich würde sie an Karolina erinnern. Ich habe sie natürlich gefragt, wer Karolina sei und wieso ich war wie sie, doch sie hat nur gelacht und gesagt, dass es jemand aus einem anderen Leben sei. Jemand, der ihr die Welt bedeutet hatte. Dann hat sie mich gekü-« Val brach ab und sah zu mir. »Dann sind wir weitergegangen, wollte ich sagen.«

Ich hatte das Gefühl, gleich in Tränen auszubrechen. Wie konnte ich auf jemanden eifersüchtig sein, der so etwas Furchtbares erlebt hatte? Aber trotzdem war ich es. Jede Faser meines Körpers brannte bei dem Gedanken daran, was für Zeilen Nathalia über Val geschrieben hatte.

»Ist schon okay«, rang ich mir ab, doch ich sah Val an, dass dey mir nicht glaubte und ich tat es selbst auch nicht.

Gregor schnalzte mit der Zunge. »Um mal wieder zu den aktuell wichtigen Punkten zu kommen: Was heißt das nun also? Nathalias Herz ist gebrochen und sie will euch deshalb alle töten?«

Ich zuckte mit den Achseln. »Ja, ich denke, das fasst es grob zusammen.« Michael, der mittlerweile auf Vals Hand geklettert war, klackerte aufgeregt mit der Schere, woraufhin Val ihm beruhigend den kleinen Panzer kraulte.

Gregor nickte. »Also versuchen wir, sie davon abzuhalten, den Fluch zu erweitern? Davon, ein Massaker zu veranstalten?«

Val seufzte. »Na, das kann ja heiter werden.«

»Und wie wollen wir das anstellen? Bedrohen wir sie mit der Schere, die Adela an ihrem Strumpfband befestigt hat?« Gregor sah nicht überzeugt aus und das konnte ich ihm nicht verübeln. Im Gegensatz zu mir wussten die beiden ja nicht, was mein wirklicher Plan war.

Val klatschte in die Hände und sah auf die große Uhr über der Tür. »Tja, einen besseren Plan haben wir nicht und auch keine Zeit, uns einen neuen auszudenken. Wann sagtest du treffen wir uns mit Rosa und Katerina?«

Ich blickte ebenfalls zur Uhr. »Um sechs.« Also hatten wir keine halbe Stunde mehr. Gregor und Val tauschten noch einmal einen Blick aus und ich trat an den kleinen Spiegel auf der Kommode, um ein letztes Mal zu sehen, wie ich aussah. Definitiv zu schön, um zu sterben, so viel stand fest.

Der ganze Saal war bereits voll, als wir ankamen. Die Stimmung war so ausgelassen und entspannt, dass auch ich mich für einen kurzen Moment beinahe hätte mitreißen lassen. Nathalia hatte wirklich nicht zu viel versprochen: Das Streichquartett klang wie funkelnde Sterne, der Saal war festlich und stilvoll geschmückt worden, das Kerzenlicht ließ einen glauben, man sei in einer anderen Welt und das Essen, das im Speisesaal nebenan angerichtet wurde, roch man bis hier hin und ließ sogar mir das Wasser im Mund zusammenlaufen. Allein die Rosengestecke, die an allen Bögen des Saals aufgehängt worden waren, umfassten mehr einzelne Blumen, als ich in meinem Leben je bekommen hatte und die Gewänder, die Val geschneidert hatte, ließen jeden Menschen im Raum aussehen, wie vor fünfhundert Jahren. Wir hatten eine Zeitreise gemacht und waren in einen königlichen Ball gestolpert - anders konnte ich es mir nicht erklären. Es war wirklich, als läge Magie in der Luft.

»Da seid ihr ja!« Ich fuhr herum, als ich Nathalias Stimme hörte und sah sie auf mich und Val zuschreiten. »Ihr seht zum Anbeißen schön aus!«, sagte sie, wobei sie nur Val ansah. Ich brauchte drei Versuche, ehe ich mir ein halbwegs abkaufbares Lächeln abringen konnte, und kniff mir ins Bein, als Val ihr einen Kuss auf den Handrücken drückte, um nicht gleich die Schere rauszuholen, und auf ihr Gesicht zu zielen. Wie konnte sie hier stehen und mit Val reden, wohlwissend, dass sie meinen Tod plante? Aber auch ich musste zugeben, dass Nathalia zwar sagen konnte, dass wir zum Anbeißen aussahen, sie aber trotzdem jedem Wesen, ob tot oder lebendig, hier die Show stahl. Ich weiß nicht, wann Val ihr das Kleid, das sie trug, geschneidert hatte, doch es war das schönste Kleidungsstück, was ich je gesehen habe. Nathalia trug ein blutrotes, ausgestelltes Ballkleid aus Samt, das an der Taille eng geschnitten war. Die Ärmel waren kurz und leicht aufgepufft und ein Rubin, so groß wie eine Walnuss, funkelte an einer Kette um ihren Hals. Ihre Hände steckten in schwarzen Handschuhen, die ihr bis zu den Ellbogen reichten, und ihr Haar fiel wie schwarze Seide über ihren Rücken. Sie sah nicht nur aus wie eine Prinzessin, sie war es auch und verdammt, sie war eine dieser Prinzessinnen, für die Kriege begonnen wurden. Selbst ich wäre beinahe bei ihrem Anblick dahingeschmolzen.

»Wenn du uns entschuldigst?« Val zog meinen Arm an den eigenen. »Ich würde nun gerne Adéla für einen Tanz entführen.« Nathalias Lächeln blieb, doch ihre Augen verdunkelten sich. Ob auch Val es sah?

»Aber natürlich! Ich wünsche euch zwei Turteltauben ein hinreißendes Fest!« Nathalia sah noch einmal an mir herunter und wandte sich dann ab.

Pah, von wegen! Hätte ich gerne gesagt, doch stattdessen verbeugte ich mich brav und griff auf dem Weg auf die Tanzfläche in den Spalt an meinem Oberschenkel. Das kühle Metall der Schere an meiner Haut beruhigte mich.

Val führte mich inmitten der tanzenden Menge, die sich gerade zu einem kollektiven Walzer aufstellte. Dann stellte dey sich vor mich und nahm Haltung an. »Weißt du noch, wie es geht?«

Ich nickte, dachte an die vielen Stunden zurück, in denen wir einander in die Augen geblickt hatten und ich mich von Val durch den Raum wirbeln ließ. In der Prager Gesellschaft, in der Vals Familie sich bewegte, war es Gang und Gebe, zu vielen Festen und Bällen zu gehen – etwas, an das ich mich wirklich erst hatte gewöhnen müssen. Tschechien war schon immer ein Land der Gegensätze und während meine Familie am Hungertuch genagt hatte, hatte Vals Familie die feinsten Kleider auf Opernbällen wie dem *Ball der Österreicher* getragen. Als Val mich das erste Mal mitgenommen hatte, kam ich mir so fehl am Platz vor, dass ich während der ersten Drehung lauthals anfing zu lachen – nur einer der Gründe, weshalb deren Familie mich nie akzeptiert hatte. Nach Vals Outing hatte es sich dann aber ohnehin gehabt und wir waren nie wieder eingeladen worden. Bis heute hatte ich nie wieder einen

Gedanken an die Tanzschritte und die feine Gesellschaft verschwendet, doch jetzt und hier, unter Nathalias wachen Augen, war ich froh, dass sich die vielen Tanzstunden in mein Gedächtnis eingebrannt hatten. Die Schritte saßen, als hätten wir nie etwas anderes getan. Als die Musik einsetzte, verneigte Val sich vor mir, ich machte einen leichten Knicks und spürte dann, wie Vals Hand sich an meine Hüfte legte, wie die Wärme durch die Stoffschichten an meine Haut drang. Val gab mir Sicherheit. Schon damals und auch noch heute. Die Musik wurde schneller und dann war es so weit: Wir tanzten. Als hätten wir nie etwas anderes getan, bewegten sich unsere Füße im Takt der Musik und ich war froh, mich für die ein wenig flacheren, nicht ganz so schönen Schuhe entschieden zu haben. Val führte mich so geschickt, dass ich für einen Augenblick sogar meine Anspannung verlor und es genoss, im schimmernden Licht der Kerzen an Val gedrückt zu schweben. Über Vals Schultern hinweg sah ich Rosa und Katerina, die ebenfalls eng umschlungen eine Drehung nach der anderen vollführten, und dann spürte ich intuitiv, dass gleich der Moment gekommen sein würde, an dem Val mich das erste Mal heben würde. Der typische Wiener Walzer, den man fast überall in Tschechien tanzte, umfasste einen ¾-Takt und wahlweise einen oder mehrere kleinere Hebefiguren. Es war eigentlich nur ein Sprung innerhalb einer Drehung, der keine zwei Sekunden dauerte, doch während Val mich durch die Luft wirbelte, die Musik noch schneller, noch lauter, noch schöner wurde, sah ich deren Gesicht in Zeitlupe vor mir, als würde der Moment ewig dauern. Vals Augen, die direkt in meine blickten, das schönste Gesicht, was ich je gesehen hatte, und dann der Blick auf meine Lippen und die Hitze, die meinen Körper durchströmte. Es war, als wären wir alleine in diesem riesigen Ballsaal, als gäbe es keine Nathalia, kein Krev, keine zehn Jahre, die uns getrennt hatten. Nur uns und unsere Liebe, die nie verschwunden war.

Val setzte mich wieder ab und nach einer weiteren Drehung, bei der mein Kleid um meine Beine wirbelte, kam der Moment, an dem die Tanzenden eng aneinander gedrückt eine leichte Seitwärtsbewegung machten. Ich spürte Vals Körper an meiner Seite, wie deren Bein die Schere an meinen Oberkörper drückte und dann Vals Atem an meinem Ohr.

»Du siehst hinreißend aus. Es ist, als wäre es gestern gewesen, dass ich dich zuletzt so gehalten habe«, raunte Val und eine Gänsehaut überkam meinen Körper. Dann wechselten wir auch schon wieder die Position und der Walzer ging weiter. Während wir an den anderen Paaren vorbeikamen, musste ich schmunzeln, denn ich wusste ganz genau, woran wir beide dachten. Als wir das letzte Mal auf so einem Fest gewesen waren, da hatten wir uns rausgeschlichen, eine Flasche Champagner geklaut, die fast zwölftausend tschechische Kronen gekostet hatte, und hatten danach in der Umkleide miteinander geschlafen, ehe uns Vals Großmutter erwischt und rausgeworfen hatte. Danach waren wir lachend und mit versauter Abendgarderobe durch Prags Straßen gerannt und hatten bei einem Dönerimbiss etwas zu essen gekauft.

»Weißt du?«, flüsterte ich nun an Vals Ohr. »Sobald das hier vorbei ist, hätte ich Lust auf einen Döner von Eymen.« Ich dachte an den Besitzer von damals und fragte mich, wieso ich ausgerechnet jetzt Hunger bekam, angesichts dessen, dass ich als Hauptspeise auf dem Programm stand. Wie lange hatten wir wohl noch, bis Nathalia mit dem Ritual begann?

»Mhm..« Val schmunzelte, wobei sich deren Fangzähne ein wenig zeigten. »Und eine Flasche *Dom Pérignon*.«

Noch einmal wirbelte dey mich durch die Luft und dann lag ich in Vals Armen, die Musik erhob sich zum Schluss und der Tanz war zu Ende. Wieder glitt Vals Blick auf meine Lippen, doch ich rappelte mich auf und verbeugte mich, so wie auch alle anderen es taten. Dann entdeckte ich im Augenwinkel Nathalia, die auf ihrem Thron vor der Tanzfläche saß und uns beobachtete.

Val folgte meinem Blick. »Meinst du, jetzt ist der richtige Zeitpunkt?«

Ich nickte. »Ja. Los, frag sie.«

Vals Kiefer spannte sich an, dey nickte aber. »Denk dran, du musst mir enttäuscht nachsehen«, raunte dey noch, dann wandte dey sich von mir ab, und ich musste nicht einmal schauspielern, enttäuscht zu sein, als ich sah, wie Val zu Nathalia schritt und sich neben ihren Thron stellte. Ihre Miene wurde augenblicklich weicher und ihre Augen funkelten. Ich hörte nicht, was Val sagte, doch Nathalia zögerte keine Sekunde, als Val ihr die Hand hinstreckte und sie mit sich zog. Sie hatte nicht einmal Augen für mich, sondern strahlte mit dem Rubin an ihrem Hals um die Wette.

Ich für meinen Teil wandte mich ab, versuchte, den Kloß herunterzuschlucken, der einfach nicht aus meinem Hals verschwinden wollte, und lief von der Tanzfläche zu Gregor. Es war meine Idee gewesen, dass Val Nathalia aufforderte, doch trotzdem kostete es mich jede Menge Anstrengung zuzusehen, wie der nächste Tanz begann und dass es nun Nathalia war, die in Vals Armen über den Marmorboden schwebte. Wieso mussten sie denn auch nur so fabelhaft zusammen aussehen?

Gregor berührte mich am Arm. »Alles in Ordnung, meine Liebe?«

Ich nickte, brachte aber keinen Ton raus.

Einatmen, ausatmen.

In wenigen Minuten würde ich Nathalia die verdammte Schere in die Brust rammen und dann würde sie sich nie wieder einbilden können, dass Val ihr gehörte. Denn dann würde all das hier mir gehören. Val und ganz Krev.

Kapitel 16 – Val

Döner und Dom Pérignon

Es war absurd. Die Tanzenden um mich herum, die keine Vorstellung davon hatten, was in wenigen Minuten passieren würde, das Gefühlschaos in mir, und wie ich zu Nathalia schritt, als würde es mir nichts ausmachen - all das fühlte sich völlig absurd an. Und während ich auf Nathalia zu lief, überkam mich eine Welle von Trauer. Ich konnte mir nicht ausmalen, wie schlimm die letzten Jahrhunderte für sie gewesen sein mussten, und ich hegte plötzlich eine Sympathie für sie, die im kompletten Gegensatz dazu stand, wie ich ihre Pläne ansonsten bewertete. Nichts daran, Menschen zu töten, Vampire in einer magischen Stadt gefangen zu halten oder Lebewesen unter einen Fluch zu setzen, der ihre Gedanken und Gefühle beeinflusste, fand ich in irgendeiner Weise vertretbar. Doch gemessen an der Trauer, dem Schmerz und dem zerreißenden Gefühl von Einsamkeit, die sie mit sich herum schleppte, verstand ich es. Ich verstand, warum sie zu der Person geworden war, die sie jetzt war. Und ich verspürte Mitleid. Eine gefährliche Empfindung, wenn man vorhatte, genau diese Person hinters Licht zu führen und zu töten. Ich wich einem tanzenden Pärchen aus, das gerade zur Musik an mir vorbei wirbelte, und machte schließlich vor Nathalia halt. Mit einer kleinen Verbeugung, in der ich jedoch den Blickkontakt zu meiner Prinzessin nicht brach, begrüßte ich sie. Und noch bevor sie anfangen konnte, mich in ein Gespräch zu verwickeln, hielt ich ihr eine Hand hin und sagte gerade laut genug

»Darf ich um diesen Tanz bitten, Eure Hoheit?« An ihrem amüsierten Blick konnte ich sehen, dass sie diesen Titel aus meinem Mund als Flirtversuch auffasste.

Sie legte ihre Hand in meine und folgte mir auf die Tanzfläche. Wir suchten uns einen freien Platz und fingen erst einmal an, hin und her zu wippen. So wie es beim Walzer üblich war. Und auch eine klassische Tanzhaltung hatten wir noch nicht eingenommen, bisher lagen ihre Hände auf meinen. Und ihr Blick lag ebenfalls auf meinem. Auch wenn Nathalia immer hübsch aussah, heute hatte sie sich besonders zurechtgemacht. Doch jetzt, da ich so viel mehr über ihre Vergangenheit erfahren hatte, wirkten ihre Schminke und das reizende Kleid wie ein Ablenkungsmanöver für das, was sich in ihr verbarg. Doch all das durfte ich mir unter keinen Umständen anmerken lassen.

»Du siehst heute Abend sehr schön aus«, sagte ich also, weil ich mich mit einem unverfänglichen Kompliment an ein Gespräch mit ihr herantasten wollte.

»Das habe ich deinem handwerklichen Geschick zu verdanken«, gab Nathalia zurück. Ich lächelte. Weil ich wusste, dass sie das ernst meinte. Das Lied, zu dem wir uns vorerst zurückhaltend bewegt hatten, endete, und jetzt zog ich Nathalia näher zu mir und bot ihr meine Hände in einer Tanzhaltung entgegen. Sie fasste sie und kam mir dabei näher, als sie es bei einem Tanz mit einer weniger vertrauten Person gewagt hätte. Es fühlte sich intim an. Und auch wenn ich keine Schwierigkeiten hatte, zwischen ihr und Adéla zu wählen, wusste ich doch, warum ich sie gerne bei mir gehabt hatte. Nathalia hatte eine unglaublich einnehmende Persönlichkeit, und die strahlte sie mit ihrem Körper aus. Ich hob meinen Arm, unter dem sie sich einmal drehte, nur um mir noch etwas näher zu kommen, als sie die Tanzhaltung wieder schloss.

»Dieses Fest...«, begann ich schließlich, ohne genau zu wissen, was ich sagen wollte, »das veranstaltest du, weil sich die Entstehung von Krev jährt?« Nathalia nickte, und ich erkannte in ihrem Lächeln einen düsteren Funken, der mir bisher nie aufgefallen war.

»Ja, ich finde das einen schönen Anlass«

Ich nickte. »Es ist wirklich ein schöner Anlass.« Wir drehten uns um die eigene Achse. Doch zu meiner Überraschung schien Nathalia keine besonders gute Tänzerin zu sein. Ich hatte erwartet, dass sie dies als Angehörige des Königshauses konnte. Doch inzwischen wusste ich, dass sie das tatsächliche Leben als Adelige nie kennengelernt hatte. Sie war immer nur eingesperrt gewesen.

»Darf ich dich was fragen?« Sie legte den Kopf schief. Schien berechnend.

Doch sie sagte in ihrem gewöhnlichen Ton »Natürlich.« Da Nathalia noch davon ausging, dass ich kaum etwas von dem Fluch wusste, stellte ich mich dümmer, als ich in diesem Moment war.

»Ich habe kaum Erinnerungen an den Tag, an dem ich herkam. Ich weiß nicht genau, was mit mir passiert ist, aber ich war hier und ich meine mich zu erinnern, dass ich am Anfang sehr krank war. Stimmt das?« In Nathalias Blick änderte sich etwas. Sie schien besorgt. Ein wenig mitleidig. Und dennoch entschlossen. Es bereitete mir Unbehagen.

»Ich denke, du hast schon mitbekommen, dass Krev keine normale Stadt ist. Sie gestattet uns nur durch diese Zeremonie, dass sie verlassen werden kann. Und als du hier ankamst, war die Zeremonie gerade vollzogen worden.«

Ich nickte. Sie meinte mit dieser Zeremonie nichts, was irgendjemanden befreite. Sie meinte das letzte Blutbad, an dem sie sich ergötzt hatte.

»Ich wollte nicht, dass du herausfindest, wie lange du noch warten musst, bis du die Möglichkeit haben wirst, wieder nach Hause zu kommen. Deswegen habe ich deine Erinnerungen unterdrückt.« Sie sah schuldbewusst aus, und ich war mir nicht ganz sicher, ob es daran lag, dass sie mein Gedächtnis tatsächlich mit dem Fluch veränderte, oder daran, dass sie mir eine glatte Lüge auftischte.

»Aber jetzt muss ich nicht mehr lange warten, nicht wahr?« Die Musik veränderte sich und ich zog Nathalia in eine schnelle Drehung, bei der sich ihre Füße beinahe verknoteten. Doch da ich so sicher mit den Schritten war, wirbelte ich sie einfach weiter, drehte uns, und blieb mit dem letzten Takt des Liedes schließlich stehen. Sie strahlte mich an.

»Ich könnte es dir zeigen.« Auch wenn ich schnell eine Antwort auf diese Worte hatte, hielt ich sie einen Moment zurück, als würde ich es mir durch den Kopf gehen lassen. Erst dann sagte ich

»Ich wäre dir sehr dankbar, wenn ich es sehen dürfte.« Nathalia nickte, nahm ihre rechte Hand aus meiner und legte sie mir an die Stirn. Und mich überkam augenblicklich ein sonderbares Bild. Ich war noch in der Lage, Nathalia und den Tanzsaal um uns herum zu sehen. Doch über dieses Bild legte sich eine Art Vision, von der mir leicht schwindelig wurde.

»Wenn du möchtest, bringe ich etwas vom Chinesen mit«, sage ich. Adéla zieht einen Schmollmund und sagt mir, dass sie mich liebt. Und ich küsse sie daraufhin. Denn ich liebe sie auch. Mehr, als ich sagen kann. Ich habe in Wahrheit zwei Pläne für diesen Tag. Nicht nur einen. Der Artikel, den ich Timo versprochen habe, ist fast fertig. Doch bei meiner Recherche bin ich auf eine sonderbare Familiengeschichte gestoßen. Sie reicht weit in die Vergangenheit zurück und hat mit der Königsfamilie zu tun. Es scheint in der Blutbahn Tschechiens eine Lücke zu geben. Die Thronfolge wurde unterbrochen und statt des erstgeborenen Kindes hat eine Cousine das Familienerbe angenommen. An meinem jetzigen Artikel würde ich vielleicht nicht viel ändern können, wenn ich mich jetzt erst auf genaue Suche begab, aber ich hoffe auf genug Hinweise, um zumindest eine Art Teaser auf meine nächsten Veröffentlichungen

einzubauen. Nicht, dass ich mit meiner jetzigen Arbeit nicht zufrieden wäre. Aber einen Karriereschritt wünsche ich mir schon. Mein zweites Vorhaben liegt auf dem Rückweg vom Bahnhof. In einer Seitenstraße der Innenstadt liegt ein winziges Schmuckgeschäft. Und dort habe ich vor einigen Wochen einen Auftrag gegeben. Ich habe dafür Adélas Ringe durchstöbert und zwei mitgehen lassen. Und heute morgen war die Nachricht auf meinem Handy erschienen.

»Die Ringe liegen zur Abholung bereit.« Die Ringe sind bereit. Und ich bin es auch. Es gibt nichts, was ich mir mehr wünsche, als Adéla für immer bei mir zu wissen, und ich hoffe, dass sie mir diesen Wunsch heute erfüllen wird. Ich erreiche den Bahnhof. Er ist wie immer voll und geschäftig, doch davon lasse ich mich nicht beirren. Es fühlt sich inzwischen fast an, als wäre er mein zweites Zuhause. Mein Ticket habe ich schon in der Hand, und so begebe ich mich entschlossenen Schrittes zu meinem Gleis. Als der Zug einfährt, staune ich nicht schlecht. Es ist eine ziemlich altmodisch wirkende Lok, die so aussieht, als hätte der Schaffner sie gerade aus einem Museum entführt. Es fühlt sich an, als würde sie mich rufen, so sehr weckt sie mein Interesse. Als sich die Türen öffnen, steige ich ein. Die Fahrt vergeht ehrlich gesagt recht seltsam. Meinen vagen Informationen nach, sollte die Strecke nicht hergeben, dass wir länger als eine gute Stunde unterwegs sind. Doch ich bin mir irgendwann ziemlich sicher, dass wir länger fahren. Das Wetter draußen ist wechselhaft, und dafür, dass es noch so früh am Tag ist, wird es draußen bedrohlich dunkel. Als wir schließlich halten, empfängt uns ein winziger Bahnhof. Es ist nebelig und ich fühle mich auf Anhieb angezogen von der mystischen Stimmung, die dieser Ort ausstrahlt. Mit mir ist eine Gruppe von circa fünf Personen ausgestiegen, und wir alle sehen uns gespannt um. Es ist schließlich eine junge Frau neben mir, die auf einen Mann in Uniform aufmerksam wird. »Entschuldigung?«, meldet sie sich zu Wort. »Wo kommt man denn hier zu dem Café?« Sie kramt

einen Reiseführer aus ihrer Tasche. »Das befindet sich im Schloss Krev. Ich begleite Sie.« Er sieht auf und wirft einen Blick über die Gruppe. »Der Rest kann mir auch gerne folgen. Im Schloss gibt es eine Touristeninformation.« Ich zucke mit den Schultern und schließe mich spontan der Gruppe an.

Wir laufen durch eine gemütliche Innenstadt. Der Nebel hängt immer noch schwer in der Luft. Aber es verleiht der Szene eine romantische Atmosphäre. Zum Schloss ist es ein kleines Stück zu Fuß, während dem die Frau mit dem Reiseführer Fotos mit ihrer Digitalkamera schießt. Ich sehe mich derweilen nach etwas um, was nach Buchhandlung oder Museum aussieht. Aber sicherlich werde ich in der Touristeninformation eine Broschüre oder einen Flyer finden, der mich auf den richtigen Weg bringt. Das Schloss, das wir erreichen, sieht aus wie ein richtiges Königshaus. Es ist unfassbar pompös und ich frage mich, ob es vielleicht wirklich mal ein Sitz des höheren Adels war, der inzwischen als Rathaus genutzt wird. Zumindest spricht die ausladende und edle Dekoration dafür. Die ausgestellten Stücke sehen sehr gut instand gehalten, aber antik aus, und mein Forscherinnen-Herz schlägt ein bisschen höher. Ich sehe mich nach einer Kundeninformation um, finde aber noch nichts. »Hier entlang«, sagt der Mann, der uns hoch zum Schloss begleitet hat, in freundlichem Ton. Ich folge ihm, so wie der Rest der Gruppe. Und während wir durch den Eingangsbereich des Schlosses laufen, beschließe ich, Adéla mal zu einem Tagesausflug hierher einzuladen. Wir laufen durch einen Flur und werden schließlich durch eine Tür geleitet. Ich erwarte auf der anderen Seite einen Tresen und viele Infomaterialien, doch die erwarten mich hier nicht. Stattdessen finden wir uns vor einer Sitzgruppe wieder. Ich sehe mich verwirrt um, doch der Mann, der uns hergebracht hat, ist bereits gegangen. »Irgendwie habe ich das Gefühl, dass wir gerade gekidnappt wurden«, sagt ein junger Mann in einem witzelnden Ton. Doch ich finde das nicht so lustig. Ich habe ein kurzes Zeitfenster, bis ich mich auf den Rückweg nach Prag machen muss. Und auch wenn ich dieses Schloss durchaus spannend finde, würde ich gerne mit meiner Arbeit vorankommen, ehe ich mich wieder auf den Weg mache. In meiner linken Schläfe setzt ein Kopfschmerz ein, und ich beschließe kurzerhand, das Zimmer wieder zu verlassen und mir einen Mitarbeitenden des Schlosses zu suchen. Ich laufe den Flur zurück. Und kaum, dass ich die Eingangshalle wieder betreten habe, wird mir schwindelig. Mein Sichtfeld verschwimmt. Und dann ist alles schwarz.

Die Erinnerungen liefen wie ein Film vor meinem inneren Auge ab, gingen gleichzeitig aber so schnell, als wären sie alle auf einmal wieder da. Ich spürte, wie Nathalias Blick auf mir lag

»Val?«, fragte sie. Ich blinzelte etwas verwirrt, und meine Umgebung wurde mir plötzlich ganz bewusst. Während ich die Musik eben nur gedämpft wahrgenommen hatte, donnerte sie jetzt fast unangenehm laut in meinen Ohren. Und Nathalia, die vor mir stand, sah verunsicherter aus, als ich sie je gesehen hatte.

»Warum hast du mich das alles sehen lassen?«

»Weil ich nichts vor dir zu verbergen habe«, flüsterte die Prinzessin.

»Ich habe früher nicht in einer Schneiderei gearbeitet«, war das nächste, was ich hervorbrachte. Und sie schüttelte den Kopf, als wüsste sie das. »Warum habe ich dann hier eine Schneiderei eröffnet?« Sie betrachtete mich einen Moment lang, ehe sie antwortete.

»Als es dir wieder etwas besser ging, haben wir versucht herauszufinden, was deine Arbeit war, welche Talente oder welches Vorwissen du mitbringst. Und wir haben schnell gemerkt, dass du handwerklich sehr geschickt bist. Es hat sich einfach ergeben.« Ich ahnte, dass sie log. Aber auch wenn ich wusste, dass es nicht die volle Wahrheit war, fiel es mir zunehmend schwerer, ihre Lügen und ihre Wahrheiten voneinander zu trennen. Und ich fragte mich unwillkürlich, wie oft sie in den letzten zehn Jahren

Halbwahrheiten und Lügen in ihre Aussagen eingewoben hatte, ohne dass es mir aufgefallen war. Und gemessen daran, wie wenig ich über mein früheres Leben gewusst hatte, war es durchaus möglich, dass sie mir nicht ein wahres Wort zukommen lassen hatte. Sie schien zu merken, dass ich in Gedanken war, denn sie sprach mich plötzlich mit meinem Namen an.

»Val?« Ich senkte meinen Blick wieder auf ihr Gesicht. Noch immer tanzten wir langsam zu der Musik, doch meine Bewegungen liefen vollkommen automatisch ab. Als sei ich ferngesteuert. »Ich weiß, dass du und Adéla bald fahren werdet.« Als sie diesen Satz sagte, sprang der Schmerz in ihren Augen auf mich über. »Aber ich möchte, dass du weißt, dass meine Gefühle echt waren, und du mir viel bedeutest.«

Darauf wusste ich im ersten Moment nicht viel zu sagen. Doch das schien auch nicht nötig zu sein.

»Du musst dazu nichts sagen. Ich weiß, dass du Adéla gewählt hast und es ist in Ordnung. Aber ich wollte dir trotzdem sagen, dass ich dich liebe. Und dass ich es auch noch tun werde, wenn du Krev verlassen hast. Das soll dich nicht von deinem Vorhaben abhalten. Ich muss es nur aussprechen, ehe du gehst.« Ich schluckte hart. Solch ehrliche Worte hatte ich selten von Nathalia zu hören bekommen. Und nach den Dingen, die Adéla über ihr Tagebuch erzählt hatte, war es für sie eine schmerzhafte Angelegenheit. Umso schlechter fühlte ich mich, dass ich den Moment ausnutzte.

»Das sollten wir vielleicht an einem anderen Ort besprechen. Oder nicht?« Ihre Augen wurden etwas größer. Und mich überkam eine weitere Welle des schlechten Gewissens. Nathalia verschränkte ihre Finger mit meinen, und ich musste den Drang unterdrücken, mich nach Adéla und Gregor umzusehen. Ab diesem Moment mussten wir wieder als Team agieren, und wenn sie zu spät mitbekamen, dass wir verschwanden, dann bekam ich ein ernsthaftes Problem. Wir liefen durch die versteckte Tür am Ende des Saals und fanden uns schnell in dem kleinen Zimmer zwischen der Eingangshalle und dem angrenzenden Flur wieder. Ich zog Nathalia erneut an mich, dieses Mal, weil es mir das Gefühl gab, sie mehr unter Kontrolle zu haben, wenn sie dichter bei mir war. Als würde sie so berechenbarer werden.

»Es tut mir leid, dass ich dich alleine lasse«, murmelte ich schließlich. Und es war die Wahrheit. Was wir planten, das tat mir im Herzen und der Seele weh.

»Tut es das?«, fragte Nathalia ebenso leise. Doch ihre Stimme klang plötzlich viel kälter als eben noch. »Tut es dir wirklich leid?«

»Natürlich«, gab ich zurück und entfernte mich so weit, dass ich ihr ins Gesicht sehen konnte.

»Ich hatte eher das Gefühl, du würdest mich los werden wollen.« Jetzt runzelte ich die Stirn.

»Wie kommst du denn da drauf?«

Ihr Blick wurde zu Eis. »Ach, ich hatte es so im Gefühl.« Sie musterte mich einen Moment, in dem ich nicht anders konnte, als sie einfach irritiert anzusehen.

»Nur weil ich mich für Adéla entschieden habe, heißt das nicht, dass unsere gemeinsame Zeit mir nichts bedeutet hätte.«

Ihre Lippen verzogen sich zu einem Lächeln. Doch es wirkte nicht ehrlich. Es wirkte wie eine Grimasse. »Weißt du, Val, ich kann dir alles erzählen. Dir jedes meiner Geheimnisse verraten. Alle kleinen Wahrheiten über dich, die du nicht ahnst. Denn du wirst dich eh nicht erinnern. Was ich dir jetzt sage, wird in ein paar Stunden vergessen sein. Zumindest für dich. Ich werde mich an alles erinnern. So wie ich es immer tue. Ich erinnere mich immer an alles. Aber du wirst das hier nicht mehr wissen. Und das reicht mir. Solange du bei mir bleibst, reicht mir das. Du musst nichts wissen, nichts verstehen und auch nichts fragen. Du musst einfach bleiben.«

»Was werde ich nicht mehr wissen?«, fragte ich sie alarmiert.

»Es ist dumm, Pläne zu schmieden, wenn man nicht weiß, wer im eigenen Team ist, und wer nicht. Du wirst vergessen, werden oder sein, wirst geben, dein Blut für mein.«

Bei Nathalias letztem Satz fing das Blut in meinen Adern an zu kochen. Ich hatte keine Ahnung, ob es die Angst war, die ihre Worte in mir auslösten, oder etwas anderes, doch ich hatte plötzlich das Gefühl, die Kontrolle über meinen Körper zu verlieren. Mir wurde heiß, und kalter Schweiß rann mir über den Rücken.

»Wovon redest du?«, fragte ich, und kaum hatte ich diese Frage ausgesprochen, spürte ich, wie meine Fangzähne sich über meine Unterlippe schoben.

»Deine Erinnerungen werden bald genauso verschwunden sein wie die an dein altes Leben. Das macht aber nichts. Wenn Adéla weg ist und dein Durst das erste Mal vollends gestillt, wirst du schnell über sie hinweg sein.«

Ich starrte Nathalia völlig entgeistert an. Wo zur Göttin kam denn dieser Stimmungswandel jetzt her?

»Ach, sieh einer an«, fuhr sie in süßlicher Stimmlage fort. »Da ist die kleine Möchtegern-Prinzessin.« Ich drehte mich zur Seite, und der Duft von Adélas Blut drang mir in die Nase. Er ließ meinen ganzen Körper kribbeln, und die Erinnerungen daran, wie ihr Blut schmeckte, machte mich rasend. »Wunderbar. Dann kann das Fest ja beginnen«, trällerte Nathalia. *»Wirst merken, dein Herz, verzagen, außer für sie.«*

Ich hatte das Gefühl, dass mein Hunger mir die Kehle zuschnürte. Und ich verstand, was passierte: Nathalia löste den Fluch aus. Sie ließ mich vergessen, wer ich war. Sie wollte, dass es jetzt passierte. Dass ich Adéla angriff. Ich ließ ab von ihr und trat einen Schritt zurück. Wenn ich mich nicht konzentrierte, dann war das alles hier vorbei, noch ehe wir die Möglichkeit hatten, irgendetwas gegen Nathalia auszurichten. Sie lächelte mich an und fuhr mit ihrem mörderischen Gedicht fort. Und ich kauerte mich in die Ecke neben einen Schrank. Egal, was passierte, ich durfte nicht durch die Nase atmen. Ich musste vergessen, dass Adéla da war.

Ich durfte sie nicht angreifen. Ich würde sie nicht töten. Ich durfte sie nicht töten.

Kapitel 17 – Adela

Like a Carrie

Was zur Hölle war geschehen? Wie hatte unser Plan so schiefgehen können? Das schummrige Licht in dem kleinen Raum ließ mich einen Moment ausharren, ehe meine Augen sich daran gewöhnt hatten. Es war ausgemacht gewesen, dass Val Nathalia her lockte, dann würden wir sie gefangen nehmen, bis der Tag vorüber war. Ich hatte sie töten wollen. Doch jetzt, wo ich den Raum betrat, beschlich mich das Gefühl, dass etwas schiefgegangen war. Etwas lief aus dem Ruder, und zwar völlig.

»Herzlichen Willkommen, Adéla.« Nathalia leckte sich über die Lippen. Sie stand mitten im Raum, sah immer noch hinreißend aus in ihrem Kleid. Mein Blick fiel auf Val - dey kauerte in gekrümmter Haltung auf dem Boden. Zuerst sah es aus, als hätte dey Schmerzen, doch als Nathalia erneut etwas murmelte, verstand auch ich, was geschah. Sie sprach den Fluch!

»Wirst merken, dein Herz, verzagen, außer für sie, so rein wie Rosen, das Blut deiner Adern wird für immer entzogen..«

Ich schüttelte den Kopf, sah immer wieder zwischen Nathalia und Val am Boden hin und her. Die Worte, die die Prinzessin sprach – ich kannte sie! Irgendwoher kannte ich sie..

»Wirst sie lieben, für sie geben, der Fluch nie gebrochen, denn sie hat versprochen, dein Herz anzunehmen, dir das Reinste zu geben, dich zu verwandeln, und diese Stadt für immer zu umwandeln. Eine Seele so rein-«

Ich musste etwas tun! Wenn ich sie weitersprechen ließ, würde Val sich gleich auf mich stürzen! Wie lang ging denn dieser Fluch?

Da mir nichts anderes einfiel, handelte ich ohne darüber nachzudenken und stürzte mich mit einem Schrei auf Nathalia. Sie, die in keiner Weise damit gerechnet zu haben schien, kreischte ebenfalls auf, als mein Körper gegen ihren prallte und wir gemeinsam auf dem Holzboden der Kammer aufschlugen. Für einen Moment sahen wir uns beide einfach verdutzt an, ich lag auf ihr. Der Lärm des Festes drang durch die dünne Tür zu uns, die Musik verhöhnte mich. Dann schaltete Nathalia und versuchte, mich von sich herunter zu schubsen.

»Das wird dir auch nicht helfen!«, stöhnte sie, doch ich hielt sie fest und ihre Arme auf den Boden gedrückt. Verdammt, war sie stark!

»Na, das werden wir ja gleich sehen!«, japste ich und versuchte nun, ihre beiden Hände zusammenzuhalten, um irgendwie an die Schere an meinem Bein zu kommen. Den Moment nutzte Nathalia, um uns umzudrehen und meine Hand unter meinem Oberkörper einzuklemmen. Nun war sie auf mir, hatte die Oberhand und grinste.

»Tztztz«, machte sie und musterte mich ehrlich interessiert. Wusste sie, was ich wusste? Erkannte sie es? Dann klirrte etwas neben uns und Nathalia hob das, was soeben aus dem Schlitz meines Kleides gefallen war, wie in Zeitlupe auf.

»Oh«, formten ihre Lippen, dann verpasste sie mir eine mit der anderen Hand. Geschockt darüber, dass mir soeben wirklich eine andere Frau eine gescheuert hatte, blinzelte ich und schmeckte dann Blut an meiner Lippe. Ich wollte empört aufschreien, doch es war Nathalia, die wieder das Wort ergriff und gleichzeitig mit der Schere in der Luft herumfuchtelte.

»Was wolltest du damit?«, japste sie, sah mich dann wieder an, schrie wütend auf. »Was wolltest du, du kleine Möchtegern-Prinzessin, mit dieser Schere, hm?« Sie sah zu Val, dey von uns abgerückt dasaß und uns geschockt anblickte. Deren Zähne hatten sich herausgefahren, doch für den Moment schien dey bei klarem Verstand zu sein. Nathalias Blick auf Val war so viel verletzter, als ich es für möglich gehalten hatte. Sie sah enttäuscht aus, aufrichtig enttäuscht. Dann sah sie wieder zu mir und die Enttäuschung verwandelte sich in blanken Hass. Im nächsten Moment konnte ich ihr beinahe dabei zusehen, wie ihr Verstand alles glasklar sah. Wieder formten sich ihre Lippen zu einem stummen *Oh,* dann spannte sich ihr Kiefer an. Den Moment ihrer Verblüffung nutzte ich, um ihrem nächsten Schlag auszuweichen und sie zu entwaffnen. Die Schere schleuderte ich weg, wollte sie zu Val kicken, doch sie landete auf der anderen Seite des Zimmers. Nathalia riss mich an den Haaren zurück und sah mich an.

»Dachtest du wirklich, das würde funktionieren? Dachtest du wirklich, sie alle wären auf deiner Seite?«, spuckte sie die Worte förmlich aus. Genau in dem Moment öffnete sich die Tür wie aufs Stichwort und Rosa und Katerina betraten den Raum. Rosas Gesicht war verheult, ihre Frau, die sie vor drei Tagen so herzlich empfangen hatte, hatte sie nun gewaltsam am Arm gepackt. Katerina nickte Nathalia zu und verbeugte sich kurz.

»Du hast ihr meinen Plan verraten!« Ich konnte es nicht fassen und auch Rosas Blick verriet mir, dass sie keine Ahnung von den Machenschaften ihrer Ehefrau gehabt hatte. Sie war genauso enttäuscht wie ich.

Doch Katerina zuckte nur mit den Schultern. »Sie ist meine Königin.«

Nathalias Augen funkelten. Dann wandte sie sich an Val. »Und genau so wirst du dich nach deinem ersten richtigen Festmahl auch verhalten. Wie es sich gehört.« Sie stand auf, schubste mich weg und strich ihr Kleid glatt. Dann sprach sie den Fluch weiter, während Katerina die Schere aufhob, die mir gehörte.

»*Nur ein Tropfen Blut gebraucht, die Prinzessin wird leben, un-«* Katerinas und Vals Blick veränderte sich und draußen hörte ich jemanden schreien. Jetzt erinnerte ich mich auch endlich daran, woher ich diese Zeilen kannte. Es war das Gedicht, das am Eingang der Taverne hier in Krev gestanden hatte – direkt hinter der Straße der Rosen, auf einer Steintafel! Nathalia zitierte es! Und dann fiel mir auf, dass es nur noch eine einzige Strophe gab. Ich musste etwas tun. Also spielte ich den einzigen Trumpf aus, den ich noch hatte und unterbrach Nathalia.

»Hätte Karolina das für dich gewollt?« Es funktionierte. Natürlich funktionierte es! Ich würde mich später dafür hassen, einer anderen Frau so etwas angetan zu haben, doch das war immer noch besser, als wenn Val gleich versuchen würde, mich auszusaugen. Ein Blick auf den Boden verriet mir, dass es fast so weit war. Val hatte sich am Holz des Schrankes festgeklammert und keuchte vor Anstrengung. Die Stirn voller Schweißtropfen. Katerina, die natürlich nicht versuchte, sich zu beherrschen, hatte Rosa bereits in eine Ecke gedrängt und wartete nur auf Nathalias letzten Spruch, um ihre Zähne im warmen Fleisch zu versenken. Die Schere, die eben noch auf dem Boden gelegen hatte, funkelte nun in ihrer Hand – ich hatte keine Chance, an sie heranzukommen.

»Was hast du gesagt?« Nathalias Stimme klang unwirklich, als sie sich zu mir drehte. Ihre Lippen bebten. Dann kam sie langsam auf mich zu.

»Du hast mich schon verstanden!«, fauchte ich, klang dabei deutlich mutiger, als ich mich fühlte. »Was würde Karolina davon halten, dass du, nur weil du ihren Tod nicht verkraftest, anderen so etwas antust?«

Einen Moment lang sagte Nathalia gar nichts, so als könnte sie es nicht fassen, dann stürzte sie sich auf mich. Wieder krachten wir gemeinsam gegen etwas, doch diesmal war es nicht der Boden, sondern der Holzschrank, an den Val sich soeben noch gekauert hatte. Nathalias Kraft war schier unbegreiflich und ich hörte etwas hinter meinem Rücken knacken und zerbersten. Ihr Gesicht war so nah an meinem, dass ich ihren Atem auf meiner Haut spürte.

»Wag es nicht noch einmal, so mit mir zu reden. Wag es nicht, ihren Namen in den Mund zu nehmen!«, zischte sie. Dann stieß sie sich von mir ab, trat einen Meter zurück. »Glaubst du wirklich, du weißt was du tust? Glaubst du, du wirst es nicht bereuen?«

Jetzt verstand ich, dass sie es wirklich wusste. Sie wusste, wer ich war. Sie hatte es die ganze Zeit gewusst. Ich schüttelte den Kopf. »Nein. Nein, ich habe keine Ahnung! Es ist mir egal, ob ich es bereue! Ich werde Val nicht die Last tragen lassen, mich getötet zu haben. Ich werde nicht zulassen, dass du weiter, Jahrzehnt für Jahrzehnt, Menschen opferst!« Tränen rannen über mein Gesicht. »Ich werde mich nicht aussaugen lassen, damit du weiter ein Betthäschen für deinen Zeitvertreib hast! «

Ich hatte nicht erwartet, dass *das* der Satz sein würde, der Nathalia brach, doch es war so. Sie hatte sich ja gerade erst von mir abgewandt, doch nun kam sie wieder auf mich zu und zog ein Messer aus ihrer Korsage. Das hatte *ich* wiederum nicht kommen sehen. Ein glühender Schmerz durchzog meinen Arm, als sie es mir oberhalb des Schlüsselbeins in die Haut stieß. Dann sah sie zu Val und ich sah die Tränen, die nun über ihre Wangen liefen. Ihre Augen flackerten, als sie zwischen uns hin und her sah, dann wieder mich fokussierte.

»Das glaubst du also? Ja, du glaubst wirklich, ich hätte Val ausgenutzt? Glaubst du etwa auch, Val würde nichts für mich empfinden?«, keifte sie, dann wurde sie ruhig, was nur noch gruseliger war und schluckte hörbar. »Ich habe eine Idee. Ich zeige dir einfach, wie sehr wir uns liebten. Dann wird dir das Lachen ganz schnell vergehen. Und danach kann Val dein Blut haben.«

Ich konnte mich vor lauter Schmerzen nicht wehren, als Nathalia ihre Hand auf meine Stirn legte, so wie ich es bei ihr und Val im Ballsaal vorhin beobachtet hatte. Ein warmes Gefühl umfing mich und dann verwandelte sich die Szenerie vor mir in eine andere.

»Guten Morgen, Eure Hoheit!«, sagt Val zu mir, doch ich weiß, dass ich nicht ich bin. Ich sehe an mir hinab – ich trage Nathalias Kleider. Dies hier ist ihre Erinnerung und ich sehe nur zu. Muss zusehen.

»Guten Morgen, Val«, kichere ich und verbeuge mich ebenfalls. »Ein wunderschöner Tag für einen Ausflug, nicht?« Vals Augen funkeln und dey greift nach meiner Hand. Meine Haut kribbelt, dort, wo deren Finger mich berühren. Ich blicke mich zum Fenster um, sehe, wie das Sonnenlicht über den Feldern Krevs aufgeht und den See im Schlossgarten funkeln lässt. Dann sehe ich wieder Val an. »Ein wunderschöner Tag, ja, das stimmt. Allerdings hatte ich gehofft, wir würden ihn anders verbringen..« Ich beuge mich ein Stück vor und spüre, wie Vals Hand sich noch fester um die meine schließt. Dann werden unsere Schritte schneller, so als wüssten wir beide, wohin sie uns führen.

Val führt mich zurück zu meinem Gemach, noch ehe wir die Tür erreichen, umfasst deren Hand meine Taille und auch dort beginnt meine Haut zu kribbeln. Unsere Lippen treffen aufeinander, mein Rücken wird gegen die Tür gedrückt. Wir atmen schwer, Vals Fangzähne streichen über meine Haut. Val weiß, dass es mein Blut ist, was demm alles geben könnte, doch dey weiß auch, ich habe das Sagen. Val hebt mich hoch, öffnet die Tür zu meinem Gemach mit Leichtigkeit und meine Zofe eilt davon. Dann versinken wir in meinen Laken – unsere Hände sind überall und ich spüre, dass Val mich liebt. Wir lieben uns, das tun wir, vielleicht nicht ganz, doch mehr, als es in Krev möglich sein sollte.

Als ich in Nathalias Körper zum Orgasmus komme, bricht endlich die Verbindung ab.

Ich stolperte nach vorne, immer noch mit dem Messer in mir steckend. Nathalia biss sich auf die Lippe, ihr Kinn leicht erhoben. Sie sah erhaben aus, das war die Wahrheit und ich hätte ihr am liebsten alles aus dem Gesicht getreten. Das, was sie mir gerade gezeigt hatte, war Wirklichkeit gewesen, das spürte ich.

Und ich spürte auch Vals Blick auf mir, schaffte es aber nicht hinzusehen. Val liebte mich, das wusste ich, doch verdammt, Nathalia hatte nicht gelogen. Val war kein Betthäschen – sie hatten einander vertraut. Sie liebten sich, wenngleich auch anders.

Nathalias Stimme war spitz und kühl, als sie wieder das Wort ergriff. »Schön, nicht? Das war übrigens letzte Woche erst, keine vier Tage bevor du hier angekommen bist.« Mit einem Ruck riss sie mir das Messer aus der Haut und warf es weg. Erst jetzt bemerkte ich, dass Rosa und Katerina immer noch im Raum waren – Rosa schluchzte. Nathalia schickte sie mit einer Handbewegung davon. Als die Tür geöffnet wurde, drang der Geruch von Blut in meine Nase. Das Ritual war doch noch gar nicht vorbei? Wie viele waren bereits geopfert worden? Die Prinzessin schien in meinem Gesicht ablesen zu können, was ich dachte.

»Nur weil Val sich so gut zusammenreißen kann, heißt es nicht, dass es alle können.«

Noch einmal fragte ich mich, wie alles hatte so dermaßen schief gehen können. Rosas Blick traf meinen, als Katerina sie rausschleifte und ich schaffte es kaum noch, mich auf den Beinen zu halten. Dann, die Tür war nur noch ein paar Zentimeter geöffnet, geschah das Unglaubliche. Rosa riss sich los, nahm ihrer Frau, die sie gleich töten würde, die Schere ab und warf sie mir zu. Alles geschah so schnell, dass Nathalia keine Chance hatte zu reagieren. Ich fing die Schere in der Luft, stieß mich unter Schmerzen von der Wand ab und stürzte mich ein weiteres Mal auf die Prinzessin.

Noch im Fallen sah ich ihren überraschten Gesichtsausdruck und hörte Val etwas murmeln. Und als das Metall an der Stelle ihres Herzens durch den Stoff ihres Kleides drang, kamen wir am Boden auf.

Nathalia keuchte, ich blieb auf ihr hocken, konnte selbst kaum glauben, was ich getan hatte, und dann sahen wir dabei zu, wie das Rot ihres Kleides von dem Rot ihres Blutes verdrängt wurde. Die letzten Worte, die Nathalia sprach, waren die letzte Strophe des Gedichts. Und dabei wandte sich ihr Kopf zu Val, blickte demm ein letztes Mal an.

»..unendlich, so wie es diese Stadt und ihre Seelen braucht.«

Und dann starb die Prinzessin von Krev.

Sie starb in meinen Armen.

Und ich nahm ihren Platz ein.

Kapitel 18 – Nathalia

Keine roten Rosen

Die Sonne kitzelt meine Nase und ich blinzle.

»Da bist du ja!« Verwundert drehe ich mich um. Da steht sie. Einfach so. Als wäre sie nie weg gewesen. »Karolina?«, hauche ich und reibe mir die Augen.

Die Frau, die ich seit einem halben Jahrtausend vermisse, greift meine Hand. »Hast du gut geschlafen? Das Wetter ist himmlisch für einen Ausflug auf den Markt!«

Ich lasse mich von ihr hochziehen und schlüpfe in die Klamotten, die auf der Kommode bereit liegen. Jeans, ein T-Shirt und Turnschuhe. Noch nie hatte ich so etwas an – der grobe Stoff an meiner Haut kratzt. Karolina drückt mir eine Tasse Kaffee in die Hand und dann einen Kuss auf die Wange. Wie in Zeitlupe bewegen sich meine Finger an die Stelle, an der ihre Lippen mich berührt haben.

»Was tust du hier?«, frage ich und habe Angst, aus diesem Traum aufzuwachen. Es fühlt sich so real an, so schön.

»Was meinst du?« Sie lacht und schüttelt den Kopf. »Du hast wohl wieder schlecht geträumt, oder mein Schatz? Komm, ich will zum Mittagessen zurück sein, denn heute wollten wir doch einen Film schauen!«

»Einen Film?« Ich folge ihr aus der Wohnungstür hinaus. Der Flur ist schäbig und Wasserflecken zeichnen sich an der Tapete ab. Doch Karolina ist so schön und draußen ist es warm. Wir nehmen einander an die Hand und ich laufe, ohne auf irgendeine Barriere zu achten. Freiheit, fühlt sie sich so an? Ist es wirklich so? Bin ich hier? Das hier ist nicht Krev.

Wir küssen uns unter einer Trauerweide und im Vorbeigehen kauft Karolina mir eine Rose an einem Blumenstand. Sie ist gelb.

»Hier«, sagt sie. »Ich weiß doch, rote Rosen gefallen dir nicht.«

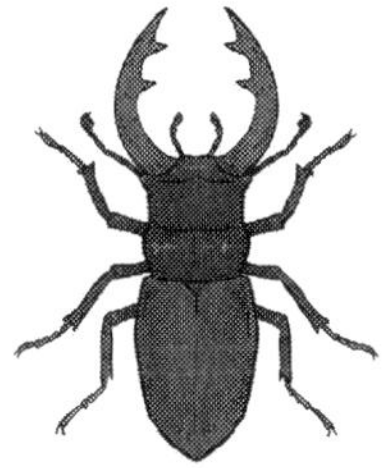

Kapitel 19 – Val

Auf ewig?

Ich fühlte mich dumpf und benebelt. Jede einzelne Empfindung meines Körpers spürte ich überdeutlich. Wenn ich einen Herzschlag gehabt hätte, wäre er laut durch meine Ohren gerauscht. Doch ich hörte gerade gar nichts. Meine Muskeln kribbelten, so wie ein Handgelenk, auf dem man sich zu lange abgestützt hatte. In meiner Kehle lag der Nachklang eines unbändigen Brennens, meine Haut spannte, und ich fühlte mich verwirrt. Während Nathalia das Gedicht aufgesagt hatte, das den Fluch von Krev ausgelöst hat, war es mir vorgekommen, als würde ich alles genauestens mitbekommen. Doch inzwischen hatte ich den Eindruck, dass ich einiges verpasst hatte. Vermutlich hatte ich mich einfach irgendwann so sehr auf mich selbst konzentrieren müssen, um Adéla nicht anzugreifen, dass ich mich darin verloren hatte. Mein Kopf tat weh, und in den Gelenken verspürte ich einen wunden Schmerz, als wäre ich gerade einen Marathon gelaufen, für den ich nie trainiert hatte.

Ich rieb mir über die Augen und sah mich dann bedacht um, unsicher, ob die nächste Gefahr noch lauerte, oder ob ich den letzten Schlag in meinem Zustand verpasst hatte. Ich befand mich nach wie vor in dem kleinen Nebenzimmer, abseits des Ballsaals, in das ich Nathalia gelockt hatte. Von Adéla, Rosa oder Katerina war keine Spur. Auch Gregor konnte ich nicht sehen. Der Raum lag ruhig da. Und ich dachte einen Moment lang, ich sei alleine. Bis ich eine Gestalt am Boden liegen sah.

Alles an der Prinzessin schien rot. Nicht nur ihr Kleid. Sondern zu meinem Erschaudern auch der Teppich unter ihr. Ihre Haut war fahl und der Ausdruck des Schrecks lag noch auf ihren kalten Zügen. Ich fühlte mich nicht im Stande, aufzustehen und zu ihr zu laufen. Also krabbelte ich auf allen vieren über den Boden. Sie lag da wie eine Karikatur ihrer selbst. Und ich schloss unwillkürlich meine Hand um ihre. Sie war nicht so kalt, wie sie aussah. Doch sie fühlte sich an wie Porzellan. Mir kam der Gedanke, ob die Unsterblichkeit den Tod anders behandelte, wenn er doch kam, als die Sterblichkeit, mit der ich aufgewachsen war. Doch ich kam zu keinem Schluss.

Ich betrachtete die Frau, neben der ich kniete. In ihrer Brust steckte meine silberne Schere. Ihr Kleid ging in die Wunde über, als würde der Samt aus ihrem Blut bestehen. Ich schluckte hart, ehe ich meine Hand ihrer entzog, sie auf ihren Brustkorb drückte, und mit der anderen Hand die Schere aus ihrem Fleisch zog. Die Schere ließ ich einfach auf den Boden neben mich fallen.

Dann hob ich Nathalias Oberkörper hoch und nahm sie in den Arm. Mit einer Hand hielt ich die Prinzessin, den anderen Arm schälte ich umständlich aus meinem Sakko. Als ich auch meinen anderen Arm aus dem Ärmel befreit hatte, legte ich ihr das Sakko um die Schultern und zog es so weit um ihre Brust, dass es die Wunde verdeckte. Ich hatte keine Vorstellung davon, wie schlimm das Ausmaß des Fluchs gewesen war. Und ich befürchtete das Schlimmste. Doch wenn es den anderen ging wie mir, dann standen sie zum jetzigen Zeitpunkt nicht mehr unter dem Fluch und es war niemand in akuter Gefahr. Also nahm ich mir das Recht heraus, mich um die beiden Seelen zu kümmern, die gerade in unmittelbarer Nähe waren, und die meine Fürsorge brauchten. Und das waren meine und Nathalias.

Meine Gedanken huschten zu Adéla. Ich flehte die Sterne an, dass sie unversehrt oder zumindest am Leben war. Dass Gregor sie aus diesem Zimmer weggebracht hatte, als er wieder bei Sinnen gewesen war, oder sie geflüchtet war. In wenigen Minuten würde ich sie suchen. Ich würde den Rest meiner Existenz nach ihr suchen, wenn ich sie nicht finden würde. Dennoch trugen meine Füße mich in diesem Moment weg von der Eingangshalle. Ich hatte Nathalia immer noch im Arm. Wie eine tote Braut. Ich war mit ihr in den Armen aufgestanden, um sie dorthin zu bringen, wo sie sicher war. Vor was, das wusste ich selbst nicht. Aber einfach sicher. Und als ich ihre Gemächer erreichte, drückte ich die Tür mit dem Ellbogen auf.

Ich legte sie auf ihr Bett, weiterhin in meinem Sakko, damit die Wunde nicht zu sehen war. Und als sie lag, setzte ich mich auf den Hocker neben ihrem Bett. Mit der Hand fuhr ich ihr über die Augen und schloss ihre Lider.

»Du hast so lange durchgehalten«, flüsterte ich. Erst als ich meine brüchige Stimme durch ihren Raum wabern hörte, merkte ich, dass ich weinte. »Du hast so viel Leid ertragen. Und ich kann dir zwar nicht verzeihen, was du uns allen antun wolltest, aber ich wünsche dir, dass du den Frieden findest, den du verdienst. Vielleicht findest du dort, wo du jetzt bist, Karolina wieder. Vielleicht findest du Freiheit und Geborgenheit.« Ich betrachtete sie einen Moment, ehe ich weiter sprach. »Ich wünsche es dir von Herzen.«

Mit diesen Worten erhob ich mich, verließ ihr Zimmer und schloss ihre Tür ein letztes Mal hinter mir. Dann machte ich mich wieder auf den Weg zu dem Saal, in dem eben noch ein feierlicher Ball stattgefunden hatte. Ich nahm den Weg durch das kleine Zimmer, falls Adéla dort auftauchen würde. Doch sie war nicht da. Bevor ich den Saal betrat, nahm ich ein paar tiefe Atemzüge durch die Nase, um mich für das zu wappnen, was mich hinter der Tür erwarten konnte. Doch das bereitete mich nicht im geringsten auf das vor, was sich tatsächlich hinter der schweren Holztür verbarg.

Die Szene, die sich mir bot, bereitete mir Übelkeit. Auch wenn ich sie überhaupt nicht überblicken konnte. Doch es war grotesk. Vor mir erstreckte sich eine Masse an Personen in Abendgarderobe, feinste Stoffe, teurer Wein, sagenhafte Gerichte, ein königlicher Ball, wie er im Buche stand. Überdeckt von Blut, Schluchzer, die die Luft zerrissen, und Grimassen an den Stellen, an denen Gesichter hätten sein sollen. Ich wagte die ersten Schritte durch den Saal und kam an dem Körper einer jungen Frau vorbei. Sie hatte kurzes, blondes Haar, das mit Blut verklebt war. Ihr Hals war aufgerissen, als wäre sie von einem wilden Tier angefallen worden. Sie war alleine. Und für wen auch immer sie gekommen war, die Person war nicht an ihrer Seite. Anders war es bei einem jungen Paar, etwas weiter links. Es waren zwei junge Männer, die zwar einen deutlichen Altersunterschied aufwiesen, sich ansonsten aber sehr ähnlich sahen. Ich traute mich nicht, mir auszumalen, in welchem Verhältnis sie zueinander gestanden hatten. Doch wie auch immer sie zueinander standen, ihre Beziehung lag nun unwiederbringlich in der Vergangenheit.

Während ich weiter mechanischen Schrittes durch den Raum trat, sprangen mir immer mehr ähnliche Bilder vor die Augen. Manche hielten ihre toten Angehörigen. Der Fluch hatte sie unvorbereitet übermannt, und sie hatten sich nicht gegen ihn wehren können. Es gab aber auch Menschen, die sich in den Armen lagen. Manche, weil sie es geschafft hatten, andere, um sich gegenseitig über die Unerträglichkeit der Wahrheit hinweg zu halten, der sie noch nicht entgegentreten konnten. Ich schluckte den Kloß herunter, der sich in meiner Kehle gebildet hatte. Es war schrecklich. Und ich wusste nicht, ob ich mich jemals darauf würde konzentrieren können, dass zumindest einige überlebt hatten. Wir hatten das Abschlachten der Unschuldigen nicht vermeiden können. Wir waren nicht schnell genug gewesen. Wir hatten die ganzen unvorhersehbaren Züge, die Nathalia mit uns gespielt hatte, nicht mit eingeplant. Aber zumindest hatten Menschen überlebt.

Das erste, das mir auffiel, als ich die Schlosstore öffnete, war die frische Luft, die mir entgegen strömte. Sie war es, die mir erneut Tränen in die Augen schickte. Frische Luft, die ich seit zehn Jahren nicht mehr geatmet hatte, weil dieser Ort so verhangen gewesen war. Und ich musste die Augen schließen, weil die Sonne so hell auf mein Gesicht schien, dass sie mich blendete. Meine Knie knickten ein und ich stürzte nach vorne. Ich fing mich mit den Händen ab und blieb auf der Treppe knien.

Zehn lange Jahre lang hatte ich nur Nebel und Trostlosigkeit gesehen. Und nun schien die Sonne an einem beinahe wolkenlosen Himmel. Eine Hand legte sich auf meine Schulter, und ich zuckte zusammen. Doch als ich das Gesicht erkannte, erreichte mich die erste Welle der Erleichterung. Gregor sah mich aufmunternd an.

»Da bist du ja«, sagte er, als hätte er mich bereits hier erwartet. Vielleicht hatte er das auch. Wie lange Gregor unter dem Bann gestanden hatte, wusste ich nicht. Ich wusste nicht einmal, wie lange ich unter dem Bann des Fluchs gestanden hatte. In meinem Kopf waren so viele Fragen, so viele lose Enden. Und ich brauchte mehrere Anläufe, um sie wegzuschieben und mich auf das zu konzentrieren, was wichtig war.

»Wo ist sie?« Die Worte stolperten mir über die Lippen. Die Frage, *ob* sie irgendwo war, ließ ich gar nicht erst zu.

»Sie ist zur Lichtung gelaufen«, erklärte Gregor in angeschlagenem Ton. »Sie ist sehr mitgenommen aber wohl auf.« Ich fuhr mir mit meinem Hemdsärmel über die Augen und erhob mich.

»Danke.«

Gregor nickte mir zu.

»Geht es dir gut?«, erkundigte ich mich noch.

Gregor nickte. »Ich bin erschöpft. Aber ansonsten geht es mir gut. Mir wurde kein Haar gekrümmt. Und ich konnte mich davon abhalten, andere in Gefahr zu bringen.«

»Das ist gut«, murmelte ich. Ich stellte aber keine weitere Frage mehr, sondern machte mich auf, Adéla zu suchen. Gregor und ich, wir würden uns sicherlich viel zu erzählen haben. Aber das konnte wirklich warten.

Ich stürmte durch die Schlossgärten. Das Wissen, dass Adéla lebte und alleine war, trieb mich an. Als ich sie jedoch an der Lichtung sitzen sah, verlangsamten sich meine Schritte. Ich wollte sie nicht erschrecken, ihr keine Angst einjagen. Als ich dann aber nur noch einige Schritte von ihr entfernt war, konnte ich nicht mehr an mich halten.

»Adéla?« Sie drehte sich um, das Gesicht mit Tränen, Schminke und Blut verschmiert.

»Val«, schluchzte sie, und noch ehe sie aufspringen und mich an sich ziehen konnte, war ich schon bei ihr am Boden und zog sie in eine feste Umarmung. Adéla weinte bitterlich. Und ich tat es ebenfalls. Ich weinte um all die Jahre, die wir verpasst hatten. Ich weinte um Nathalia, die ein besseres Leben verdient hätte und einen friedlichen Tod. Ich weinte um all die Erinnerungen, die Krevs Fluch mir genommen hatte, und die ich in mein Unterbewusstsein wiederkehren spürte, auch wenn ich sie noch nicht greifen konnte.

Ich weinte um Adélas Schmerz, weinte, weil sie weinte.

Ich weinte um die unschuldigen Seelen, die Nathalia zum Opfer gefallen waren.

Ich weinte um diejenigen, die sich gerade für die Taten zur Rechenschaft zogen, die sie nie hatten begehen wollen.

Ich weinte vor Trauer.

Ich weinte vor Müdigkeit.

Ich weinte, weil ich nichts anderes mehr zu tun wusste.

Meine Tränen versiegten, als ich leer war, und nichts mehr in mir, was hinfort gespült werden konnte. Also hielt ich Adéla einfach weiter. Bis auch sie keine Tränen mehr hatte. Wir schwiegen lange. Doch schließlich war es Adéla neben mir, die die ersten Worte sagte.

»Kannst du mir die Korsage lockern? Ich bekomme so schlecht Luft.«

»Natürlich«, murmelte ich, lockerte die Umarmung, und dann die Bänder an ihrem Rücken. »Ich hätte sie dir nicht so fest zu schnüren sollen.« Sie wischte sich über die Augen, was ihre Schminke noch mehr verschmierte.

»Nein, es war in Ordnung. Aber jetzt kann ich es nicht mehr ertragen.« Ich nickte verstehend. Und Adéla lehnte sich gegen mich. Ich legte meinen Arm wieder um sie.

»Ist eigentlich schon morgen?«, war meine nächste Frage.

»Es scheint mir so«, antwortete sie leise.

»Ich kann mir nichts anderes vorstellen. Es kommt mir so vor, als wären Tage vergangen, seit der Ball begonnen hat. Gleichzeitig fühlt es sich an wie ein Fiebertraum, der überhaupt nicht passiert ist.«

»Ja, das geht mir auch so. Der Beginn des Abends ist so weit weg, aber ich kann noch gar nicht glauben, dass es vorbei ist.« Ich ließ meinen Blick über die Lichtung streifen. Hier und da sah ich ein Tier, das friedlich durch den Wald streifte, und ich betrachtete sie mit Neid, weil sie nicht fühlten, was wir fühlten.

»Bist du erleichtert?«

Ich dachte einige Sekunden über diese Frage nach, ehe ich sie beantwortete. »Ich glaube ja. Ich glaube, ich bin erleichtert, dass es vorbei ist. Aber ich bin auch erschüttert. Es ist gut, dass es vorbei ist. Aber es ist nicht gut, wie es vorbei gegangen ist.«

»Nein, das ist es nicht«, stimmte mir Adéla zu. Wir verfielen erneut in Schweigen. Vermutlich weil wir beide Zeit brauchten, um das sacken zu lassen, was geschehen war. Auch wenn Adéla den Blick auf den Wald gerichtet hatte, in mir machte sich das Bedürfnis breit, mich umzudrehen. Mich dem Schloss zuzuwenden, in dem nicht nur in den letzten Stunden, sondern über

Jahrhunderte lang schreckliche Dinge passiert waren. Ich musste es ansehen, um es zu verstehen. Doch als ich mich jetzt umdrehte, sah ich nicht das Schloss, in dem all das passiert war. Unter Nathalias Herrschaft hatten Unschuldige ihre Angehörigen, ihre Freunde und Familie, ihre Geliebten abgeschlachtet. Es war ein düsteres Schloss gewesen, mit einem blutigen Geheimnis, das in blutroten Nebel gehüllt über die Stadt geragt hatte. Es war gefüllt gewesen mit Einsamkeit, Verrat und Schmerz. Doch als ich es jetzt ansah, sah ich das, was es wirklich war. Es war lediglich ein Schloss. Eine Heimat für eine Königin. Ich sah einen gepflegten, wunderschönen Rosengarten voller gelber und orangefarbener Rosen. Ein liebevoll angelegter Kiesweg, der es einem erlaubte, den angrenzenden Wald zu erreichen. Und dieser war voll mit Leben. Im Grunde war es nicht das Schloss, das so schauerlich war. Sondern es war die Schwermut, die es bewohnt hatte. Ich drehte mich wieder zu Adéla, um sie anzusehen, und ich nahm ihre Hand in meine. Auch wenn wir erschöpft waren, es gab Dinge, die noch ungeklärt waren. Und ich würde keine Ruhe finden, ehe wir sie nicht miteinander geteilt hatten.

»Ich habe kaum Erinnerung daran, was passiert ist. Ich habe fast nichts mitbekommen. Erträgst du es, mir davon zu berichten?« Ich sah, wie Adéla schluckte, doch sie nickte und begann wenig später zu erzählen.

»Ich dachte eigentlich, dass alles glatt läuft. Doch als ich dir und Nathalia in das kleine Zimmer gefolgt bin, habe ich direkt gemerkt, dass etwas nicht in Ordnung ist. Ich bin reingekommen, da hat sie gerade gesagt, dass man aufpassen muss, mit wem man Pläne schmiedet. Und da wusste ich, dass wir verraten worden waren. Ich habe danach nur noch gehandelt, ohne viel zu denken.« Ich nickte, strich ihr eine Strähne aus der Stirn und besann mich darauf, ihr zuzuhören.

»Du hast noch mit ihr getanzt, und ich glaube, du hast zuerst gar nicht mitbekommen, wie sie den Fluch auslöst.«

Ich nickte, um diese Annahme zu bestätigen. Ich hatte es erst verstanden, als ich meine eigene körperliche Reaktion auf den Fluch gespürt hatte.

»Es ist dieses Gedicht. Ich kannte es, weil ich es neulich bei der Stadtbesichtigung auf einer Tafel gelesen habe. Und als sie angefangen hat, es aufzusagen, da wusste ich, dass es den Fluch auslösen würde.« Ihr kamen wieder die Tränen.

»Ich habe versucht, sie daran zu hindern. Aber ich habe es nicht geschafft.«

»Du hast es aber geschafft, sie zu töten. Du hast uns alle gerettet, Adéla«, unterbrach ich sie nun doch. Adéla aber schüttelte den Kopf.

»Nein, das habe ich nicht! Ich habe es nicht geschafft! Hast du nicht gesehen, wie viele gestorben sind? Hast du nicht dieses Blutbad gesehen?«

»Doch«, sagte ich in ruhigem Ton. »Doch, ich habe es gesehen. Und natürlich wünsche ich mir, wir hatten es vollends verhindern können. Aber es ist nicht deine Verantwortung, dass sie gestorben sind. Es ist Nathalias Schuld. Und du hast sie letztendlich besiegt.«

Adéla zog nun die Nase hoch. »Wir haben das nicht mir zu verdanken.«

Bei diesen Worten wurde ich stutzig. »Was meinst du?«

»Ich habe mit ihr gerangelt. Und ich habe auch versucht, sie mit der Schere anzugreifen. Doch ich habe sie mehrfach verloren. Sie ist mir aus den Fingern gerutscht. Es war Rosa.«

»Rosa hat Nathalia getötet?«

»Nein, am Ende war das ich. Doch Rosa hat sich gegen ihre Frau gestellt. Sie hat ihr Leben riskiert, denn Katerina hat im Gegensatz zu dir nicht versucht, sich gegen den Fluch zu wehren. Sie hat sich losgemacht von ihr und mir die Schere zugeworfen. Ohne sie wären wir alle tot, und ihr wärt komplett in Nathalias Fluch gefangen. Und dann hätte es niemals ein Ende gegeben.«

»Wie kommst du damit zurecht?«, stellte ich meine nächste Frage.

»Dass ich eine Frau erstochen habe?« Sie schnaubte. »Momentan gar nicht. Aber...« Sie schien sich ihre Worte zurechtzulegen. »Irgendwie auch schon. Und ich weiß nicht warum. Ich weiß nicht, ob es hilft, dass sie so sehr darunter gelitten hat, Jahrhundert über Jahrhundert hier zu versauern. Ich finde nicht, dass es etwas gibt, was einen Mord rechtfertigten würde, egal wie schlimm die Dinge sind, die sie getan hat. Aber gleichzeitig macht es das leider trotzdem leichter. Zu wissen, dass sie nicht ganz unschuldig war. Vielleicht brauche ich Abstand, um mir eine Meinung darüber zu bilden.«

»Ich verstehe, was du meinst.«

»Wie geht es dir damit?« Jetzt drehte Adéla sich mir zu und musterte mich mit ihren verschmierten Augen. Sie sah so verloren und so wunderschön aus, dass es die ersten Bruchstücke meines Herzens wieder zusammen setzte. Denn egal wie müde wir waren, sie lebte. Und das war alles, was ich brauchte.

»Es tut weh. Ich will vor dir nicht so viel über sie sprechen. Ich will das für dich nicht schmerzhafter machen, als es sein müsste. Aber auch wenn ich dich vergöttere, auf eine gewisse Weise habe ich sie geliebt. Und jetzt ist sie tot.«

Sie schluckte hart. »Es tut mir leid, dass ich im Moment noch nicht die Person sein kann, mit der du das frei heraus besprechen kannst. Aber wenn du mir etwas Zeit gibst, dann werde ich lernen, diese Person für dich zu sein.«

»Nimm dir dafür so lange du brauchst. Ich erwarte nicht von dir, dass du das für mich leistest. Du hast deine eigenen Erlebnisse, die du verarbeiten musst. Aber wenn du irgendwann so weit bist, dann würde ich mich freuen, wenn ich dir meine Gedanken anvertrauen kann.« Adéla nickte. Und plötzlich fielen ihr wieder Tränen aus den Augen. Ich rutschte näher an sie, strich ihr die Tränen weg und gab ihr einen liebevollen Kuss auf die Stirn.

»Es wird alles gut werden. Wir haben es überstanden und die Vergangenheit kann uns nicht mehr weh tun. Wir können jetzt nach Hause fahren, wir nehmen uns all die Zeit, die wir brauchen, und wir werden das hinter uns bringen.« Adéla schluchzte auf und klammerte sich plötzlich fester an mich, und das trieb mir selbst ebenfalls wieder Tränen in die Augen.

»Du wirst nach Hause fahren, Val. Du kannst nach Hause. Ich aber nicht.« Ich stutzte.

»Was meinst du damit?«

Adéla löste sich von mir und sah mich mit schmerzverzerrtem Gesicht an. »Hast du es denn noch nicht begriffen, Liebling? Ich konnte Nathalias Tagebücher lesen. Ich konnte das Buch ohne Text lesen. Ich bin diejenige gewesen, die sie getötet hat. Nathalia und ich sind blutsverwandt. Ich musste diejenige sein, die sie tötet, weil das nur eine Blutsverwandte kann. Und damit habe ich das mit ihr gemacht, was sie mit ihrer Mutter vor so vielen Jahrhunderten gemacht hat. Du kannst nach Hause, Val. Ich werde niemanden hier einsperren. So viel habe ich aus ihren Fehlern gelernt. Aber ich konnte Nathalia nur aus einem Grund töten-«

Meine Stimme zitterte, als ich Adéla unterbrach. »-weil du ihren Platz einnehmen konntest.«

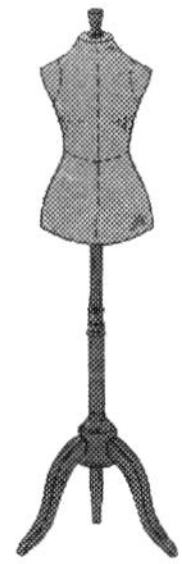

Kapitel 20 - Epilog (Adéla)

Alles außer rot

Zehn Jahre sind eine unglaublich lange Zeit, wenn man sie ohne den Menschen, den man liebt, verbringt.

Zehn Jahre *mit* diesem Menschen können wiederum wie ein Wimpernschlag vergehen. Man wacht eines Tages auf und sie sind vorbei.

Als ich aufstand, ging gerade die Sonne auf und schickte ihre ersten warmen Strahlen über Krevs Ländereien. Irgendwo in der Ferne hörte ich das Krähen eines Hahns.

Ich griff nach meinem Gewand, was ich mir extra für diesen Tag von Val hatte schneidern lassen und zog es an. Dann betrachtete ich mich für einen Moment im Spiegel – etwas, was ich sonst nicht gerne tat. An normalen Tagen tat es mir weh, zu sehen, dass sich nie etwas änderte. Ich vermisste die Falten, die sich mittlerweile auf meiner Haut hätten abzeichnen sollen. Und immer wenn solche Gedanken in mir aufkamen, dann stutzte ich wieder aufs Neue. Denn wie sollte man überhaupt etwas vermissen, was man nie kennengelernt hatte? Doch heute tat es gut, in den Spiegel zu sehen und zu wissen, dass das Opfer, das ich gebracht hatte, Früchte trug.

Zehn Jahre war es jetzt her, seitdem ich das letzte Mal etwas anderes als Krevs Mauern und Felder gesehen hatte. Zehn Jahre, seitdem wir Nathalia draußen hinter dem See, an dem sie Karolina vor über einem halben Jahrtausend einen Antrag gemacht hatte, beerdigten.

Zehn Jahre, seitdem Rosa uns alle gerettet hatte.

Es waren zehn lange Jahre gewesen.

Zehn traurige.

Zehn einsame.

Doch auch zehn Jahre, in denen ich jeden Tag dankbar dafür gewesen war, so viele Menschen retten zu können. Ich hatte mir geschworen, dass nie wieder Blut für Krev vergossen werden sollte, und genau so war es auch gekommen. Zumindest dieses Versprechen hatte ich halten können.

»Eure Majestät?« Gregors Stimme ließ mich herumfahren.

»Guten Morgen, Gregor.« Ich lächelte und er verbeugte sich, so wie er es schon immer getan hatte.

Dann musterte er Vals Meisterwerk, das sich so eng an meine Haut schmiegte, dass es fast nichts verhüllte. »Ihr seht hinreißend aus.«

»Dem Anlass entsprechend.« Ich nickte und legte die Halskette an, die er mir reichte. Der Rubin, den Nathalia in der Nacht ihres Todes getragen hatte.

Dann ließ ich mich von Gregor hinausbegleiten. Auf den Fluren wimmelte es nur so von Dienern und anderen Angestellten, die dafür Sorge trugen, dass das Fest heute Abend perfekt sein würde. Sie alle nickten kurz, hasteten aber umso schneller weiter, als sie mich sahen.

»Weisst du, wann Val eintreffen wird?«, fragte ich Gregor und spürte allein bei dem Gedanken daran, Val in wenigen Stunden gegenüber zu stehen, dass mein Herz schneller schlug.

Gregor zog die Augenbrauen hoch. »Dey ist längst da, Eure Hoheit. Ich habe auf meiner Runde zum Bahnhof heute morgen gesehen, dass Michael, Jack und Jackson fleißig am Schneidern waren.«

Ich nickte und versuchte, mir die Enttäuschung nicht anmerken zu lassen. Wieso kam Val nicht als Erstes zu mir, sondern ging erneut gleich zur Arbeit über? Ob es am Datum lag? Vielleicht brauchte dey einen Moment, um sich zu sammeln – immerhin war dies auch Nathalias Todestag. Normalerweise gingen wir gemeinsam an ihr Grab, doch ich würde natürlich auch Verständnis dafür haben, wenn Val Zeit für sich brauchte. Weh tat es trotzdem, vor allem nach den letzten einsamen Wochen.

Als wir an der Bibliothek vorbeikamen, verabschiedete Gregor sich, um bei Emelia vorbeizuschauen, die erst vor wenigen Wochen dort angefangen hatte zu arbeiten. Die beiden waren binnen kürzester Zeit ein Herz und eine Seele geworden und es machte mich unendlich glücklich, dass zumindest sie ein Happy End bekommen hatten. – So viele von uns würden auf ewig darauf warten.

Ich kam am Foyer vorbei, wo ein paar Arbeiter gerade die Lichterketten aufhängten und betrat den Thronsaal, in dem das Streichquartett probte. Das Schloss sah unglaublich aus, beinahe noch schöner als zum letzten Fest. Zuletzt blieb ich vor dem großen Gemälde neben der Tür stehen, die zu den Balkonen oberhalb des Thronsaals führte. Bei meiner Ankunft hier, vor über zehn Jahren, hatte Nathalia dort oben gestanden, uns alle empfangen und unseren Untergang geplant. Später heute Abend würde ich dort stehen, hoffentlich so wie Nathalia damals auch, mit Val an meiner Seite. Apropos! Wo zur Hölle blieb Val eigentlich? Nicht mehr lange, dann würde das Fest beginnen. Ich würde das nicht alleine schaffen..

Seufzend sah ich mich um, doch außer Rosas Gesicht, das mich von dem Gemälde aus ansah, sah ich kein vertrautes weit und breit. Die Arbeiter, die alles für den Ball organisierten, waren normale Menschen von außerhalb, weil es mir wichtig gewesen war, dass keiner der übrig gebliebenen Vampire heute arbeiten musste. Sie sollten in Ruhe trauern dürfen, genau wie Val und ich. Später, sobald der Zeiger sechs Uhr schlug, würden wir die Fremden natürlich wegschicken, damit unser Geheimnis nicht nach außen drang. Ich schluckte, als ich meine Hand auf die Leinwand legte und Rosa traurig musterte. Nur dank ihr stand ich hier. Nur dank ihr waren alle frei. Sie ist gestorben, um uns alle in Sicherheit zu wiegen.

»Ma'am?« Eine der Floristinnen kam zu mir mit einem Strauß Wildblumen in der Hand. »Wir haben da ein paar Fragen.«

Ich folgte ihr und bestaunte das, was sie in den letzten Stunden auf die Beine gestellt hatten. Der Festsaal sah unglaublich aus. Die Lichterketten und die Blumenarrangements waren bezaubernd. Die Frau führte mich zu einer anderen Mitarbeiterin ihrerseits, die zwei Sträuße in den Händen hielt. Einen weiteren Wildblumenstrauß und einen mit roten Rosen.

»Wir haben gesehen, dass bei Ihnen in der Stadt so viele wunderschöne Rosen wachsen! Sind Sie sich sicher, dass Sie keine Rosen in die Gestaltung des Saals aufnehmen wollen? Es würde fabelhaft zu Ihrem Kleid aussehen und die Stadt repräsentieren!« Ich folgte ihrem Blick herunter zu dem Kleid, das Val vor fast einem Jahrzehnt für mich entworfen hatte, und schüttelte den Kopf.

»Nein, danke. Der Stein hier bleibt das einzige Rote, was ich dulde.« Ich tippte auf den Rubin.

Die Frau rang sich ein Lächeln ab und nickte. »Selbstverständlich, wie Sie wünschen!« Doch als ich ging, spürte ich ihre verwirrten Blicke in meinem Rücken. Sollte sie doch denken, was sie wollte! Ich ertrug die Farbe Rot nicht und müsste ich den Stein nicht tragen, um alle, die ich liebte, am Leben zu erhalten, hätte ich ihn persönlich in den See geworfen.

Ich verabscheute die Farbe mittlerweile so sehr, dass Val vor ein paar Jahren sogar versucht hatte, die roten Rosen, die überall in der

Stadt wuchsen auszurotten, doch egal was dey tat – sie kamen wieder, wie ein weiterer Fluch, der mich verhöhnte. Sie würden mich jeden Tag an das Schicksal erinnern, das ich zwar gewählt, aber nie gewollt hatte. Nie würde ich das Leben führen, was ich mir erträumt hatte. Nie würde ich Vals Frau werden und unsere Kinder aufwachsen sehen. Nie würde ich meine alte faltige Hand mit Vals verschränken und darauf warten, wen von uns der Tod zuerst holte. Nie wieder würde ich einen anderen Sonnenaufgang als den über Krevs Ländereien sehen und nie wieder würde ich durch Prag schlendern und auf einem Markt Obst kaufen. All das war auf immer verloren und die Schuld nagte täglich an mir. Val hatte mir zwar zugesichert, dass dey mich liebte und ebenso auf ewig in Krev bleiben wollte, wie ich, doch ich wusste, dass das nicht stimmte. In den Anfangsjahren war es vielleicht noch so gewesen, doch in den letzten Monaten waren die Ausflüge, die dey unternahm, immer länger geworden und mir fiel keine andere Erklärung für dieses Verhalten ein als die, dass dey weg von mir wollte.

Ich war diejenige, die nicht aus Krev weg konnte, Val war dies immer möglich gewesen und seit Nathalias Manipulation nicht mehr wirkte, hatte dey diese Chance auch immer wieder genutzt. Anfangs war dey nur nach Prag gefahren um Stoffe zu kaufen oder andere Annehmlichkeiten für uns nach Krev zu holen, doch seit Anfang des Jahres führten deren angeblichen Geschäftsreisen demm immer weiter fort. Wenn ich fragte, wohin dey fuhr oder warum dey so lange weg war, benutzte Val Ausflüchte, das merkte ich. Dey sagte mir schon lange nicht mehr die Wahrheit und ich verstand es. Krev war ein wichtiger Ort, denn die Vampire, die Nathalia über all die Jahrhunderte verwandelt hatte, brauchten einen Ort, an dem sie sicher waren, doch es war auch der einsamste Platz der Welt. Schon lange dachte ich daran, dass die Wände dieses Schlosses niemals Kinderlachen beherbergen würden, und dabei wusste ich doch, wie sehr Val sich immer gewünscht hatte, eines Tages eine Familie zu gründen.

Verdammt. Ich schüttelte den Kopf und wandte mich von Rosas Portrait ab. Heute war kein guter Tag, um so in Erinnerungen zu schwelgen! Ich beschloss, irgendwie das Fest durchzustehen und morgen mit Val zu reden. Ich würde Val sagen, dass dey gehen sollte und ich nicht will, dass dey wegen mir ein Leben in Einsamkeit verbringt. Das hier war meine Entscheidung gewesen. In dem Moment, in dem ich erfahren hatte, dass ich Nathalias Nachfahrin war und sie somit töten und ihren Platz einnehmen konnte, hatte ich eine Entscheidung getroffen und mit den Konsequenzen musste ich jetzt leben – auch wenn es für immer war. Ich liebte Val zu sehr, um dey weiter festzuhalten – zehn Jahre waren genug.

Als das Fest begann und ich immer noch nichts von Val gehört hatte, wischte ich mir heimlich die Tränen aus dem Gesicht und trat dann auf den Balkon. Es war das erste Mal, dass ich dort oben stand, bisher hatte ich mich immer geweigert, doch dieser Anlass erforderte es.

Das bestellte Personal war nach Hause geschickt worden und so waren es nur bekannte Gesichter, die nun zu mir hoch blickten. Gregor und Emelia, die eng umschlungen in schicker Kleidung grinsten. Cecilia und die anderen, die das Fest vor zehn Jahren überlebt hatten. Wir waren noch immer viele, doch längst nicht mehr in so großer Zahl wie damals. Es war familiärer geworden. Ich hielt meine Ansprache, ignorierte die Blicke, die nach Val suchten, und verbeugte mich, als der Applaus ertönte.

Das Streichquartett begann zu spielen und für einen Moment fühlte ich mich zehn Jahre in der Zeit zurückversetzt. Val und ich auf Nathalias Ball. Vals Hand an meiner Hüfte. Ich, die damals glaubte, wir würden mit unserer Liebe jeden Fluch brechen können. Wie töricht wir gewesen waren und wie jung.

Plötzlich riss mich eine Stimme hinter mir aus meinen Gedanken. »Darf ich um Ihre Hand bitten?«

Ich fuhr herum und sah das Gesicht, das mir nie vertrauter gewesen war als in diesem Moment.

»Val!« Ich fiel demm um den Hals. Dann sah ich, was dey trug – einen der schönsten Anzüge, den dey je geschneidert hatte. »Wo bist du gewesen?« Erleichterung überkam mich und ohne auch nur eine Sekunde zu zögern, bejahte ich Vals Frage und ließ mich auf die Tanzfläche führen.

»Es tut mir leid, dass es schon so spät ist, Adéla, aber ich musste noch etwas erledigen«, sagte Val und verbeugte sich, als das nächste Stück mit einem Walzer begann. Es war wirklich wie in der Nacht vor zehn Jahren.

»Wo hast du gesteckt? Ach, weißt du was, ich höre auf zu fragen! Ich bin einfach nur froh, dass du hier bist!« Noch einmal fiel ich Val um den Hals, nahm dann aber die Position ein, die als Nächstes in der Schrittfolge des Walzers dran war.

»Adéla, ich-«

»Nein!« Ich schüttelte den Kopf. »Val, es ist okay! Schenk mir noch diesen einen Abend und dann geh!«, unterbrach ich demm. »Ich will, dass du alles bekommst, was du dir immer gewünscht hast. Ich bin nicht blöd, ich merke doch, dass deine Reisen immer länger geworden sind. Du sollst wissen, ich bin nicht böse, ich verstehe es. Nathalias Fluch auf mich zu nehmen war meine freie Entscheidung und ich-«

Jetzt war Val es, die mich mit großen Augen ansah und mich dann jäh unterbrach, indem dey mich einfach zu sich zog und küsste. Vals warme Lippen auf meinen überraschten mich und für einen kurzen Moment hielt ich tatsächlich inne. Dann setzte dey mich wieder ab und ehe ich anfangen konnte weiterzusprechen hob dey die Hand.

»Adéla, Liebste. Normalerweise lasse ich dich ja immer reden und glaube mir, das hier zu beginnen, in dem ich dir den Mund verbiete, war nicht der Plan, aber jetzt muss es sein.« Vals Hand löste sich von meiner Hüfte, die Musik lief weiter. Um uns herum begannen die anderen eine Drehbewegung und wirbelten durch die Luft. Dann kniete Val sich vor mich. »Ich weiß wirklich nicht, wer dir den Floh ins Ohr gesetzt hat, dass du nicht alles wärst, was ich bräuchte – wahrscheinlich waren du und dein wunderbares Gehirn es selbst – aber es stimmt nicht. Du, du Adéla, bist alles, was ich je wollte, und hiermit habe ich schon viel zu lange gewartet.« Ich keuchte, als Val auf den Knien eine Schachtel aus deren Anzugtasche holte. Geschah das gerade wirklich? »Du weißt es nicht, aber heute, auf den Tag genau vor zwanzig Jahren, wollte ich dir diese Frage schon einmal stellen. Ich besuchte ein Juweliergeschäft, ließ Ringe für uns anfertigen und wollte dich um etwas bitten. Leider geschah etwas, dessen Geschichte du nur allzu gut kennst und ich landete an einem Ort, der mich die nächsten zehn Jahre davon abhalten sollte, dich zu meiner Frau zu machen. Doch heute, hier und jetzt werde ich dich endlich fragen, denn wir haben nun wirklich lange genug gewartet. Adéla, Liebe meines Lebens, schönste Frau, die ich je gesehen habe und Mensch, ohne den ich mir mein Leben nicht mehr vorstellen mag, auch wenn es für die Ewigkeit ist - möchtest du meine Frau werden? Machst du mich zum glücklichsten Vampir auf der Welt?«

Val hatte die Worte kaum zu Ende gesprochen, da hatte ich schon fünf Mal »Ja, ja natürlich!« gesagt. Es war keine Frage und es hätte nichts gegeben, was mich davon hätte abhalten können.

Val stand auf, küsste mich und erst als ich das Metall des Rings an meinem Finger spürte, bemerkte ich, dass der ganze Thronsaal still geworden war und nur noch das Streichquartett ganz leise spielte. Sie alle hatten sich versammelt und klatschten nun. Gregors Gesicht war es, das ich in der Menge zu fassen bekam und er zwinkerte. Er hatte es gewusst – die ganze Zeit!

»Aber Val!« Ich sah von meinem Finger, an dem der schönste Ring der Welt im Kerzenlicht funkelte, zu demm. »Wo warst du all die Zeit? Ich dachte, du würdest mich nicht mehr lieben! Ich dachte, du würdest weggehen, weil du eine Familie haben willst..«

Vals Strahlen erlosch ein wenig. »Das dachtest du? Ich hätte wohl wirklich früher mit dir reden sollen! Gregor sagte, du würdest dir Sorgen machen, doch ich war mir sicher du wüsstest, dass nichts auf der Welt an meiner Liebe zu dir rütteln könnte.«

Ich schluckte und legte den Kopf schief. »Anfangs war das auch so, aber irgendwann.. du kamst nicht mehr heim..«

Val atmete tief ein und plötzlich merkte ich, dass dey immer noch nervös war. Es war nicht nur der Antrag, der demm aus dem Konzept brachte! Da war noch mehr!

»Val, was ist hier los?« Ich legte denen eine Hand auf den Arm. »Sprich mit mir!«, bat ich, woraufhin Val anfing zu nicken.

Dann nahm dey meine Hand und zog mich aus der Menge fort, die nun wieder zu tanzen begonnen hatte. »Adéla, Liebste.. Darf ich dir jemanden vorstellen?« Dey streckte den Arm aus und als sich die letzten Menschen vor uns lichteten, sah ich ein kleines Mädchen, das auf einem Stuhl in der Ecke des Saals saß. Sie sah Val so ähnlich, dass ich einen kurzen Moment dachte, wir wären in der Zeit zurückgereist. Abrupt blieb ich stehen.

»Val, wer- hast du? Oh mein Gott, ist das dein-« Mehr brachte ich nicht heraus.

Val schüttelte den Kopf. »Nein, nein! Ich habe dich nicht betrogen – Niemals. Das ist *Rosa.* Sie ist meine Nichte.«

»Deine Nichte?« Ich blinzelte und ging näher an das kleine Mädchen mit dem roten Kleid heran, das mich neugierig musterte. Sie konnte nicht älter als drei, höchstens vier Jahre alt sein. »Wie ist das möglich?«

Als die Kleine nun Val sah, hopste sie von dem Stuhl, auf dem sie so brav gewartet hatte, herunter und lief demm entgegen. Dann nahm Val sie hoch und sie strahlte mich an. »Adéla!«

Val nickte. »Richtig! Das ist Adéla, ich habe dir von ihr erzählt!«, sagte dey an die kleine Rosa gewandt und nahm dann meine Hand. »Meine Schwester hatte eine Affäre, ich habe durch Zufall davon erfahren, als ich vor ein paar Monaten in Prag neue

Stoffe holen war. Ihr Mann fand es heraus und zwang sie zu einer Abtreibung. Sie hat sie heimlich bekommen und in ein Heim gebracht. Deshalb war ich so oft fort. Ich habe versucht, das Sorgerecht für sie zu bekommen und wollte keine falschen Hoffnungen schüren.«

»Du bist eine Prinzessin!« Rosa griff nach meiner Krone und ich ließ sie.

Tränen traten mir in die Augen. »Val, ich-«

»-Adéla, ich weiß, das ist viel für einen Tag, aber sie ist meine Nichte und die einzige Familie, die ich außer dir noch habe. Ich konnte sie nicht da lassen, sie braucht doch ein zuhause und wir wollten immer eine Familie sein, und-«

Ich lächelte und diesmal unterbrach *ich* Val mit einem Kuss. Dann wandte ich mich an Rosa, die uns neugierig musterte und meine Krone so fest umklammert hielt, als wüsste sie, was das Stück Metall bedeutete.

»Ja, ich bin eine Prinzessin. Und weißt du was? Du bist auch eine Prinzessin, Rosa. Du bist jetzt die Prinzessin von Krev.« Ich mochte mein Versprechen, das ich vor über zehn Jahren gegeben hatte - Val heile nach Prag zurückzubringen - vielleicht nicht gehalten haben. Doch Val deren schon: Wir würden wirklich eine Familie sein und dey würde bei mir bleiben – bis in alle Ewigkeit. Gemeinsam. Durch Blut und einen Fluch verbunden. Und auch, wenn es immer noch ein Fluch war, schenkte er mir trotzdem eines: Die Unendlichkeit mit dem Menschen zu verbringen, dessen Liebe stärker als alles andere war.

Ende

Extra Sauer – Daeny Levi

»Verpiss dich und lass dich hier ja nie wieder blicken!«

Nina ließ Clarissa keine Chance, etwas zu erwidern. Sie zerrte ihre Freundin – Ex-Freundin, wie sie in diesem Moment beschloss – hinter sich her und schubste sie regelrecht aus der Wohnung. Durch den Schwung schaffte Clarissa es nicht, sich rechtzeitig abzufangen und landete splitterfasernackt wie sie war auf dem Boden. Mit schreckgeweiteten Augen starrte die Vampirin zu Nina empor. Diese riesigen teichgrünen Augen, die Ninas Beine selbst jetzt zu Wackelpudding werden ließen. Clarissas lange blonde Haare fielen ihr zerzaust über die bloßen Brüste. Diese verdammt perfekten Brüste dieser verdammt perfekten Frau. Nina schluckte. Noch vor wenigen Augenblicken hatte sie diesen Anblick genossen und auch jetzt spürte sie, wie ihr die Hitze zwischen die Schenkel schoss. Bevor die Hormone ihren Verstand komplett vernebelten, warf sie Clarissa ihre Klamotten ins Gesicht. Ein Knäuel aus Rock, Bluse, BH und ihren blutroten Lieblingstanga, noch feucht vom Vorspiel. Zu guter Letzt folgte das verräterische Handy, das den Morgen beendet hatte, bevor er richtig begonnen hatte. Nina knallte ihrer Freundin – Ex-Freundin – die Tür vor der Nase zu. Sie lehnte sich gegen die Tür und kämpfte gegen die Tränen der Wut und Trauer an, die in ihren Augen brannten. Erfolglos. Auch ihre Beine gaben unter ihr nach und ließen sie zu Boden sacken. Dort hockte sie nun: Ein nacktes, zusammengekauertes, heulendes Stückchen Elend mit gebrochenem Herzen. Ein Teil von ihr wollte die Tränen und den hämmernden Schlag ihres schmerzenden Herzens, das mit ihnen kam, ersticken, um zu lauschen, ob Clarissa vielleicht nach ihr rief. Der andere Teil war froh darüber, dass sie alle Geräusche um sie herum übertönten. Sonst hätte Nina Clarissa vermutlich erneut hereingelassen. In ihre Wohnung, zwischen ihre Beine, in ihr Herz. Verdammt, diese Frau!

***

Ein Maunzen und etwas Haariges in ihrem Gesicht rissen Nina aus dem Schlaf. Dröhnende Kopfschmerzen bohrten sich in ihr Bewusstsein, noch bevor sie einen klaren Gedanken fassen konnte.

»Nicht jetzt, Siouxsie.« Sie schob die schwarze Katze beiseite. Mit einem empörten Gurren wich diese auf den Nachttisch aus, wobei sie die Sachen, die sich mit der Zeit darauf angesammelt hatten, hinunterfegte. Eine Kaffeetasse mit einem Rest inzwischen schimmeligen Cappuccino landete auf dem schwarzen Flauschteppich, der leicht verrutscht neben Ninas Bett lag, und verteilte ihren klumpig-glitschigen Inhalt zwischen zahlreichen Krümeln. Das Fachbuch über Edelsteine, das der Tasse als Untersetzer gedient hatte, landete direkt neben Ninas Handy.

Nina fluchte und griff nach dem Buch. Das hatte sie vollkommen vergessen. Hatte sie die Leihfrist schon überschritten? Ach was, sie würde ein paar Tage vor Fristablauf eine automatisierte Mail in ihr Uni-Postfach bekommen. Sie klatschte das Buch zurück auf den Nachttisch und angelte nach dem Handy, ohne auch nur einen Gedanken daran zu verschwenden, dafür das Bett zu verlassen.

Der Akku war beinahe leer. Sie war sich nicht mal mehr sicher, wie sie es überhaupt geschafft hatte, von der Wohnungstür zu ihrem Bett zu kriechen.

Wie erwartet hatte sie eine Nachricht von Clarissa. Unschlüssig, ob sie die Nachricht wirklich öffnen sollte, ließ sie ihren Daumen über dem Pop-Up schweben. Wahrscheinlich bat Clari sie um ein Gespräch, um sich zu entschuldigen und natürlich würde Nina ihr verzeihen, wie sie es bisher immer getan hatte. Sie konnte sich noch so oft vornehmen, dieses Mal standhaft zu bleiben. Sobald sie Claris sanfte Stimme hörte und in ihre teichgrünen Augen mit den langen Wimpern sah, verrauchte ihre Wut und ihr Herz schmolz dahin. Clari würde ihr versichern, dass es das letzte Mal gewesen war und sie würde es aufrichtig meinen. Clari war ein verdammter Engel. Ein verdammter, untreuer Engel.

Ein neues Pop-Up ploppte auf. Dankbar, ihr Clarissa-Debakel noch etwas vor sich herschieben zu können, tippte Nina darauf. Eine E-Mail der Uni.

Sehr geehrte Frau Berger,

leider müssen wir Ihnen mitteilen, dass Sie die Klausur im Rahmen des Moduls 05-006-2171 Einführung in die Eigenschaften der Edelsteine III *nicht bestanden haben. Da dies bereits Ihr dritter nicht bestandener Anlauf für diese Klausur war, werden Sie aus dem Studiengang Artefakt-Archäologie exmatrikuliert und für sämtliche Studiengänge, die das Modul* 05-006-2171 *beinhalten, gesperrt.*

Wenn Sie wissen wollen, welche Optionen Sie nun bezüglich eines Studiums haben, wenden Sie sich bitte an die Studierendenberatungsstelle.

Nina starrte auf das Display. Scheiße. Das konnte doch nicht wahr sein! Mit zitternden Fingern schloss sie die Mail und stutzte. In ihrem Uni-Mailfach befanden sich noch weitere ungelesene Nachrichten. Drei Stück von der Universitätsbibliothek. Sie musste die Pop-Ups dieser Mails weggewischt und vergessen haben, diese später zu lesen. Mit einem mulmigen Gefühl öffnete sie die zuletzt eingetroffene Mail. Sie musste nicht mehr als die Betreffzeile lesen, um zu wissen, worum es ging: *Versäumte Rückgabefrist* 1001 Edelsteine und ihre Eigenschaften *von E. Riemann.*

Nina heulte auf und pfefferte das Handy in die Zimmerecke.

»Scheiße, scheiße, scheiße! So eine drecksverdammte Scheiße!«

In Ninas Fluchen mischte sich ein rhythmisches Würgen. Alarmiert sprang sie auf. Verhedderte sich dabei in der Bettdecke und landete mit dem Gesicht voran auf dem Teppich, wo sie in der

Nahansicht zusehen musste, wie Siouxsie eine Mischung aus Katzenfutter und vergessenen Pizzaresten darauf kotzte.

***

Über die Kopfhörer plärrte ihr Ian Curtis *Love Will Tear Us Apart* ins Ohr, während die Tram durch die von Straßenlaternen und Gebäudelichtern beleuchtete Stadt ruckelte. Vielleicht ein bisschen sehr klischeehaft, aber Nina war es satt, ständig Lieder zu skippen. Vielleicht sollte sie sich wirklich mal die Mühe machen, ein paar Playlists zu erstellen, anstatt immer nur sämtliche Lieder in ihre Favoritenliste zu knallen. Sie schnaufte. Vielleicht später; sie hatte gerade wirklich genug andere Probleme.

Die Strafgebühr für die überzogene Leihfrist dieses dämlichen Buchs war horrend. Und da es nicht nur das eine dämliche Buch über dämliche Steine war, das sie ausgeliehen und vergessen hatte, wie ihr die E-Mails ins Gedächtnis gerufen hatten und die Dame am Bibliotheksschalter für überfällige Bücher extra oft betonen musste, durfte Nina natürlich ordentlich blechen. Das wäre sicher nicht passiert, würde die Unibib sich nicht immer so viel Zeit lassen, bevor sie Erinnerungsmails für vergessene Bücher rausschickte. Das war die reinste Abzocke!

Dämliche Bücher für ein dämliches Studium, bei dem sie schon so weit über die Regelstudienzeit hinaus war, dass ihr Zwillingsbruder in der Zeit bereits seinen Bachelor- und Masterabschluss gemacht hatte. Der Gedanke an das Gespräch mit ihren Eltern, die ihr halfen, das Studium zu finanzieren, verstärkten das flaue Gefühl im Magen. Vielleicht konnte sie es noch ein wenig hinauszögern und ein paar Extra-Schichten im *Burgerbite* schieben. Zumindest bis sie wenigstens einen Plan vorzuweisen hatte, wie es für sie weitergehen sollte. Claris Nachricht hatte sie inzwischen gelesen, bisher aber ignoriert. Wie sie vermutet hatte, wollte ihre diesmal-ganz-bestimmt-Ex sich mit ihr zu einem persönlichen

Gespräch treffen. Ein Gespräch, von dem Nina ganz genau wusste, wie es laufen musste, aber ahnte, wie es laufen würde. Am liebsten würde sie die Nachricht einfach komplett ignorieren. Sie hatte Clarissa immerhin persönlich ziemlich deutlich gesagt, dass sie sich verpissen sollte. Reichte das nicht, um die Beziehung als beendet zu erklären?

Ein Typ, der Nina in der Straßenbahn gegenübersaß, schielte zum x-ten Mal zu ihr herüber. Wahrscheinlich glaubte er, dies unauffällig zu machen. Diesmal fing sie seinen Blick auf. Die Mischung aus ihrem Erscheinungsbild mit den kurzen schwarzblauen Haarfransen, dem vom Tag leicht verschmierten schwarzen Augenmakeup Marke übermüdeter Waschbär und den zahlreichen Piercings in Lippe, Nase und Augenbrauen gepaart mit den großen Kopfhörern und ihrem besten Giftblick tat ihr Übriges. Der Typ starrte daraufhin lediglich aus dem Fenster und verließ einige Haltestellen später fluchtartig die Tram. Am liebsten hätte Nina es ihm gleichgetan. Doch wohin sollte sie fliehen? Nach Hause, wo sie ihr Gesicht in Siouxsies weichem Fell vergraben konnte? Andererseits war es nicht nur ihre Katze, die dort auf sie wartete, sondern ebenfalls die Probleme, vor denen sie zumindest noch eine Weile davonlaufen wollte. Einholen würden sie sie früh genug. Sie könnte sich an ihre Freunde oder Noel wenden. Aber erstere würden vermutlich mit gut gemeinten Ratschlägen kommen, die sie in Gedanken bereits jetzt die Augen verdrehen ließen und ihr Zwillingsbruder hatte genug eigene Probleme, den musste sie nicht auch noch mit ihren belasten.

Als die Tram am Wilhelm-Leuschner-Platz hielt, sprang Nina auf und stürmte hinaus, hinein in den nächtlichen Trubel der Innenstadt. Sie drehte die Lautstärke ihrer Kopfhörer voll auf und schlurfte an zahlreichen beleuchteten Schaufenstern vorbei, in denen es allerhand zu sehen gab: Mainstreamklamotten, Bücher, Backwerk, Laptops und anderer Technikkram, noch mehr Klamotten … Kurz überlegte Nina, ob sie nicht doch zumindest kurz bei ihrem Bruder im Bücher-Antiquariat vorbeischauen und Hallo sagen sollte, doch sie verwarf den Gedanken wieder. Noel kannte sie gut; am Ende würde er ihr anmerken, dass es ihr beschissen ging und nachfragen. Scheiß Hexerintuition.

So bog Nina ohne wirkliches Ziel vor Augen in eine Seitengasse ein. Ihre Gedanken sprangen hin und her zwischen Clari und ihrem vergeigten Studium, ihr Blick war fest auf das Kopfsteinpflaster vor ihren schwarzen Plateau-Stiefeln gerichtet. Ein grünlicher Schein legte sich auf das Pflaster und ließ Nina aufblicken. Er kam aus einem Schaufenster, in dem sich Flaschen mit einer durchsichtig-grünen Flüssigkeit reihten, durch die das schummrige Licht des Raumes dahinter fiel und grüne Schemen auf den Boden zu ihren Füßen warf. Über dem Schaufenster befand sich ein schwarzes Schild, auf dem in silbernen Fraktur-Lettern *Carpe Noctem – Nutze die Nacht, trinke Absinth!* geschrieben stand. Über dem Schriftzug zierten drei Fledermäuse das Schild.

Nina schnaufte amüsiert. Da hatte es sie doch glatt zur *Notre Dame* verschlagen. Sie kannte die Absintherie und Gothicbar gut; schließlich war sie oft mit Noel und ihrem gemeinsamen Freundeskreis hier. Jetzt war Nina allein, aber vielleicht war ein *Lipsia Dawn* genau das, was sie gerade brauchte. Von dem Gedanken beflügelt, betrat sie die Bar; in nostalgischer Manier kündete das metallene Glöckchen über der Tür von ihrer Ankunft. Da die Nacht noch recht jung war, saßen nur vereinzelt Leute an den mit Kerzenständern ausgestatteten Holztischen des Innenraums. Nina schenkte ihnen keine Beachtung und stapfte zielstrebig auf den Bartresen zu. Erst als sie direkt davor stand, nahm sie die Kopfhörer ab und ließ ihren Blick kurz über die Regale mit den vielen Flaschen schweifen, in denen sich diverse bunte Flüssigkeiten alkoholischer und unalkoholischer, blutiger und unblutiger Natur fanden.

»Hallöchen!«

Nina zuckte zusammen.

»Meine Güte, Miky! Musst du das jedes Mal machen?!«, fauchte sie den Inhaber und Barkeeper der *Notre Dame* an, der sich gerade neben ihr aus einer Staubwolke manifestiert hatte. Einige Überreste davon schwebten noch um ihn herum. Nina wollte gar nicht wissen, wie oft Miky hier Staub wischen musste, so oft wie er sich diesen Spaß machte.

»Naja, es funktioniert jedes Mal so gut.« Miky kicherte, wobei seine langen spitzen Eckzähne aufblitzten und die Lachfältchen um seine Mund- und Augenwinkel sich vertieften. Seine Augen selbst waren wie immer hinter einer runden Spiegelsonnenbrille verborgen.

Nina verdrehte die Augen, ließ sich auf einen der Barhocker plumpsen und knallte ihre Kopfhörer so laut auf die Theke, dass einige Gäste sich erschrocken zu ihr herumdrehten.

»Schlechte Nacht?«, fragte Miky, ohne sein Grinsen abzulegen.

»Beschissene Nacht«, grummelte Nina. »Ich-brauche-einen-*Lipsia-Dawn* extra-sauer-beschissen«, ergänzte sie.

Miky nickte und machte sich daran, den sauren Cocktail mit Absinth und Zitronensaft zuzubereiten. Zum Schluss garnierte er den Glasrand noch mit zwei halben Zitronenscheiben und schob Nina den Cocktail zu. »Ich habe nicht an Zitronensaft gespart, der Cocktail dürfte jetzt wohl nach dir das Zweitsauerste in diesem Raum sein«.

Der Dadjoke entlockte Nina ein halbherziges Grunzen. Sie nahm einen kräftigen Schluck des Getränks, dessen Säure sich auf ihre Zunge legte und einen angenehmen Schauer über ihren Rücken jagte. Perfekt!

Mit einer geschmeidigen Bewegung öffnete Miky den kleinen Geschirrspüler hinter der Theke und nahm ein Glas heraus, während er sich mit der anderen Hand ein Geschirrtuch schnappte. »Was hat deine Nacht denn derart beschissen gemacht?«, erkundigte er sich beiläufig, während er begann, das Glas zu polieren.

So recht wusste Nina nicht, wo sie anfangen sollte, doch der Alkohol lockerte ihre Zunge, also plapperte sie einfach drauf los: »Meine Freundin … Ex-Freundin – also zumindest glaube ich, dass sie bald meine Ex sein wird – hat mich betrogen«. Sie schnaufte. »Mal wieder. Diese dämliche Flatterfotz–«

»Nana!«, unterbrach Miky sie. »Auch wenn sie dir das Herz gebrochen hat, solche Schimpfworte verbitte ich mir.«

Nina seufzte. »Jaja, du hast ja recht. Aber was soll ich machen, wenn sie ständig von einer Vulva zur nächsten flattert?«

Miky stellte das frisch polierte Glas zu den anderen sauberen ins Regal. »Nun, für deine … angehende Ex-Partnerin – ?« Er sah Nina fragend an und fuhr fort, als sie nickte: »Für deine angehende Ex-Partnerin ist eine monogame Beziehung vielleicht nicht die ideal geeignetste Beziehungsform.«

Nina konnte ein Seufzen nicht unterdrücken. »Ich weiß. Wir haben darüber geredet. Oft. Aber ich kann das einfach nicht. Zu wissen, dass meine Freundin jederzeit mit irgendeiner anderen …« Nina verzog das Gesicht und das lag definitiv nicht an ihrem sauren Absinth-Cocktail. Der Gedanke an die schlaflosen Nächte, die sie gehabt hatte, als Clari und sie es mit einer offenen Beziehung versucht hatten, schmeckte saurer als jede Zitrone.

»Aber wir konnten beide nicht ohne einander. Clari hat mir versprochen, dass sie eine geschlossene monogame Beziehung mit mir führen will, auch wenn es ihr nicht leicht fällt. Eine Weile hat das auch ganz gut funktioniert. Bis sie mir dann irgendwann gebeichtet hat, dass sie fremdgegangen ist. Und es ist nicht bei einem Mal geblieben.« Frustriert nahm Nina eine der Zitronenscheiben von ihrem Glas und biss kräftig hinein. Der Säurereiz ließ sie das Gesicht erneut verziehen, schwächte ihre Wut aber zumindest ein wenig ab.

»Denkst du denn, deine Partnerin – angehende Ex-Partnerin – war mit eurer Einigung glücklich?«

Nina starrte auf die abgeknabberte Zitronenschale, schüttelte den Kopf. »Dann wäre sie nicht fremdgegangen. Sie wollte mir zuliebe ihren Lebensstil ändern, aber … Clari war schon immer ein Freigeist. Wie eine Fledermaus, die eingesperrt nicht glücklich ist, sondern durch die Nacht flattern muss. Wo immer Clari ist, da hat sie die Aufmerksamkeit aller.« Ein wehmütiges Lächeln huschte über Ninas Lippen. »So war das auch, als wir uns kennengelernt haben. Ich war in einem Club feiern und dann sah ich sie auf der Tanzfläche. Sie hat sich so elegant bewegt und mit ihrer blonden Lockenmähne und dem engen Samtkleid sah sie aus wie ein Engel und die größte Sünde zugleich. Sie hat so viele bewundernde Blicke an sich kleben gehabt und dann war es ausgerechnet meiner, den sie erwidert hat.«

Einen Schlag ihrer vollen Wimpern lang hielt die Frau in dem verboten engen Samtkleid Ninas Blick. Dann formten sich ihre dunkel geschminkten Lippen zu einem Lächeln und entblößten dabei scharfe Eckzähne. Wie diese Lippen wohl schmeckten? Wie würden sie sich an ihrem Hals anfühlen? Würde sie zubeißen? Ein Schauer lief durch Ninas Körper, hinterließ eine Gänsehaut auf ihren Armen und ein Kribbeln zwischen ihren Beinen. Die Vampirin kam geradewegs über die Tanzfläche auf sie zugeschwebt. Sie streckte Nina ihre Hand entgegen. Ihre krallenartigen Fingernägel waren ebenfalls in einem dunklen Ton lackiert; die genaue Farbe konnte Nina im spärlichen Licht des Clubs nicht ausmachen. Allein die Nägel ihres Zeige- und Mittelfingers waren heruntergefeilt und abgerundet. »Möchtest du tanzen?«

Ihre Bewegungen passten sich wie von selbst einander an und es dauerte keine drei Songs, bis aus zufälligen Berührungen intensivere wurden. Nina ließ ihre Hände am Körper der Vampirin entlanggleiten, spürte dort, wo das Kleid sie nicht bedeckte, die zarte, kühle Haut unter ihren Fingern und die Gänsehaut, die ihre Berührung auslöste. Sie hatte ein Blumentattoo, das sich vom Hals seitlich über ihr Schlüsselbein rankte und im Ausschnitt ihres Kleides verschwand, um erst wieder unter dessen Saum hervorzukommen. Wie gerne würde Nina alles davon sehen. Sie überall berühren, ohne dieses sexy, aber störende Kleid.

Auch die Vampirin erkundete mit ihren Händen Ninas Körper. Kühle Finger auf ihrer heißen Haut. Während sie ihre eine Hand auf Ninas Hintern legte und sie näher zog, hob sie mit der anderen ihr Kinn an. »Darf ich?«, flüsterte sie gegen Ninas Lippen.

»Ja.« Ninas Stimme war nicht mehr als ein lautloses Keuchen, doch die Vampirin hatte sie verstanden und presste ihre weichen Lippen auf Ninas, während ihre Hand zwischen den Bund ihrer Hotpants und die Netzstrumpfhose darunter glitt. Wenn es nach Nina ging, konnte diese schöne Fremde sie ihr auch direkt vom Körper reißen. Nicht ahnend, dass sich dieser Wunsch noch in derselben Nacht erfüllen würde.

»Erde an Nina!«

Mikys Stimme riss sie aus der Erinnerung jener Nacht im Club zurück in die Gegenwart in der *Notre Dame*.

Verlegen nuckelte sie schnell an ihrem Strohhalm in der Hoffnung, der kühle Cocktail würde die Hitze, die ihr gerade in den Kopf stieg, ein wenig mildern. »Ich war nie gut mit Beziehungen, weißt du? Aber das mit Clari war… Irgendwie… Ach, ich weiß doch auch nicht!« Sie raufte sich die Haare, die danach noch wilder von ihrem Kopf abstanden. »Es war von Anfang an so intensiv und… leidenschaftlich!«

Miky sah auf und schien sie hinter seiner Sonnenbrille zu mustern. »Was war intensiv?«

»Naja, die Küsse, der Sex, die Gefühle, die Streits. Unsere Beziehung. Wir.«

Miky schwieg, nickte aber, als verstünde er genau, was Nina zu sagen versuchte.

»Ich glaube«, fuhr Nina fort und nahm noch einen Schluck, »dass genau das der Grund ist, warum ich es bisher nicht beenden konnte. Ich brauche das; die heftigen Streits, den Versöhnungssex danach. Das Drama, die Leidenschaft. Diese Intensität, die so einnehmend ist, dass das ganze Chaos drum herum in meinem Leben dagegen verblasst und nicht mehr so präsent ist.« Sie senkte die Stimme. »Und nicht mehr so beängstigend.« Ihre Hände verkrampften sich um das kühle Glas. »Aber von Clari zu verlangen, eine Beziehung zu meinen Bedingungen zu führen, mit der ich mich von meinen Problemen ablenken will, ist wohl ziemlich egoistisch.«

»Also möchtest du es beenden?«, fragte Miky.

Nina nahm einen kräftigen Schluck von ihrem Cocktail. »Ich muss.« Auf einmal schien ihr alles glasklar. »So kann es nicht weitergehen, das ist unfair ihr gegenüber und so wie es jetzt ist, tut es keiner von uns gut.«

Nina leerte den Rest des *Lipsia Dawns* in einem Zug und knallte das Glas auf den Tresen. »Danke Miky!« Sie kramte einen zerknitterten Fünfer und einige Münzen aus ihrer Hosentasche. »Stimmt so.«

»Ich danke dir«, flötete Miky mit einem breiten Lächeln. »Ich hoffe, der extra saure Cocktail war nach deinem Geschmack?«

Nina sprang auf und schnappte sich ihre Kopfhörer vom Tresen. »Er war genau das, was ich gebraucht habe.«

Mikys Lächeln wurde noch ein Stückchen breiter. »Freut mich zu hören.«

»Wenn du mich jetzt entschuldigst; ich muss eine Beziehung beenden.«

***

Als sie Clari gestern geschrieben hatte, dass sie reden mussten, hatte Nina sich sicher gefühlt und nicht den winzigsten Zweifel gehegt, dass es die richtige Entscheidung war. Doch als sie sich jetzt auf den Weg zur Absintherie machte, begann sich ein flaues Gefühl in ihrem Magen auszubreiten und wuchs mit jeder Minute. Dass die Straßenbahnfahrt und der eigentlich kurze Fußweg durch die Innenstadt sich heute ewig zu ziehen schienen, machte es nicht gerade besser.

Clarissa saß bereits am Bartresen der *Notre Dame*. Sie musste sich nicht einmal umdrehen; diese hellblonden Locken, die zu einem hohen Pferdeschwanz gebunden den geraden Rücken hinunterflossen und über dem Knackarsch endeten, hätte Nina selbst in einer Nebelnacht erkannt. Ein Seufzer kam über ihre Lippen. Warum musste Clari immer derart figurbetonte Kleidung tragen? Kein Wunder, dass ihre klärenden Gespräche immer in wildem – und verdammt gutem – Versöhnungssex endeten. Aus genau diesem Grund hatte Nina diesmal auf die *Notre Dame* als Gesprächsort bestanden. Selbst wenn dieses Gespräch wieder in einen Streit überging, der ihre Leidenschaft anfachte; sie konnten es ja schlecht einfach auf die Toilette verschieben, um da zu vögeln. Es wäre zwar nicht das erste Mal, aber gerade dass Miky da war und wahrscheinlich genau wissen würde, was Sache ist, würde sie einfach mitten in einem hitzigen Streitgespräch mit Clari aufs Klo verschwinden, gab Nina den Halt, den sie brauchte, um sich zusammenzureißen.

Unter dem Fluss aus blonden Locken erkannte Nina ein schwarzes Croptop, über einem Netzteil, das Claris unteren Rücken bedeckte und in eine schwarze Jeans überging, die sich perfekt an die Rundungen ihres Hinterteils schmiegte.

Als hätte sie Ninas Blick auf sich gespürt, drehte Clarissa sich um. Augenblicklich gingen Ninas Wangen in Flammen auf. Falls die Vampirin bemerkt hatte, dass Nina ihr direkt auf den Arsch geguckt hatte, ließ sie sich nichts anmerken.

»Nina, wie schön, dich zu sehen!« Clari sprang von ihrem Barhocker und strahlte sie mit einem Lächeln an, das ihre spitzen Zähne samt den verlängerten Eckzähnen entblößte und zog sie in eine Umarmung, die Nina zitternd mit schweißnassen Händen erwiderte.

Als Clari sich von ihr löste, waren ihre feinen Augenbrauen zu einer Sorgenfalte verzogen. »Ist alles in Ordnung? Du bist ja ganz versteift.«

Nina senkte den Blick und zuckte mit den Schultern. »Naja, das letzte Mal als wir uns gesehen haben, habe ich dich nackt aus meiner Wohnung geschmissen …« Ein Lachen, das viel zu schrill in ihren eigenen Ohren widerhallte, entwich Nina. »Ich hätte nicht gedacht, dass du mich danach noch so überschwänglich begrüßt«, ergänzte sie kleinlaut.

Clari kicherte und rieb mit der Hand über das Blumentattoo an ihrer linken Halsseite. Die hochgebundenen Haare ließen Nina eine gute Sicht darauf. Es rankte sich über die linke Seite von Clarissas Schlüsselbein und verschwand schließlich im Ausschnitt ihres Croptops, auf dem Nina nun in verwaschenen Lettern die Aufschrift *The Cure* erkannte. Es war Ninas Shirt.

»Unsere Beziehung war doch schon immer recht … impulsiv.« Clari kicherte erneut, doch das Lächeln auf ihren Lippen erreichte nicht ihre Augen. In ihnen lag etwas anderes. Sie sah Nina mit einem Blick an, der ihr einen wohligen Schauer über den Rücken jagte und ein Kribbeln in ihrem Bauch und zwischen ihren Beinen auslöste.

»Guten Abend die Damen.«

Nina zuckte zusammen. Hatte Miky schon die ganze Zeit ihnen direkt gegenüber hinter der Bar gestanden? Sie hatte nicht darauf geachtet. Ihr Blick huschte zu Clarissa, die ihren Blick ebenfalls Miky zugewandt hatte. Scheinbar hatte er sie genauso überrascht.

»Darf es etwas zu trinken sein?« Wie üblich lächelte Miky sie mit seinen spitzen Zähnen offen an, während seine Augen hinter der runden Spiegelsonnenbrille verborgen waren. Sein weißer Iro hing schlapp zur Seite und ein Dreitagebart zierte Kinn und Wangen, was seine Lachfältchen betonte.

»Und wie es das darf!«, sagte Nina, während sie sich auf einen Barhocker plumpsen ließ. Dieses Gespräch würde sie garantiert nicht nüchtern führen.

»Lass mich raten; einen *Lipsia Dawn* extra sauer für das sonnige Gemüt?«

Der Giftblick, den Nina Miky zuwarf, entlockte ihm ein Kichern und auch Clarissas Mundwinkel zuckten verräterisch.

»Ihr mich auch«, brummte Nina. »Den *Lipsia Dawn* nehme ich trotzdem.«

»Für mich bitte einen *Death in the Afternoon*« flötete Clari, die ebenfalls wieder auf ihrem Barhocker Platz genommen hatte.

»Lebendig?«, fragte Miky.

Clarissa nickte. »Ja, bitte. Gerne mit süßem Blut, wenn du welches hast.«

Miky gluckste. »Na aber sicher.« Er griff in den Kühlschrank unter der Theke und holte einen Kunststoffbeutel heraus, aus dem er etwas Blut zusammen mit Eiswürfeln und rotem Absinth in seinen Cocktail-Shaker gab und das Ganze kräftig schüttelte, bevor er das Blut-Absinth-Gemisch in ein Champagnerglas gab. »Den Champagner ebenfalls süß?« Er sah auf und musterte Clari. »Nein, lieber trocken. Stimmt´s?«

Sie schenkte ihm ein Lächeln. »Ganz genau.«

Er goss die Blut-Absinth-Mischung mit dem Blubbergesöff auf und stellte Clari das Glas mit der milchig-rötlichen Flüssigkeit hin. Kurz darauf hatte auch Nina ein Glas mit zwei Zitronenscheiben am Rand vor sich stehen. Clari hielt ihr ihr Glas entgegen und sah Nina direkt in die Augen. Nina widerstand dem Drang, ihren Blick von diesen teichgrünen Augen, in denen ihr Verstand beinahe zu ertrinken drohte, abzuwenden und stieß ihr Glas dagegen. Ein wenig zu heftig; aus beiden Gläsern schwappten einige Tropfen über den Rand und regneten auf den Bartresen. Sofort war Miky mit einem Lappen zur Stelle und wischte sie fort.

Während Clarissa an ihrem Glas nippte, nahm Nina einen kräftigen Schluck und wappnete sich für das, was folgen würde. Folgen musste. »Clari, wegen neulich … also … es tut mir leid, dass ich dich einfach so rausgeschmissen habe. Aber nachdem plötzlich diese Nachricht auf deinem Handy aufgeploppt war …«

Clarissa strich sich eine Strähne, die sich aus ihrem Pferdeschwanz gelöst hatte, hinters Ohr und beobachtete die Luftbläschen in ihrem Getränk, ein leicht abwesendes aber irgendwie auch trauriges Lächeln huschte über ihre perfekten, dunkelrot geschminkten Lippen, bevor sie diese an das Glas setzte und langsam einen Schluck nahm. »Es war auch nicht unbedingt die cleverste Idee, dir mein Handy in die Hand zu drücken, um damit Musik über die Bluetooth-Box zu spielen, wenn ich nebenbei mit ihr schreibe, aber…« Clarissa sah auf, das Lächeln war verschwunden. »Ich denke, ein Teil von mir *wollte*, dass es auffliegt.«

Ein Stich durchfuhr Ninas Herz und hinterließ einen Knoten aus mulmigen Gefühlen in ihrem Magen. Sie schluckte gegen diesen an. Es half nicht, also nahm sie noch einen Schluck ihres Cocktails. Die Säure des Zitronensafts und die Schärfe des Absinths konnten nichts gegen den Knoten ausrichten, halfen ihr aber immerhin, ihre Stimme zu finden, wenn sie sich auch verdächtig rau anhörte. »Warum?« Eine rein rhetorische Frage. Nina erahnte die Antwort bereits.

»Weil ich das brauche.« Clarissa biss sich auf die Unterlippe, bevor sie sagte: »Ich liebe dich, Nina. Und vermutlich könnte ich auch eine monogame Beziehung mit dir führen, wenn ich mir wirklich Mühe gebe, aber –«

»Du willst es nicht«, beendete Nina den Satz mit monotoner Stimme. »Weil du den Kick brauchst, den es dir gibt, wenn du mit einer anderen schläfst und dabei an mich denkst. Wie die Streits, die wir danach haben und den Sex, in dem sie immer enden. Du brauchst diese Leidenschaft.« *Und ich brauche sie auch*, fügte Nina in Gedanken hinzu.

Clarissa nickte sichtlich betreten. »Wenn ich solche intensiven Gefühle habe, fühle ich mich so … lebendig.« Ein Lächeln, gleichermaßen entschuldigend wie traurig legte sich auf ihre Lippen. »Und genau deswegen muss ich es beenden.«

Genauso gut hätte Clari sie eine Klippe hinunterstoßen können.

»Es ist wie eine Sucht. Ich weiß, dass mir das genau so wenig guttut wie dir, aber trotzdem komme ich nicht davon weg. Obwohl ich weiß, wie sehr es dich jedes Mal verletzt. Nur weil wir beide diesen Schmerz und alles andere brauchen, heißt das nicht, dass es uns guttut. Ich will dir nicht länger weh tun. Nicht auf diese Art.« Tränen verwässerten die teichgrünen Augen der Vampirin.

Nina fühlte sich, wie in diesen Halbschlaf-Momenten, in denen sie zu fallen glaubte und dann aufschreckte. Nur, dass sie in einem Traum gefangen war, aus dem sie nicht erwachen konnte. So sollte das nicht laufen! Sie hatte es beenden wollen. Sie war diejenige, die betrogen worden war. Wieder und immer wieder. Diese Trennung hätte in ihrer Kontrolle liegen sollen. Clari hatte sie ihr einfach genommen.

»Das kann nicht –«, stammelte Nina. »Du kannst doch nicht einfach –« Die Worte blieben ihr geradezu im Hals stecken.

»Ich muss!« Clarissa stürzte den Rest ihres *Death in the Afternoon* in einem Zug hinunter. »Es ist für uns beide das einzig Richtige. Verzeih mir.«

Nina war wie gelähmt. Als würde sie alles um sich herum in Zeitlupe wahrnehmen, konnte sie nur zusehen, wie Clari in einer eleganten Bewegung zwei Scheine aus ihrem Portemonnaie zog und sie auf den Tresen legte. »Ich lade dich ein; ein Abschiedsgeschenk, genau wie das.« Sie beugte sich vor und hauchte Nina einen Kuss auf die Lippen. Zärtlich, nicht wie sonst voller Leidenschaft; ein Abschiedskuss. »Lebewohl.«

Der Anblick von Clarissas wippendem Pferdeschwanz, als sie ihr den Rücken zudrehte und aus der Absintherie in die Nacht hineineilte, brannte sich in Ninas Gedächtnis ein.

***

Genervt stöhnte Nina auf als Papa Emeritus ihr den Refrain von *Mary On A Cross* aus dem Lautsprecher ihres Smartphones entgegenplärrte.

Sie brauchte einige Versuche, bis sie den Snooze-Button auf dem Gerät erwischte und den *Ghost*-Sänger zum Verstummen brachte. Der Sperrbildschirm überschrieb das Interface der Wecker-App und auf einmal starrte Nina ein teichgrünes Augenpaar entgegen. »Fahr zur Hölle.« Sie pfefferte das Smartphone Richtung Flauschteppich und zog sich die Decke über den Kopf. Eine Woche war es jetzt her, dass Clarissa ihr ihre Trennung weggenommen hatte. Sieben verdammte Tage, in denen Nina es weder geschafft hatte, ihr Bild aus ihrer Hintergrund-Rotation zu entfernen, noch ihr Lieblings-Croptop zurück zu verlangen.

Irgendwann vernahm sie ein Maunzen, gefolgt von einem Gurren, als sie spürte, wie Siouxsie auf die Matratze sprang. Ein weiteres Maunzen.

»Jetzt nicht«, brummte Nina und drehte sich um.

Siouxsie schien davon wenig beeindruckt; das nächste Maunzen kam mit einer Tatze im Gesicht.

Nina wollte sich gerade die Decke über den Kopf ziehen, da plärrte irgendwo vom Boden die selbstgewählte Melodie des bekannten *Ghost*-Songs.

»Fuck!«

Nina sprang aus dem Bett. Siouxsie machte einen Satz zur Seite und gurrte empört.

»Fuckfuckfuck!«

Sie fischte das Handy vom Boden und schaltete den Alarm diesmal komplett aus. Ihr Blick fiel dabei auf die Uhrzeit. »Fuckfuckfuck, verdammte Scheiße, fuck!«

Sie kam zu spät zur Arbeit. Mal wieder. Nina hetzte aus der Straßenbahn, ignorierte dabei die empörten Rufe eines älteren Herren, den sie angerempelt hatte, und sprintete die Straße entlang zum *Burgerbite.* Ihre Arbeitskleidung hatte sie zuhause noch schnell in ihre Tasche gestopft und hoffte inständig, dass sie diese nicht zu verknittert wieder daraus hervorziehen würde. Sie eilte durch die Hintertür des Burger-Restaurants und stieß dabei mit einem der Köche zusammen, der vermutlich gerade auf dem Weg zu einer Raucherpause war.

»Sorry«, murmelte Nina. »Bin spät dran.«

»Ich weiß«, bemerkte der Koch. »Und die Chefin auch.« Er mied Ninas Blick. »Sie möchte mit dir sprechen.«

Mit einem mulmigen Gefühl im Magen betrat Nina den winzigen Raum, in dem sich die Spinde der Mitarbeitenden befanden und der gleichzeitig als Umkleide- wie auch als Pausenraum fungierte. Samira erwartete sie bereits mit verschränkten Armen und ungeduldig wippendem Fuß.

»Entschuldige die Verspätung, ich –«

»Das kannst du dir sparen«, fuhr ihre Chefin dazwischen. »Das ist das dritte Mal diesen Monat, dass du zu spät bist. Ich weiß nicht, ob du es vergessen hast, aber du hast deswegen schon eine Abmahnung bekommen.«

Das hatte Nina nicht vergessen. Es war ihre zweite gewesen. Die erste hatte sie bekommen, nachdem ein unfreundlicher Kunde sich über sie beschwert hatte, weil sie ihn angeblich beleidigt hatte. Vielleicht war sie ihm gegenüber wirklich ein wenig zu direkt gewesen, aber der arrogante Fatzke hatte es verdient. Er hatte mehrfach am Essen rumgemeckert und behauptet, sie habe seine Bestellung falsch aufgenommen. In einem scheiß unhöflichen Ton, während der Haupt-Stoßzeit, die sie alleine managen musste, weil ihre Kollegin spontan ausgefallen war.

»Das kann ich nicht länger dulden.« Ihre Chefin funkelte sie durch die kantigen Gläser ihrer Brille an. »Du brauchst dich gar nicht erst umzuziehen, Natalie ist schon für dich eingesprungen. Tu mir – tu uns allen den Gefallen und nimm deine zwei Wochen Resturlaub. Du bekommst noch eine schriftliche Kündigung.

Eigentlich hättest du dann eine Kündigungsfrist von drei Monaten, aber ganz ehrlich? Solltest du in der Zeit etwas Neues finden, habe ich auch kein Problem damit, dich eher aus deinem Vertrag zu entlassen.«

Nina starrte ihre Chefin an. »Das ist nicht dein scheiß Ernst.«

»Oh doch, das ist mein voller Ernst.« Noch nie hatten die warmbraunen Augen ihrer Chefin so kalt auf Nina gewirkt. »Du kommst ständig zu spät, bist vorlaut und frech zur Kundschaft und –«

»Das stimmt doch gar nicht!«, protestierte Nina. »Hör mal, es ist doch nicht meine Schuld –«

Samira schnaubte verächtlich. »Das ist es nie, was? Es sind immer die anderen schuld, nie du selbst. Wenn du zu spät bist, hat die Straßenbahn Verspätung oder eine Nachbarin hat dich aufgehalten. Bist du patzig zur Kundschaft, hat stets sie angefangen oder etwas falsch verstanden, wenn sie sich über dich beschwert. Aber auf die Idee, mal eine Bahn eher zu nehmen oder an deinem Ton anderen gegenüber zu arbeiten, kommst du natürlich nicht. Es ist ja nicht deine Schuld. Vielleicht ist dir die Kündigung ja eine Lehre, so langsam mal Verantwortung für dein Handeln zu übernehmen.«

Nina wollte etwas erwidern, doch Samira stoppte sie mit einer eindeutigen Handbewegung. »Die Diskussion an der Stelle kannst du dir sparen. Es reicht.«

»Ach fick dich doch!« Nina kämpfte mit den Tränen, doch vor so einer eingebildeten Gans wie Samira würde sie sicher nicht anfangen zu flennen. Sie ließ ihre Chefin stehen, die ihr irgendetwas hinterherrief. Das Blut in Ninas Ohren rauschte zu laut, um zu verstehen, was es war. Sie war sich allerdings sicher, dass sie es auch gar nicht hören wollte. Eigentlich hatte sie Samira bitten wollen, aus ihrem Nebenjob eine Vollzeitstelle zu machen, jetzt da sie aus dem Studium geflogen war. So viel dazu. Verdammte Scheiße!

Nina rannte. Floh durch die schmalen Gassen, drängte sich an Vampiren, Menschen und allen anderen möglichen und unmöglichen Gestalten der Nacht vorbei. Im Sommer, wenn die Sonne spät unter- und früh aufging, nutzten besonders jene, denen die Sonne ernsthafte gesundheitliche Probleme machte, die wenigen Stunden ohne sie.

»Hey, pass doch auf!«

Die Frau, in die Nina hineingerannt war, drehte sich mit sichtlich genervtem Blick zu ihr um. Als sie Nina ansah, verschwand dieser jedoch. »Oh je, du armes Ding. Ist alles in Ordnung?«

Nina wollte etwas erwidern, aber die Tränen erstickten ihre Worte. Sie ignorierte die Frau und rannte weiter. Sie brauchte kein Mitleid. Nicht von dieser fremden Frau, nicht von ihrem Bruder oder ihren Freunden und erst recht nicht von Clarissa. Die Tränen, die so verzweifelt hatte zurückhalten wollen, liefen ihr nun in Strömen über die Wangen und immer heftigere Schluchzer brachen aus ihrer Kehle. Schließlich musste Nina stehen bleiben und um Luft ringen. Ihr Blick fiel dabei auf das Glasfenster, vor dem sie stehen geblieben war. Daraus blickten ihr ihre aufgequollenen Augen mit den nun verschmierten Makeup-Resten von gestern entgegen. Sie sah aus, wie ein Waschbär, der zu viel gekifft hatte.

Die schweren schwarzen Samtvorhänge hinter dem Schaufenster waren zugezogen, aber ein schwacher Schein stahl sich durch den Spalt zwischen ihnen und brach sich in einigen der Absinthflaschen im Schaufenster. Nina stand wieder einmal vor der *Notre Dame*.

Sie seufzte. Wenn sie schon hier war, konnte sie auch ihre Sorgen auf dem Boden eines Cocktailglases ertränken. Es war sowieso niemand da, der sie dafür tadeln konnte, in emotionalen Situationen lieber zum Glas zu greifen als sich nüchtern mit dem ganzen Bullshit auseinandersetzen zu müssen. Clari war weg, ihr Zwillingsbruder musste nichts davon erfahren und Miky war als

Barkeeper geübt darin, Leuten Drinks zu servieren und ihnen zuzuhören, ohne ungefragte Moralpredigten zu halten.

Entschlossen zog Nina die Rotze hoch und wischte mit dem Unterarm die Tränen weg. Das Glöckchen über der Tür schrillte und sie fand sich in einer leeren Absintherie wieder. Das war ungewöhnlich. Normalerweise öffnete Miky die *Notre Dame*, sobald die Sonne unterging. Der alte Vampir lebte in einer kleinen Wohnung direkt über der Absintherie und verzog sich erst wieder mit den ersten Strahlen der Sonne in seinen Sarg. Und irgendwer verirrte sich immer in die *Notre Dame*. Doch nun konnte Nina niemanden entdecken. Weder Kundschaft noch Miky waren zu sehen. Aber die Tür war doch offen und die dutzenden kleinen Laternen an den Wänden und über dem Tresen, sowie die Kerzen auf den Tischen brannten und verteilten gemütlich schummriges Licht in der Absintherie, während aus den Lautsprechern leise, melancholische Musik dudelte.

»Miky? Bist du da?«

Keine Antwort.

Nina ließ ihren Blick erneut durch den Raum schweifen. Er blieb am Bartresen hängen, wo sich ein Glas mit milchig grüner Flüssigkeit und zwei Zitronenscheiben am Glasrand sowie ein abgerissener Zettel befanden. Sie trat näher und spähte auf den Zettel, auf dem in elegant geschwungener Schreibschrift stand:

Ein Lipsia Dawn, extra sauer, für Nina. Mein Crushed Ice ist alle, ich bin kurz im Supermarkt in den Höfen, neues besorgen. Könntest du ein Auge auf die Absintherie haben, solange ich weg bin? Der Drink geht auf's Haus. Danke!

Das Glas war noch von einem feinen Kondenzwasserfilm überzogen und fühlte sich kalt an, als Nina es in die Hand nahm. Miky konnte noch nicht allzu lange weg sein. Er hatte gewusst, dass sie herkommen würde? Manchmal war der alte Vampir echt creepy. Er sah aus wie Ende vierzig, Anfang fünfzig, musste also vermutlich mindestens an die neunzig sein, wenn nicht sogar noch älter.

Dass er einige magische Tricks auf Lager hatte, wunderte Nina nicht. Dass er ihren spontanen Besuch vorausgesehen hatte, und scheinbar auch noch die genaue Zeit, war jedoch eine Haunummer für sich.

Sie nahm einen Schluck von dem *Lipsia Dawn*. Er schmeckte hervorragend, hatte genau den Grad an Säure, den sie gerade brauchte. Ein Lächeln huschte über ihre Lippen. Ein gratis Drink, dafür, dass sie ein paar Minuten auf eine leere Bar aufpasste? Das war kein übler Deal. Die Höfe waren nur die Straße runter, Miky würde also kaum länger als eine Viertelstunde weg sein.

Sie ließ sich auf dem Barhocker nieder und zückte ihr Smartphone. Sie klickte auf die Nachricht von Noel. Ihr Zwillingsbruder erkundigte sich, wie es ihr ging und ob sie sich mal wieder treffen wollten, um sich gegenseitig upzudaten, was gerade in ihren jeweiligen Leben los war. Einen Augenblick lang starrte sie auf den Chat, dann schloss sie ihn. Nina verspürte nicht das geringste Bedürfnis, ihm auch nur von einer der Vollkatastrophen, die gerade ihr Leben bestimmten, zu erzählen, solange sie nicht zumindest irgendetwas davon in den Griff bekommen hatte. Stattdessen öffnete sie die Suchmaschine und tippte *Gastro Jobs Leipzig* in die Suchleiste. Es gab hier so viele Restaurants, irgendwo würde sie schon einen Kellnerinnenjob finden. Es war ja nicht so, als wäre sie schlecht darin, sie war in letzter Zeit nur eben nicht ganz bei der Sache gewesen. Vielleicht war es einfach Zeit für einen Neuanfang.

Noch bevor sie auf eins der Suchergebnisse klicken konnte, ließ ein Klirren Nina zusammenzucken.

»Was zum Fick?«

Sie spähte hinter die Bar und Tatsache; unter dem Regal mit den Gläsern lagen Scherben. Da hatte Miky wohl ein Glas nicht richtig ins Regal gestellt.

»Alter Schussel«, grummelte Nina, während sie sich daran zu schaffen machte, in den Schränken hinter dem Bartresen nach

Handfeger und Kehrblech zu suchen. Glücklicherweise war direkt der erste Schrank ein Volltreffer. Sie hätte nur ungern in Mikys Abwesenheit dessen Bar durchwühlt.

Offensichtlich war das nicht das erste Glas, das hier zu Bruch gegangen war; unter der Theke entdeckte Nina einen schlichten Mülleimer, der bereits zu einem guten Drittel mit Scherben gefüllt war. Gerade als sie die Überreste des zerbrochenen Glases hinein kippte, schellte das Türglöckchen und kündigte Mikys Rückkehr an.

Statt Mikys weißem Iro und der runden Spiegelsonnenbrille schob sich jedoch ein locker gebundener brauner Dutt, der zu einer jungen Frau gehörte, durch die Tür. Ihr folgten ein Mann und eine weitere Frau im selben Alter.

»Eine wunderschöne gute Nacht«, flötete die Dutt-Dame. »Nach dieser Nacht brauche ich uuunbedingt einen *Corps Reviver*, wenn ich es noch irgendwie nach Hause schaffen will. Meine Füße bringen mich um!«

»Ähm, sorry«, stammelte Nina. »Der Barkeeper ist leider nicht da und ich bin nicht–«

»Oh ja, ich würde sterben für einen *Lipsia Dawn*.«

Die zweite Frau kam an den Tresen und schaute mit großen rehbraunen Augen auf die Cocktailkarte, die in Mikys elegant geschwungener Schrift an die Tafel hinter dem Bartresen geschrieben war. Dabei strich sie sich eine rote Strähne ihres stylisch zerzausten Bobs hinter das Ohr. Nina schluckte. Verdammt, war die süß! So geflasht auf den ersten Blick war sie das letzte Mal von – Nein! Sie würde nicht zulassen, dass der Gedanke an ihre fremdgehende, croptopstehlende Ex ihr diesen Moment kaputt machte.

Die Rothaarige schien Ninas Blick zu bemerken, sie erwiderte ihn und lächelte. Hitze breitete sich in Ninas Magengegend und ihren Wangen aus. *Verdammt.*

»Entschuldige Liebes, was hast du gesagt?«

Die Stimme der Dutt-Dame riss sie aus ihren Gedanken.

Vermutlich war das eine blöde Idee. Garantiert war das eine blöde Idee. Wie lange brauchte Miky denn, um ein bisschen verdammtes Crushed Ice keine fünfhundert Meter die Straße runter aufzutreiben?

»Ach, gar nichts«, Nina machte eine abwinkende Handbewegung. »Einen *Lipsia Dawn*, einen *Corps Reviver* … jeweils lebendig oder tot?«

»Beide lebendig bitte, Liebes«, sagte die Dutt-Dame und lächelte betont, um Nina ihr scharfes Gebiss mit den verlängerten Eckzähnen zu präsentieren.

Nina wandte sich an den Begleiter der beiden Frauen. »Und was bekommst du?« Fuck, was sollte das? Das hier war nicht ihre Bar.

Er ließ seinen Blick ebenfalls kurz über die Karte schweifen. »Ich würde diesen hauseigenen Absinth probieren. Den roten davon, wie nanntet ihr den gleich?«

Nina musste nicht lange überlegen, sie war selbst eine begeisterte Trinkerin von Mikys selbstdestillierten Absinth-Kreationen. »Der Rote heißt *Vampire's Vengeance*. Neben Anis ist hier Kirsche eine der Hauptzutaten.

Der Typ nickte. »Klingt gut, bitte auch lebendig und mit Zuckerflamme. Ich mag es heiß und süß.« Bei den letzten Worten zwinkerte er dem Rotschopf zu.

Die zierliche Frau strich sich eine ihrer roten Strähne hinter das Ohr und lachte. Es klang eher unbehaglich und die Tatsache, dass sie sich im selben Moment von dem Typen wegdrehte, bestärkte Ninas Verdacht.

»Ich würde ja sagen, dann pass mal auf, dass du dir nicht die Finger verbrennst«, erwiderte Nina trocken. »Aber wer keine Ahnung von Feuer hat, sollte eher Angst haben, dass er sich nicht vor Blödheit die Augenbrauen abfackelt.«

Der Typ starrte sie einen Augenblick an und öffnete den Mund, als wolle er etwas erwidern. Scheinbar fiel ihm jedoch nichts ein, da er ihn direkt wieder schloss, was ihn aussehen ließ wie einen

Karpfen. Auch die beiden Frauen starrten sie an. Verdammt, war sie zu weit gegangen? Die Vampirinnen prusteten los, während der Typ beschämt den Kopf senkte. Erleichtert atmete Nina auf und machte sich hinter der Bar zu schaffen. Fuck. So viel dazu, dass sie in Mikys Abwesenheit nur ungern in dessen Bar rumwühlen wollte. Aber die kleine Rothaarige mit ihren Rehaugen hatte irgendetwas in Ninas Gehirn lahmgelegt und ein Teil von ihr hoffte noch immer inständig, dass Miky jeden Augenblick zurückkommen würde, damit sie die Bestellung einfach weiterleiten konnte. Sollte das jedoch nicht der Fall sein, wäre es unhöflich, die drei jetzt warten zu lassen, nachdem sie nun schon einmal die Bestellung aufgenommen hatte.

Das Dreiergespann nahm an der Bar Platz. Sie unterhielten sich über die Party, von der sie scheinbar kamen. Eigentlich wollte Nina versuchen, dem Gespräch zu folgen, um den Namen der rothaarigen Vampirin zu erfahren, aber sie war zu fokussiert auf die Zubereitung der Cocktails und vor allem auch darauf, herauszufinden, wo Miky was dafür aufbewahrte. Nina könnte sich zwar damit herausreden, dass sie neu hier sei und ihr Chef gerade neues Eis holen, aber wenn sie die Chance hatte, einen guten Eindruck bei ihren Gästen – vor allem bei der süßen Rothaarigen – zu hinterlassen, dann wollte sie sie nutzen.

Sie kannte sich mit Absinth aus, hatte Miky schon etliche Male die Cocktails zubereiten sehen und in ihrem alten Job ebenfalls schon Cocktails gemixt. Wenn sie alles, was sie dafür brauchte, fand, sollte das ein Kinderspiel werden.

Die Gläser bewahrte Miky gut sichtbar und penibel sortiert in dem Schrank hinter ihr auf. Der Absinth befand sich auch dort in einem anderen Fach, ebenfalls säuberlich geordnet. Das war leicht. Zitronen und Blutkonserven waren logischerweise in dem kleinen Kühlschrank unter dem Bartresen. Das Fach daneben war doch bestimmt … Volltreffer! Ein Gefrierschrank gefüllt mit einigen Packungen Eiswürfel und … noch zwei Packungen Crushed Ice?

Nina zog die Augenbrauen zusammen. Merkwürdig. Die Packungen lagen gut sichtbar im Gefrierschrank. Wie hatte Miky sie übersehen können?

Nina schüttelte den Kopf und füllte einige Eiswürfel in den Cocktail-Shaker, den sie instinktiv aus dem sauberen Geschirrspüler gezogen hatte. Wo bewahrte Miky die Zitronenpresse auf? Vielleicht in dem Schränkchen neben dem Spüler? Tatsache!

Nachdem sie die Cocktails gemixt und den Frauen serviert hatte, griff sie nach einem Absinth-Glas und füllte etwas Blut aus dem Konservenbeutel hinein. Sie zog die erstbeste Schublade auf und fand direkt, was sie gesucht hatte: einen kunstvoll verzierten Löffel mit Löchern darin. Sie drapierte diesen über dem Glasrand. Auch die Zuckerwürfel fand sie direkt beim ersten Versuch. Sie legte einen Würfel auf den Löffel und goss den roten Absinth über den Zuckerwürfel in das Glas. Anschließend stellte sie dem jungen Mann das Glas hin und reichte ihm eine kleine Karaffe mit Eiswasser dazu. Zum Schluss zündete sie den Zuckerwürfel an.

Begeistert beobachtete ihr Gast, wie der Zucker durch die Flamme in den Absinth schmolz. Als der gesamte Zucker ins Glas geflossen war, schenkte er ein wenig von dem Eiswasser nach, woraufhin die rote Flüssigkeit die typisch milchige Optik annahm.

Nachdem die drei Vampire ihre Drinks geleert und bezahlt hatten – zu Ninas Freude mit einem ordentlichen Trinkgeld – verabschiedeten sie sich und verließen die *Notre Dame*.

Nina hatte die ganze Zeit mit einem Lächeln hinter der Bar gestanden und wenn sie angesprochen wurde, mit den dreien geredet und gescherzt, aber kaum waren sie aus der Tür, verfinsterte sich ihr Gesichtsausdruck. Sie warf einen besorgten Blick auf die Zeitanzeige ihres Smartphones. Bald würde die Sonne aufgehen und Miky war noch immer nicht zurück. Außerdem war doch noch Crushed Ice im Kühlschrank. Verdammt, irgendetwas stimmte hier nicht!

Sie ließ ihren Blick über den Arbeitsbereich hinter dem Bartresen schweifen und tatsächlich blieb er an einem Schlüsselbund hängen, der ihr davor im Eifer des Gefechts nicht aufgefallen war. Kurzerhand schnappte sie ihn sich.

Nachdem sie die Absintherie hinter sich zugeschlossen hatte, hastete sie die Straße zu den Höfen am Brühl entlang. Miky wollte Eis in dem Supermarkt dort kaufen. Vielleicht konnte ihr da jemand sagen, ob und wann sie Miky gesehen hatten. Die ersten Sonnenstrahlen fielen über die Häuserdächer und das mulmige Gefühl in Ninas Magen verstärkte sich.

Im Vorbeihasten blitzte etwas Blaues in ihrem Augenwinkel auf. Nina brauchte einige Schritte, ehe ihr Gehirn die Information verarbeiten konnte, dann blieb sie abrupt stehen und drehte sich um. Vor einem Seitentor lag eine Plastikpackung Crushed Ice. Ihr Inhalt war fast vollständig zu einer Wasserpfütze geschmolzen.

»Miky?!« Nina drehte sich um die eigene Achse und sah in alle Richtungen. »Miky! Bist du hier irgendwo?«

»Oh, ja hier bin ich«, drang Mikys Stimme gedämpft hinter dem geschlossenen Tor hervor.

Nina eilte darauf zu und erkannte, dass das alte Tor von außen mit einem Riegel verschlossen war. Sie öffnete das Tor. Gurrend schoss eine buschige rote Katze daraus hervor, gefolgt von Miky.

»Was zum Arsch –?« Nina blickte ihn verständnislos an.

Miky rückte seine runde Sonnenbrille zurecht, hob das geschmolzene Crushed Ice auf, und musterte die Packung. »Ich war gerade auf dem Rückweg, da schnurrte mich dieses Kerlchen an.« Er deutete auf den roten Kater, der gerade mit zuckendem Schwanz eine Straßenlaterne markierte. »Ich bin ihm in den Durchgang gefolgt und auf einmal schloss sich das Tor hinter mir. Ich habe gerufen, aber wer auch immer es zugemacht hat, hat mich scheinbar nicht hören können. Und dann saßen wir beide da drin fest.«

Nina hob die Augenbrauen. »Und du hättest dich nicht mit deinem Staubwolkentrick unter dem Tor durchquetschen können? So morsch wie das ist, muss es doch einen passenden Spalt dafür haben.«

Miky zuckte mit den Schultern. »Ich hab`s versucht, aber anscheinend hat jemand einen Anti-Einbruchszauber auf das Tor gelegt, damit niemand mit der Hilfe von Magie reinkommt.«

»Und du nicht raus.«

»Unglücklicherweise.« Miky grinste schief und hielt sich trotz seiner Sonnenbrille eine Hand vor die Augen, um sie gegen die aufgehende Morgensonne abzuschirmen. »Hättest du etwas dagegen, wenn wir uns auf den Rückweg begeben würden? Ich fürchte, ich bekomme Sonnenbrand.«

Zurück in der Absintherie klatschte Miky die Packung Wasser in das Waschbecken und kramte eine Lotion gegen Sonnenbrand aus dem Erste-Hilfe-Kasten, die er sich auf Stirn und Wangen schmierte, ohne dabei die runde Sonnenbrille abzunehmen.

»Sag mal, Miky«, sagte Nina gedehnt. »Dir ist bewusst, dass in deinem Gefrierschrank noch zwei Packungen Crushed Ice liegen?«

Er sah auf. »Nö. Die habe ich wohl übersehen.« Ein Grinsen entblößte seine Fangzähne. »Na ein Glück. Dann ist es ja nicht so schlimm, dass mir die hier weggeschmolzen ist.« Er deutete auf den Wasserbeutel. Sein Blick fiel dabei auf die leeren Gläser auf dem Bartresen und das beinahe unangetastete Glas mit ihrem eigenen *Lipsia Dawn*. »Oh, du hattest Kundschaft?«

»Äh ja. Ich bin irgendwie einfach in den Arbeitsmodus gerutscht und habe nicht weiter nachgedacht.«

Verlegen knetete Nina ihre Hände. »Aber die Drinks sahen echt gut aus und scheinen den Gästen auch geschmeckt zu haben!«, fügte Nina hinzu. »Ich habe selbst von dem Typen, dem ich einen dummen Spruch an den Kopf geknallt habe, Trinkgeld bekommen. Also, er hat mit den dummen Sprüchen angefangen, sonst hätte ich das natürlich nicht gemacht. Die beiden Frauen mit denen er da war, fanden meinen Spruch im Gegensatz zu seinem wenigstens lustig.« Bei dem Gedanken an die rothaarige Vampirin mit den Rehaugen huschte ein Lächeln über Ninas Lippen.

Miky lachte glucksend. »Manchmal brauchen Gäste neben einem Drink auch ein offenes Ohr. Oder eben ein loses Mundwerk.«

»Ey!« Nina funkelte ihn an, dann brachen sie beide in schallendes Gelächter aus.

»Ich danke dir, dass du spontan eingesprungen bist«, sagte Miky, nachdem sie sich beruhigt hatten.

Nina winkte ab. »Ach, nicht der Rede wert. Ich habe mich hier sehr einfach zurechtgefunden. Dein Barsystem scheint mir zu liegen. Ehrlich gesagt hat es mir sogar richtig Spaß gemacht.«

»Und obendrein hast du mich auch noch aus einer misslichen Lage gerettet. Damit hast du dir den Titel als Mitarbeiterin des Monats wohl redlich verdient. Und das alles, obwohl du hier nicht einmal arbeitest.« Miky lachte.

Eine Erkenntnis durchzuckte Nina wie ein Blitz.

»Das sollte ich aber«, sagte sie langsam und sah Miky ins Gesicht. »Ich habe einen guten Job gemacht, das hast du selber gesagt. Du bist doch hier ganz allein. Würde es dir nicht helfen, ein zweites Paar Hände zu haben? Ich kenne die Drinks und ihre Zubereitung.« Sie druckste ein wenig herum, bevor sie schließlich hinzufügte: »Außerdem brauche ich einen neuen Job.«

Hinter seiner Spiegelsonnenbrille konnte Nina Mikys Augen nicht sehen, sein breites Fangzahngrinsen sprach jedoch Bände.

***

»Hey Brüderchen, ich bin gerade auf Arbeit und muss mich kurzfassen. In der letzten Zeit war viel los. Wir müssen uns unbedingt mal wieder treffen; es gibt da eine Menge, was ich dir erzählen will.«

Nina schickte die Sprachnachricht an Noel ab und tippte rasch *Ich will mein* The Cure *Croptop wiederhaben!* in den Chat mit Clarissa, bevor sie ihr Handy wieder in der Hosentasche verschwinden ließ. Miky hatte kein Problem damit, wenn sie neben der Arbeit kurz Nachrichten verschickte, doch heute war sie bisher einfach nicht dazu gekommen. Die Gäste tummelten sich geradezu in der *Notre Dame* und obwohl sie zu zweit waren, hatte Nina alle Hände voll damit zu tun, Drinks zu mixen, Gläser aus oder in den Geschirrspüler zu räumen und Blutkonserven aus dem großen Kühlschrank im Lagerraum zu holen. Erst in der letzten Viertelstunde hatte sich die Menge gelichtet. Die meisten Vampire waren nun auf dem Heimweg, um vor Sonnenaufgang in ihren Wohnungen zu verschwinden.

Ein ihr bekanntes Gesicht trat an den Tresen. Ein Paar brauner Rehaugen, umrahmt von einem zerzausten roten Bob strahlten sie an und brachte Ninas Brust zum Kribbeln.

»Noch da?«, fragte sie lächelnd. »Hast du keine Angst, dich zu verbrennen, wenn die Sonne aufgeht?«

Die rothaarige Vampirin erwiderte ihr Lächeln. »Ich wohne nicht weit weg von hier, ein letzter *Lipsia Dawn* ist also noch drin. Außerdem …« Sie strich sich eine rote Strähne hinter das Ohr und sah Nina direkt in die Augen. »… Für manche Dinge lohnt es sich, einen Sonnenbrand zu riskieren.«

Oh verdammt. Nina spürte, wie das Kribbeln sich von ihrer Brust über ihren Bauch ausbreitete, bis es schließlich ihren gesamten Körper erfüllte und ihren Kopf mit Gedanken füllte, der ihre Ohren glühen ließen. Ihr Herz stach noch immer unangenehm, wenn sie an Clarissa dachte. Aber das hieß nicht, dass sie sich nicht ein wenig Ablenkung davon gönnen durfte.

Der Rotschopf biss sich auf die Unterlippe und fragte schließlich: »Du hast bald Feierabend?«

Das Kribbeln wurde noch intensiver und das Lächeln auf Ninas Lippen breiter. »Jap. So wie ich meinen Chef kenne, wird er mich bald nach Hause schicken. Die letzten Handgriffe macht er am liebsten allein. Einen letzten *Lipsia Dawn*, also?«

Die Vampirin nickte, ohne den Blickkontakt zu unterbrechen. »Wenn du sowieso gleich Feierabend hast, dann mach doch zwei draus, wenn du magst. Extra sauer, bitte.«

Triggerwarnung

Dieses Buch enthält Szenen und Beschreibungen, die bei manchen Menschen traumatische Erinnerungen auslösen können. Bitte entscheide selbst, ob du emotional mit folgenden Themen umgehen möchtest:

Blut, Tod, Gewalt, Trauer, Verlust, Manipulation, Suizidalität.

Die Kurzgeschichte, die von Daeny Levi geschrieben wurde, enthält folgende Content Notes:

Nacktheit, Erbrechen, Alkoholkonsum, Schimpfwörter.